仙道 체험기

김태영 著

116

글앤북

『선도체험기』 116권을 내면서

『선도체험기』 116권을 내보내는 때는 공교롭게도 포항에서 지난해의 경주 5.4도의 지진에 이어 5.8도의 지진이 발생하여 국민들의 마음이 심란할 때이다. 때마침 들어온 원고들 중에 54면 분에 해당되는 상당히 긴 김우진 씨의 '태을주 도통수련'이 들어있다.

내용은 앞으로 닥쳐올 것으로 예상되는 대개벽 또는 지축정립(地軸正立)을 내다보고 가능하면 국민들의 피해를 줄이기를 증산상제(甑山上帝)님에게 호소하는 내용으로 되어 있다. 증산도 도전(道典)은 바로 이 일을 구체적으로 예언하고 있다.

요즘 매일같이 보도되는 기사들 중에서 지진 지역의 액상화(液狀化) 현상은 지진 지역 중 특정 부분이 연못과 같은 흙탕으로 변하고 있다는 것이다. 국민들의 긱정은 태산과 같다.

그러나 지금 경주 포항의 지진들이 도전의 예언대로라면 그 이

후의 예언들에도 주목할 필요가 있지 않을까 한다. 그럼 그 다음으로 이어지는 예언에는 어떠한 것들이 있을까? 바다가 변하여 육지가 되어, 서해상에 한반도만한 새 땅이 솟아오르고 우리나라는 대국(大國) 즉 큰 나라가 된다는 것이다.

그렇게 되면 우리의 이웃인 일본과 중국은 어떻게 될 것인가? 일본은 국토의 90%가 북극의 해빙으로 바닷물이 높아져 물 밑으로 가라앉고 중국 땅은 열 토막으로 나뉘어 10개의 섬나라로 변한다는 것이다.

동북아시아 세 나라 중에서 한국만이 피해가 가장 적을 뿐만 아니고 작은 나라에서 큰 나라로 등장한다는 것이다. 증산상제(甑山上帝)님을 믿는 사람은 믿어도 좋을 것이다. 그분이 백년 전에 짜 놓은 천지공사들 중에서 빗나간 것은 지금까지 하나도 없었으니까.

이메일: ch5437830@naver.com
단기 4350(2017)년 11월 20일
서울 강남구 삼성동 우거에서 김태영 씀

차 례

Contents

■ 『선도체험기』 116권을 내면서 _ 3

■ 전시작전권 회수 문제 _ 7
■ 원전 민심의 소재 _ 12
■ 박정희와 카터의 갈등 _ 17
■ 보복의 악순환 _ 21
■ 용서 캠페인 _ 24
■ 박정희 동상 이야기 _ 29

【이메일 문답】
■ 수련일지   오성국 _ 33
■ 빙의령과 혹과의 싸움 _ 38
■ 몸공부의 중요성 _ 43
■ 산소 벌초 문제 _ 48
■ 완전히 자리 잡은 오행생식 _ 51
■ 단전이 활활 타오릅니다 _ 54
■ 소주천 진행 상황 _ 58
■ 현묘지도 수련기   방준필 _ 62
■ 113권까지 읽었습니다 _ 176
■ 현묘지도 수련일지   정정숙 _ 182
■ 10년의 변화 _ 201
■ 근일 수련시 느낀 점과 의문점 문의 _ 203

▨ 『대각경(大覺經)』 문의 _ 209

▨ 현묘지도 수련 후 이틀 동안의 수련일지   정정숙 _ 211

▨ 태을주 도통수련(太乙呪 道通修錬) _ 237

전시작전권 회수 문제

2017년 10월 19일 목요일

우창석 씨가 말했다.

"문재인 대통령은 기회 있을 때마다 이승만 초대 대통령이 6.25 벽두에 미군에게 넘겨준 전시작전권을 회수해야 한다고 주장하고 있습니다. 우리가 전시작전권을 회수하지 못하고 있기 때문에 북한으로부터 작전권도 없는 주제에 무슨 자격으로 자기네와 군사회담을 하려고 하느냐 하면서 깔보임을 당하고 있다는 것입니다. 언뜻 듣기에는 지극히 타당한 말 같기도 한데 선생님께서는 어떻게 생각하십니까?"

"우리 정부에 전시작전권이 없다는 것은 언뜻 듣기에는 정말이지 대한민국이라는 독립국가 국민의 한 사람으로서 실로 자존심 상하는 일이 아닐 수 없습니다. 그러나 주변 정세를 냉정하게 성찰해 보면 자존심만 내세울 일이 결코 아닙니다.

만약에 자존심이 상한다고 해서 우리가 전시작전권부터 회수하고 난 뒤 미군이 남한에서는 더 이상 할 일이 없다고 여기고 덜컥 철수한 뒤에 있을 일을 냉정하게 따져봐야 합니다. 기회는 이때다 하고 북한이 우리에게는 핵무기로 협박을 하면서 남침을 감행한다면 어떻게 할 것입니까?"

그러자 우창석씨가 말했다.

"아무리 미국이 전시작전권을 한국의 요구대로 반환하고 남한에서 철수했다고 해도 한미 간에 체결된 상호방위조약은 엄연히 그대로 살아있지 않습니까? 6.25 때는 한미 간에 상호방위조약 같은 것이 없었는데도 미군이 재빨리 한국전에 개입하여 남침하는 북한군을 격퇴하고 유엔 안보리를 움직여 16개 국의 유엔군을 참전시켰습니다. 그러한 미국과는 지금도 상호방위조약이 실제로 살아 있는데 무슨 걱정이 있겠습니까?"

"그러나 나는 그렇게만 생각되지 않습니다. 그때는 그때고 지금은 지금이니까요."

"그게 무슨 뜻입니까?"

"67년 전 6.25 때의 미국과 트럼프 같은 미국 이익 우선주의자가 대통령이 된 지금과는 같을 수가 없다는 뜻입니다. 기존 한미 FTA를 다시 체결하여 이득을 보려고 혈안이 된 트럼프 대통령이라면 6.25전쟁 때의 트루만 대통령과는 정반대의 태도로 나올 수도 있고 골치 아픈 미군의 남한 파견 문제를 의회의 결정에 슬쩍 넘겨버릴 수도 있다는 말입니다. 그렇게 되면 미군의 한국전 참전은 기약하

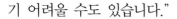

기 어려울 수도 있습니다."

우창석 씨가 또 말했다.

"그럼 전시작전권 회수 문제는 미군 없이도 한국군 단독으로 북한의 남침을 초전박살 낼 수 있는 막강한 자위력을 기른 후에 논해도 늦지 않겠군요."

"그렇긴 한데 우리 군이 북한군을 압도하여 남침을 감히 시도할 엄두도 못 내게 하려면 지금의 국방 예산으로는 어림도 없다는 것을 알아야 합니다.

북한은 국가 예산의 60%를 국방비로 할당하는 데 비해서 우리는 겨우 예산의 2.8%만을 배정하고 있을 뿐입니다. 우리의 경제 규모가 북한의 40배나 되고 국민소득은 20배에 달한다고 해도 지금의 2.8%의 국방 예산을 가지고는 북한군을 압도할 수 있는 막강한 방위력을 운용한다는 것은 한갓 백일몽에 지나지 않습니다."

"그럼 주요 외국들은 도대체 국가 예산의 몇 %를 국방에 할당하고 있습니까?"

"미국과 중국이 7%, 일본은 6%, 이스라엘 8%입니다. 그런데 우리는 북한의 60%에 비해 겨우 2.8%를 국방 예산으로 충당하고 있습니다. 이 예산을 가지고는 군 우선주의를 30년 전부터 고수하고 핵과 미사일 개발에 필사적으로 매달려 있는 북한의 군사력에 맞선다는 것은 불가능한 일입니다."

"그럼 우리도 최소한 일본의 국방 예산 할당인 6% 정도라도 확보하면 되지 않겠습니까?"

"그건 실상을 모르는 소리입니다. 만약에 우리 군의 예산을 단 0.01%라도 증가하는 안을 국방부에서 국회에 제출할 경우 쌍지팡이를 들고 결사적으로 반대하는 좌파 단체 국회의원들이 진을 치고 있는 한 그리고 국회선진화법이 살아있는 한, 적어도 우파 의석이 3분의 2 이상의 절대 다수를 확보하지 못하는 한 어림도 없는 일입니다."

"아니 좌파 의원들이 그렇게 결사반대하는 이유가 무엇입니까?"

"남북 사이에 전쟁이 일어나는 일은 무슨 일이 있어도 막아야 한다는 것이 그 이유입니다."

"그렇다면 좌파 의원들은 북한에 의해 대한민국이 적화되는 사태가 일어나도 남북 간에 전쟁만 피하면 된다는 얘기군요."

"논리적으로는 그렇다고 할 있습니다. 어쨌든 그건 그렇다 치고, 그렇다면 문재인 대통령은 이런 사정을 다 알면서도 전시작전권 회수부터 주장한다는 말입니까? 대한민국이 북한의 두 번째 남침으로 적화될 우려가 있는데도 겨우 중요 외국들 중에서 가장 낮은 국방 예산을 유지해야만 한다면 그게 어떻게 그분이 노상 주장하는 나라다운 나라라고 말할 수 있겠습니까? 그렇지 않습니까?"

"그렇기는 합니다. 그러나 북대서양조약기구 즉 NATO 회원국들

중에는 영국이나 독일 같은 서방 강대국들도 들어있습니다. 그렇지만 이들 국가들은 미군 장성이 최고 사령관으로 있는 각종 합동군 사령부를 운용하고 있건만, 미군 사령관이 자기네 전시작전권을 행사하는 것을 문제 삼는 나라가 있다는 말은 일찍이 들어본 일이 없습니다. 오히려 나토의 크고 작은 나라들은 그들도 한미합동 사령부처럼 긴밀하고 밀접하고 효율적이고 완벽한 국방 시스템을 오히려 부러워하고 있습니다."

"그렇다면 그들 나토 국가들은 명분보다는 안보를 최우선시하고 있다는 얘기가 아닙니까? 이승만 대통령이 6.25전쟁 초기에 북한의 전면 남침으로 대한민국의 운명이 폭풍 앞에 촛불 신세였을 때 편지 봉투 속에 우리나라의 전시작전권 이양서를 집어넣어 당시 일본에 있던 최고사령관인 더글러스 맥아더 원수에게 보낸 심정을 가히 이해가 갑니다. 전시작전권보다는 나라의 안보가 훨씬 더 막중하니까요."

원전 민심의 소재

2017년 10월 29일 일요일

우창석 씨가 말했다.

"경주 원자력 총회 참석자들은 '신고리 5, 6호기 건설 재개' 권고안에서 찬성 59.5% 반대 40.5%였다고 말했고 야당은 '정부의 에너지 정책에서 혼란만 야기했다'고 꼬집었습니다.

원전 강국으로서의 대외 이미지 손상은 말할 것도 없고 공사 중단으로 인한 손해액만 1,000억 원에 달한다고 합니다. 그런데도 불구하고 정부는 탈원전 정책을 계속 밀어붙일 작정이라고 합니다. 도대체 왜 이런 현상이 일어났다고 보십니까?"

"나 같은 사람은 비전문가여서 말하기 버거운 문제지만 어찌 생각하면 이념이냐 과학이냐를 분별하는 것처럼 아주 간단한 문제가 아닐까 합니다."

"간단해도 좋으니 어서 말씀하시죠."

"정부가 원전에 관한 민심의 핵심을 파악하지 못한 것이 아닌가 생각됩니다. 민심은 탈원전 자체를 아예 처음부터 없었던 것으로 하자는 것입니다."

"아니 그럼 현 정부가 탈원전에 대한 민심도 제대로 모르고 있다는 얘기인가요?"

"그렇습니다."

"그럼 민심의 정확한 향방은 어디에 있습니까?

"내가 보기에는 미국의 환경운동가 마이클 셸렌버거의 의견과 거의 일치한다고 봅니다. 그는 26일 경주 현대호텔에서 열린 한국원자력회의 총회에서 '한국엔 태양과 풍력이 대안이 아니라'고 말했습니다.

문재인 정부가 탈원전 입장을 재천명한 직후인 25~27일 3일간 친원전을 표방하는 국내외 전문가들이 경주에 집결했습니다. 경주호텔에서 열린 한국원자력학회에 참석한 1,300여명의 원전 전문가들은 정부의 탈원전 정책에 일제히 우려를 토해냈습니다.

단연 눈길을 끈 인물은 미국의 친원전 환경운동가 마이클 셸렌버거였습니다. 지난 26일 기자회견에서 그는 '원자력은 탄소배출량이 가장 적은 에너지원'이라며 '발전소를 짓는 데 필요한 부지도 적으면서도 안정적인 전력을 생산할 수 있는 안전한 방법'이라고 역설했습니다.

셸렌버거는 2013년 선댄스 영화제 공식 초청작이었던 다큐멘터리 영화 '판도라의 약속'에서 원전이 친환경적이라는 입장을 표명했습니다. 10년 전만해도 원전에 반대했던 그는 5년간 연구한 끝에 오히려 원전이 필요하다는 결론에 도달했습니다. 다른 대부분의 환경운동가와는 달리 그가 원전 에너지를 옹호하는 이유는 뭘까요? 그는 '원전을 천연가스(LNG) 발전소로 대체할 경우 자동차 1,500만~2,700만 대 분의 탄소가스가 추가로 배출된다'며 원전을 줄이는 대신 LNG 발전을 늘이면 된다는 정부 정책은 오히려 환경을 해치는 것이고, 한국은 원전을 줄이면 파리 기후협약에서 약속했던 탄소 감축 목표를 달성하기 어려울 것'이라고 말했습니다.

원전이 위험하다고 말하면서 사우디아라비아의 원전사업에 한국이 뛰어드는 것은 말이 되지 않는다고 그는 지적했습니다. 지난달 26일 배운규 산업통상자원부 장관은 한 사우디비전 2030 위원회에서 아덴 빈 무함마드 파키흐 사우디 경제기획부 장관을 만나 사우디 원전 건설사업에 한국이 참여하겠다고 말했습니다. 사우디는 총 2.8GW 규모의 원전 2기를 2030년까지 지을 계획입니다.

셸렌버거는 '한국의 대통령이 외국에 가서 현대자동차나 삼성전자 스마트폰을 들고 '우리는 위험해서 이런 것을 쓰지 않는데 여러분은 좀 사주세요' 하고 말한다면 말발이 서겠습니까? 원전도 마찬가지입니다. 탈원전 조치를 취하고 있는 나라에서 누가 기술을 수입하려하겠느냐'고 그는 반문했습니다.

또 원전이 매우 경제적인 에너지라고도 설명했습니다. 그는 '한국이 지난해 에너지 수입에 쓴 돈이 92조 원인데 그중 원전 수입 비용은 5,000억 원에 불과합니다. 원전은 전체 에너지원 중에서도 발전량은 30%로 많지만 비용은 1%도 안 된다'고 말했습니다. 또 '원전 정책은 지도자 개인의 신념이 아닌 과학의 문제'라며 과학적 지식에 기반해 원전 정책을 검토해야 한다'고 강조했습니다.

이날 셸렌버거뿐만 아니라 친원전 브레인들도 탈원전 로드맵에 대해 일침을 가했습니다. 이덕환 서강대 교수는 '한국은 에너지 자원이 없고 인구밀도가 높아 LNG, 태양광, 풍력은 현실적인 대안이 될 수 없다'고 말했습니다.

정부에서 제대로 전력 수요를 계산하지 못하고 있다는 지적도 제기되었습니다. 지난달 제8차 전력수급 기본계획 수요계획 실무소위원회는 2030년 기준 전력 수요를 100.5GW로 전망했습니다. 7차 계획의 113.2GW에서 12.7GW 낮아진 수치입니다.

정범진 경희대 원자력공학과 교수는 '4차 산업혁명, 전기 자동차 보급 활성화 등으로 인해 에너지 수요가 증가할 텐데 이런 점을 제대로 고려하지 않았다'며 '정치적 입장이 에너지 정책에 왜곡을 주고 있다'고 지적했습니다.

이날 원자력학회는 정부의 탈원전 로드맵을 철회해야 한다는 성명서도 발표했습니다. 김학노 한국원자력학회 회장은 '공동위원회의 권고는 신고리 5, 6호를 대상으로 했으므로 탈원전이 국민의 뜻이라는 건 정부의 자의적 해석'이라고 지적했습니다. 그는 또 '월성 원전 1호기의 폐쇄는 법적 근거가 없는 결정이며, 탈원전 공약은 수립 때부터 원전 전문가의 의견은 완전히 배제된 채 탈핵 지지 인사들 주도로 만들어졌으므로 정부는 이제 원전 전문가들의 의견을 들어야 한다'고 말했습니다. (위 기사는 중앙일보 10월 26일자 종합 3면에 게재된 백경서 기자의 글을 근거로 했음을 밝혀둔다.)

"원전 전문가와 상식을 가진 국민이라면 누구를 막론하고 친원전 쪽의 손을 들어주지 않을 수 없을 것입니다. 그런데도 불구하고 문재인 정부는 마치 탈원전을 지금 강행하지 못하면 국가와 민족에게 큰 재난이라도 닥쳐올 것처럼 서두르는가 하면 이를 강행하기 위해서 무슨 비장한 결심이라도 한 듯이 마구잡이로 탈원전을 밀어붙일 작정인 것 같습니다."

"도대체 그 이유가 무엇일까요? 내가 보기에는 무슨 비장한 정치적 의도 아니면 설익은 이념이나 신념에 홀린 사람들 같은 느낌이 듭니다. 원전은 애초부터 과학의 산물인데 문 정부는 과학보다는 입증되지 않은 이념과 신념에 더 많이 매달려 있는 것 같은 느낌이 듭니다."

박정희와 카터의 갈등

"그렇지 않아도 나 역시 그 점이 아무리 생각해 보아도 납득이 되지 않아서 우리나라에 어떻게 되어서 원전이 지어지게 되었고 게다가 비교적 짧은 시간 안에 원전 강국이 되었는지 알아본 결과, 박정희 전 대통령이 그의 심복인 김재규 중앙정보부장에게 암살된 10.26사태와 깊은 관련이 있다는 것을 알게 되었습니다.

10.26사태가 일어나기 얼마 전부터 박정희 대통령과 미국의 지미 카터 대통령 사이는 인권 문제를 둘러싸고 험악한 분위기가 감돌고 있었습니다. 카터 대통령이 방한 시에도 이 문제로 양 정상 사이에는 치열한 설전이 오고간 끝에 박 대통령의 완강한 반대에 직면하자, 마침내 주한 미군을 철수시키겠다는 통첩까지 한 카터는 예정된 서울 시내의 호텔을 취소하고 서울 인근의 주한 미군 부대에서 하룻밤을 보냈습니다.

주한 미군을 철수하겠다는 카터의 통고에 충격을 받은 박정희 대통령은 밤잠을 못 자고 심사숙고 끝에 주한 미군 철수의 대안은 핵무기밖에 다른 도리가 없다는 결론에 도달했습니다. 그러자 극비리에 외국에 나가 있는 한국인 핵 전문가들을 불러들이는 한편 프랑스와 캐나다의 협조로 단시일 안에 핵무기 개발이 거의 완성 직전에 박정희 대통령은 심복인 김재규에 의해 암살을 당하고 말았습니다.

만약에 이때 우리가 핵무기 완성에 성공했다면 지금과 같은 북핵 문제는 없었을 것이고, 우리나라는 주한 미군 없이도 이스라엘처럼 핵을 소유한 자주 국방력을 가진 동아시아의 강국으로 등장할 수 있었을 것입니다."

"그건 그렇고 그것이 원전 문제와 무슨 관련이 있습니까?"

"10.26사태 직후 전두환 군사정부는 우리의 핵무기 생산시설 해체 처리과정에 자신의 군사정부의 합법적인 지지 기반의 약점을 보완하기 위해서 미국의 호의를 사려고 미국이 하라는 대로 잘 따랐습니다. 그때 핵무기 생산시설 해체 과정에서 원전만은 살아남게 되었고 얼마 되지 않아서 한국은 원전 강국으로 등장하게 된 것입니다. 어찌 보면 원전은 박정희 전 대통령이 목숨을 바쳐가면서 이루려다 실패한 한국의 귀중한 핵시설 자산의 일부일 수도 있습니다.

왜냐하면 10.26사태 당시만 해도 김재규 중앙정보부장이 대담하게도 그러한 국가반란 행위에 해당하는 짓을 감행한 것은 미국의 사주 때문이라는 설이 나돌고 있었으니까요. 자신의 뒤를 보아주는 배경도 없이 누가 국가원수에 대한 그런 엄청난 배신행위를 저지를 수 있겠습니까? 따라서 문 정부 요인들 중에는 한국의 원전에 이러한 내막이 있다는 사실 자체를 극도로 싫어하는 사람들이 있을 수도 있다는 얘기입니다."

"그래서 과학이나 실사구시(實事求是)보다는 설익은 이념을 앞세울 수도 있다는 얘기군요."

"그렇습니다."

"그래도 그런 일에는 국익이 우선이 되어야 하는 거 아닙니까?"

"그렇습니다. 지금 선진국들 중에서 국가시책으로 탈원전을 실천하는 나라는 하나도 없습니다. 과거에 탈원전에 관심을 기울였던 나라들도 국리민복을 생각하고 원전을 계속 유지하고 있습니다."

"그런데 우리나라만이 민심을 어기면서까지 탈원전을 고수하는 주된 이유가 무엇입니까?"

"지진 위험지대에 원전이 집중되어 있다는 것입니다. 그러나 원전이 생겨난 이후 수많은 지진이 일어났지만 아직은 지진 때문에 원전 사고가 난 일은 없습니다. 일본 후쿠시마 원전이 고장이 난 원인도 지진이 아니라 홍수 때문이었습니다. 민심은 아직 입증되지 않은 이념이나 원풀이보다는 국리민복의 실익 쪽을 택하고 있다는 것입니다. 민심을 잘못 파악한 것은 이것뿐이 아닙니다."

"그럼 그 외에도 있습니까?"

"그럼요. 일본은 전에는 원전에서 나오는 부산물로 2년이면 핵폭탄 1,000개를 만들 수 있었는데 지금은 그 기술이 발전되어 단 2개월이면 같은 수효의 핵탄두를 제조할 수 있다고 합니다. 한국과 대만도 거의 일본의 기술 수준을 따라가고 있습니다.

동북아 정세가 돌변하는 사태가 발생할 때, 탈 원전 프로젝트를 끝내버린 한국만이, 동북아의 원전 삼인방 국가인 한국, 일본, 대만 중에서 비핵화 상태로 남게 됩니다. 그렇게 됨으로써 북한 핵의 위협 하에 노출되어 오돌오돌 떨 수밖에 없게 될 것입니다. 그러한 함정에 빠지지 않으려면 한국은 어떻게 해야 될까요? 그리고 민심은 어느 쪽을 원할지는 묻지 않아도 뻔한 일입니다. 이것뿐이 아닙니다."

보복의 악순환

"그럼 정부가 민심을 잘못 짚은 경우가 이것 외에도 또 있다는 말씀인가요?"

"있고말고요. 요즘 민심의 비중으로 보아 박근혜, 이명박 전 대통령들에 대한 문재인 정부의 보복성 조치 역시 민심의 초점이 되고 있습니다."

"박근혜 전 대통령은 최순실 국정 농단에 대한 책임이 있다고 쳐도 이명박 전 대통령은 무슨 잘못이 있습니까?"

"있고말고요."

"그게 무엇입니까?"

"노무현 전 대통령이 고인이 되게 만든 원인이 이명박 전 대통령에게 책임이 있다는 것이 노사모들의 생각입니다."

"대통령이 그런 식으로 원수 갚기를 한다면 대한민국은 5년마다 여야 정권 교체 때마다 전직 대통령들에 대한 보복의 악순환이 되풀이되어 관례화되지 않을 수 없을 것입니다.

그 자신이 변호사인 노무현 전 대통령이 타계한 것은 퇴임후 박

연차 회장으로부터 받은 수뢰 혐의로 검찰 수사를 받다가 움직일 수 없는 증거들 때문에 수사를 도저히 피할 수 없게 되자 고향땅 부엉이바위에서 남몰래 투신자살한 사건이 아닙니까?"

"그렇습니다."

"이미 고인이 된 지도 10년이나 지난 일을 현직 대통령이 설욕하려고 벌써 5년 전에 현직을 떠난 이명박 전 대통령을 입건한다는 말입니까?"

"남아공의 넬슨 만델라는 백인 정부 하에서 27년 동안이나 옥살이를 한 끝에 대통령에 당선되었습니다. 한국 같았으면 적폐(積弊) 청산한다고 하여 자기(만델라)를 가혹하게 고문한 백인 경찰 간부를 대통령 취임과 동시에 제1호로 체포 투옥했을 것입니다. 그러나 만델라는 그렇게 하는 대신 겸손하게 그를 찾아가 화해의 악수를 청했습니다. 이때 만델라는 다음과 같은 유명한 말을 남겼습니다.

'그들은 나에게 모진 고문을 가하고 많은 사람(흑인)을 죽였지만 그것들은 정부가 시켜서 한 것이며, 이제 흑인 정부가 새로운 질서를 잡아가기 위해서는 그들의 도움이 필요합니다.'

이로 인해 만델라는 그를 학대 고문한 경찰을 위시한 백인 정부 하의 관리들로부터 열렬한 환영을 받았습니다.

예부터 우리나라에서는 임금이 새로 등극하면 극형을 제외하고는 죄인들을 대대적으로 사면하는 전례가 있습니다. 그 전례는 환국, 배달국, 단군조선, 고구려, 신라, 백제, 발해, 고려, 조선, 대한민국으로 이어오는 9216년 동안 지속되어 왔습니다.

적폐 청산을 빙자한 원수 갚기야 말로 후진국들에서도 사라진 지 오래된 고약한 악습입니다. 보복의 수레바퀴는 굴러가면 굴러갈수록 눈덩이처럼 불어나 결국은 그 일을 시작한 사람을 찍어 누르게 되어 있다는 것을 집권 대통령은 마음속 깊이 명심해야 합니다. 민심은 어디까지나 국리민복과 상생(相生)과 상부상조(相扶相助)에 있지 어느 한쪽만이 승리에 도취하여 원수 갚기 쾌감에나 몰두하라는 것이 결단코 아니기 때문입니다."

용서 캠페인

56세의 르완다 출신의 장 폴 삼푸투라는 사나이는 2003년 아프리카의 그래미상이라고 불리는 '코리상'을 받은 유명 가수이자 전 세계에서 '용서 캠패인'을 벌이는 평화운동가이기도 하다고 매스컴은 전한다.

1994년 르완다 대학살 사건에서 큰 피해를 입은 그는 늘 말한다. '마음 속에 미움이 있으면 누구나 행복할 수 없다'고…

르완다 대학살은 후트족과 투지족 사이의 갈등이 첨예화하여 극에 달하여 터져버린 비극이었다. 석달 남짓 동안 벌어진 이 참극에서 백만 명의 목숨이 무참하게 희생되었다. 장 폴 삼푸투의 가족을 살해한 가해자는 그와는 가장 친한 친구였다. 그때 당한 충격으로 그는 노래까지도 부를 수 없게 되었다. 열네 살부터 가수로 활동해 온 그였건만 목에서 목소리가 나오지 않았다. 술과 마약에 쩔어서 하루하루를 보냈다고 한다. 그는 '매일매일 죽고 싶다는 생각을 하면서 지냈다'고 술회했다. 그렇게 했는데도 마음의 평화는 끝내 찾아오지 않았다.

그러나 그가 애타게 바라던 마음의 평화는 그 가해자인 옛 친구를 용서해 주기로 작심한 뒤에야 찾아왔다. 그는 법정에까지 나아가 가해자인 친구를 용서해 달라고 호소했다. 후투족의 학살에 대해 공식적으로 용서하겠다고 말한 경우는 삼푸투가 처음이었다.

그는 말했다. "용서는 가해자를 위한 것이 아니라 나 자신을 위해서였습니다. 이 때문에 나를 옭아맸던 증오와 비통(悲痛)으로부터 자유로워졌다'고 그는 말했다.

삼푸투는 자신이 얻게 된 평화와 자유를 다른 사람들도 느낄 수 있도록 도와주어야겠다고 결심했다. 그가 지금까지 일본, 미국, 호주, 노르웨이 등 50여개 국을 돌아다니며 '용서 캠페인'을 벌인 이유다. 그는 또 '과거의 상처에만 집중하면 앞으로 나아가지 못합니다. 후손들에게 부끄럽지 않은 미래를 물려주기 위해 용서와 평화의 문화를 만드는 데 앞장서겠다'고 말했다.

그는 또 '방과후 자기 몸뚱이보다 큰 배낭을 메고 학원에 가는 한국 어린이들의 현실이 안타깝다. 창의력은 맘껏 뛰놀아야 기를 수 있다'고도 말했다.

그는 자신의 생각을 더 많은 사람들에게 전하기 위해 틈나는 대로 책을 쓰고 강연을 한다. 그는 또 '말 한마디로 누군가의 미래를 바꿀 수 있다. 내 강연을 듣고 꿈을 찾게 되었다는 학생들의 이메일을 많이 받았다면서 긍정적인 영향을 주는 저술과 강연을 계속

할 것'이라고 말했다.

이상과 같은 이야기를 신문에서 읽으면서 다음과 같은 말이 나에게는 유달리 인상적이었다.

'과거의 상처에만 집중하면 앞으로 나아가지 못합니다. 후손들에게 부끄럽지 않은 미래를 물려주기 위해 용서와 평화의 문화를 만드는 데 앞장설 것입니다.'

이 말은 아무래도 적폐 청산을 한다고 과거 대통령들과 관료들의 비리를 꼬치꼬치 들추어내는 데 유달리 집착하는 문재인 정부 실세들을 보고 꼭 들으라고 말하는 것이라는 생각이 든 것은 나뿐만은 아닐 것이다. 남아공의 넬슨 만델라와 르완다의 장 폴 삼푸투는 아무리 생각해 보아도 지금의 문재인 정부 실세들을 포함하여 원수갚기에 침식을 잃은 사람들을 깨우쳐 주라고 하늘이 보낸 천사들이 틀림없다는 생각이 문득 드는 것이 어찌 나 혼자뿐일 것인가?

위에 쓴 내 원고를 정리하던 우창석 씨가 물었다.

"그런데 아무리 생각해도 이해가 되지 않는 것이 있습니다."

"그게 무엇인데요?"

"넬슨 만델라나 장 폴 삼푸투 같은 사람들이 약속이라도 한 듯이 남의 잘못을 용서하면 마음이 평화로웠지만 용서를 하지 않으면 마음이 괴롭고 고통스럽다고 말하는 이유는 무엇일까요?"

"그건 내 부모형제를 살해한 가해자라도 큰 틀에서 보면 남이 아니고 나 자신이기 때문입니다. 그래서 남들과의 사이에서 일어나는 일체의 비극과 불행을 내 탓으로 돌릴 줄 아는 사람의 마음은 언제나 평화와 안정을 누릴 수 있는 것입니다. 그리고 이 실상을 깨닫고 일상생활에서 실천하는 사람이 지혜로운 사람이고 그렇지 못한 사람이 불쌍한 중생입니다. 그래서 삼일신고는 다음과 같이 말하고 있습니다.

무리들은 선악 청탁 후박이 한데 뒤섞여 결국에는 망령된 길을 따라 제멋대로 내달리다가 태어나고 자라나고 늙고 병들어 죽는 괴로움에 빠지지만, 속이 밝아진 이들은 지감 조식 금촉하여 큰 뜻을 행동에 옮기고 미망을 돌이켜 진리를 터득하니 신기가 크게 발동되는데 성통공완이 바로 이것이니라."

"그러나 그것은 어디까지나 일반 중생들의 이야기이고 일정 기간 나라의 운영을 떠맡은 집권자들은 어떻게 해야 합니까?"

"그야 넬슨 만델라처럼 자기를 27년 동안 감옥살이를 시키고 갖은 악독한 고문을 한 백인 관리들에게 원수 갚기를 하는 대신에 그들을 모조리 다 용서해주고 새 정부의 관리로 채용함으로서 흑백 갈등을 해소하고 상부상조하는 기풍을 진작시키면 될 것입니다. 요컨대 마음이 열리면 방법은 무궁무진입니다. 만델라 흑백 정부가 성공한 것이 바로 그 실례입니다. 문재인 정부도 그렇게 하면 지난 대선에서 그에게 반대표를 던졌던 60%의 국민들의 지지를 반드시 얻어냄으로써 대동단결을 이끌어내어 대한민국에 새로운 번영을 가져오게 할 수 있을 것입니다."

박정희 동상 이야기

2017년 11월 14일 화요일

오늘은 박정희 대통령 탄생 100주년을 맞는 날이다. 그러나 지금 우리 사회는 박정희를 사모하는 단체들이 박정희 기념도서관에 만들어 세운 박정희 동상을 반대하는 좌파 단체 요원들이 쓰러뜨리고 있다. 그리고 우정사업본부는 박정희 100주년 기념우표를 발행키로 했다가 좌파 정권으로 바뀌자 취소했다.

필리핀에서 열린 동남아시아국가연합 정상회의에서는 일부 국가 정상들이 박근혜 정부에서 시작한 새마을운동의 지원에 감사한다고 문재인 대통령에게 말하자 그런 일이 있었느냐면서 금시초문이란 듯 이전 정부에서 하던 일이라도 성과가 있으면 계속하라고 예하에 지시했다고 한다. 그러나 국내에서는 새마을운동 명칭마저 사라져버릴 위기에 처해있다.

이념이나 정파적 이해관계의 빨대구멍으로만 세상을 내다보면 돌아가는 실상을 놓치기 쉽다. 사태를 객관적으로 넓게 관찰할 수 없기 때문이다. 중국의 마오쩌둥은 현 공산당 중국 정부의 첫 번째 수반이지만 그의 잘못된 농업정책으로 3천만 명의 농민들이 굶어 죽었고 게다가 저 악명 높은 10년 동안의 홍위병 난동으로 나라를 쑥밭으로 만들어 국가 발전을 10년 이상 후퇴시켰지만 그의 초기 공로를 잊지 않고 여전히 국부로 대접하고 있다. 마오쩌둥 개인을 위해서가 아니라 중국의 안정과 국리민복을 위해서였다. 마오의 공과(功過)를 굳이 따져본다면 3대 7정도라고 할 수 있을 것이다. 그러나 박정희의 공과는 국민여론 조사 결과로는 여전히 7대 3이다.

지금 우리는 무역 규모를 기준으로 유럽의 선진국 이탈리아를 제치고 세계 12위의 경제대국이 되었지만 박정희가 5.16 군사정변을 일으켰을 때는 1인당 국민소득이 겨우 82달러로서 세계 최빈국이었다.

희망의 싹조차 보이지 않던 빈곤한 나라였다. 국가 예산을 미국의 원조에 의존했던 비렁뱅이 국가였다. 수출은 연 1억 달러도 안 되었고 그나마도 흑연, 중석 등 원자재와 오징어, 김, 가발 같은 1차 산품이었다. 집집마다 봄철이면 먹을 것이 없어서 굶주려야 하는 보릿고개를 넘어야 했다. 국토의 7할을 차지한 산악지대에는 나무가 없어서 사막지대를 방불케 했다. 그러나 박정희는 1961년의 국민소득 82달러의 나라에서 오늘날 2만 9천 달러의 한강의 경제기적의 초석을 쌓았다.

물론 한국 현대사의 이러한 놀라운 성취는 박정희 개인만이 아니라 온 국민이 단합하여 이룬 것이기도 하다. 그러나 1894년 김옥균의 갑신정변 이래 우리 민족 전체의 꿈에 그리던 비원(悲願)이기도 했던 조국의 공업화에 대한 확고한 비전과 계획과 의지를 갖고 앞장섰던 지도자 없이는 세계가 놀란 이러한 기적은 결코 일어날 수 없었을 것이다. 박정희의 수출입 전략, 외자 도입 전략, 중화학 육성 전략들은 격렬한 국내 인사들의 반대에 부딪쳤다. 경부고속도로 시공 때, 야당 인사 김영삼은 공사 현장에 드러누워 공사를 저지했다. 그러나 박정희와 정주영은 "우리는 할 수 있다"면서 공사를 밀어붙였다.

쿠바의 카스트로, 이집트의 무바라크, 리비아의 카다피도 개발독재를 추진했지만 참담한 실패와 낙담뿐이었다. 개발독재라고 아무나 할 수 있는 일이 아니다. 북한 동포들은 김일성 정일 정은 삼대의 지도자를 만나 지금도 95% 이상이 기생충에 감염되어 있고, 함경북도 길주군 풍계리 주민은 6차에 걸친 핵폭발 실험을 하면서도 북한 당국이 주민을 위한 위생 대책 결여로 방사능에 오염되어 생식기와 항문이 없는 아이를 낳는 지옥 속에서 허덕이고 있다.

박정희 정도의 과오를 저지른 국가 지도자는 수두룩하다. 미국의 국부 조지 워싱턴은 수많은 흑인 노예를 거느린 대농장주였고, 로널드 레이건은 레이거노믹스라는 경제 정책을 밀어붙였다가 대실

패를 가져왔는가 하면, 베트남의 호찌민은 그의 토지개혁의 실패에 항의하는 1만 5천 명의 농민을 살해했지만 지금 국민들은 그의 동상을 곳곳에 세우고 그를 '호 아저씨'라고 부르며 존경하고 있다. 대한민국은 박정희 동상을 반대하고 무조건 김대중 노무현 동상만을 기리는 사람들만 사는 나라가 아님을 명심해야 한다.

【이메일 문답】

수련일지

오 성 국

삼공 김태영 선생님, 사모님 그간 안녕하셨습니까?

생활과 수련하는 데 좋은 때인 가을 날씨에 고마움을 간직하고 제 나름 열심히 노력하고 있으나 미흡한 점 많은 제자입니다.

자주 찾아뵙고 수련 지도를 받아야 하는데 마음뿐 형편상 그렇지 못 함을 용서하시고, 항상 따뜻하게 맞아 주심에 감사할 따름입니다.

적어도 1달에 1번은 뵈려고 노력하고 있습니다.

일상적인 생활 패턴은

1. 아침에 일어나 산에서 걷고 달리기를 1시간 이상 하며 집까지 걷고 달리며 걸리는 시간은 도합 1시간 3~40분 정도 됩니다 (비가 오면 헬스장에서 런닝 1시간 이상과 기타 바디 운동

2~30분 정도 합니다).

2. 아침 생식 2숟가락 하고 좀 앉아 쉬다가 도인체조 후 선도체
험기 읽습니다. (시장 볼 일 있으면, 시장 봄)

3. 오후 2시 이후 1시간 정도 좌선수련.

4. 가게 정리 후 자시수련 1시간 동안 한 후 취침. (하루 2번 정
도는 좌선수련 하려고 하며 오전 2시에 잠을 청합니다)

늘 생활행공을 하려고 노력하고 있으며, 8월 28일 현재까지 수련
시 보통 일어난 현상을 말씀드리겠습니다.

- 인당으로 동그란 황색 바탕이 보이며 쪼임 현상이 있다.
- 손 발 다리 전체가 찌릿함과 저림 반복하며 따뜻하다.
- 하단전은 생활행공 시 항상 따뜻하고 포근하다.
- 대맥이 왼쪽에서 오른쪽으로 돌며 시원하다. 배꼽 아래 안쪽으로
  타원형의 추가 있는 듯하다.(배꼽이 하나 더 있는 듯하기도 함)
- 둥근 원통형 기둥이 머리띠(삼장법사가 손오공에게 씌운 테처럼)
  를 형성하며 기운이 시원하게 들어온다.
- 얼굴 전체가 얼얼하며 인중 부위의 이가 파르르 떨며 이가 시
  린 경우가 있다.

다음은 최근 4일 동안의 특이 사항을 말씀드리겠습니다.

2017년 8월 31일

오후 2시 45분~3시 15분 (30분간) 좌선수련시 천부경 삼일신고 암송하고 대각경 암송으로 넘어갈 때 단전~장강 명문 척중 신도 대추혈 아문 강간 백회 신정 인당을 지나 코 언저리까지 찌릿함과 열감이 짧게 있다가 기운 덩어리로 바뀌며 임맥은 하단전에서 중단전까지 약간의 열기만 있다.

하단전 중심의 좌측 부위가 꿀렁 꿀렁하며 따뜻하다.

2017년 9월 10일

오후 8시 38분 입공 상태에서 대맥에서 양쪽 신방광혈 4곳으로 열감이 내려간다.

자시수련(11시 12분 ~ 12시 15분) 1시간 동안 좌선수련

독맥의 명문, 척중, 신도에 열감을 느끼며, 장강에 가끔 열감이 전달된다. 인당은 가을 하늘처럼 밝은 햇살이 비치는 듯 지속되다가 대략 45분경과 임맥의 전체(회음 하단전 중단 전중 천돌 인중 인당)가 가렵고 따끔하고 얼굴 볼은 얼얼한 감이 있었다.

2017년 9월 11일

행공 시 잠깐 오른쪽 가슴 옆을 타고 다리 바깥쪽을 지나 발의 신맥혈 방향으로 시원함을 느낀다.

자시수련 (1시 25분 ~ 2시 18분)
- 인당의 쪼임이 대못을 정을 박은 듯하고 대보름달이 얼굴 전체를 덮은 듯하며, 양 눈밑 볼이 얼얼하게 잔 진동이 일어난다.
- 하단전 회음 장강 명문이 관으로 연결된 것처럼 시원함이 유통된다.

어제(9월 12일) 행공 시 오후 11시경
임맥의 인당 → 신정 → 백회 → 후정 → 강간 → 대추 → 신도 → 척중혈이 따끔따끔... 하더니 열감이 열선이 흐르는 듯하다. 또한 하단전과 명문의 열감이 중단전까지 전달된다.
일기체를 복사하여 쓰다 보니 반말로 써졌음을 용서하세요.

2017년 9월 25일
오성국 올림.

【필자의 회답】

그동안 수련이 많이 진정되어 소주천과 대주천 수련할 때가 되었습니다. 다음에 삼공재에 올 때는 이에 대한 마음의 준비를 하고 시간 약속을 하고 찾아오기 바랍니다.

빙의령과 혹과의 싸움

2014년 여름. 지인과 함께 삼공재 방문. 생식 지으러 왔습니다.

"선생님 방 공기가 마치 산에 와있는 느낌이예요 너무 좋아요^^." "아! 그래요~ 여기가 산속 같아요^^." 스승님과 나눈 첫 대화였다.

신랑도 생식 먹기 위해 몇 개월 함께 다녔고, 이렇게 자연스럽게 삼공재를 다니게 됐다. 동네 앞산을 매일 다니며 주말이면 국립공원을 찾아 다녔고, 여름엔 고요한 새벽이 좋아 잠도 안자고 집을 나서서, 새벽 산을 찾았다. 칠흑 같은 어둠이 지나면 밝은 세상과 만난다. 내 맘을 씻겨 주는 물소리, 새들의 노래 소리, 딱따구리 소리, 적막한 고요함까지도 사랑한다. 어느 날은 길을 걷다가, 순간 몸이 차갑고, 순간 찌릿찌릿 몸이 떨렸다. 이게 빙의령의 시작이다. 차 한잔하며 얘기 나누면, 빙의령이 들어왔다.

식당에 가도 빙의령이 들어오고, 삼공재 가기 위해, 전철에서 내리면, 출구에서 빙의령이 기다리고 있었다는 듯이 급하게 들어온다. 1, 2초간 눈앞이 하얘진다.

수련 마치고 오면 아파트 입구에서 빙의령이 들어온다. 나에게 말을 걸어오는 빙의령도 있고, 성격이 아주 밝은 빙의령, 아주 어두운 빙의령도 있다.

한번은 술자리에서 깍지 낀 팔을 잡아 당겨 상대방 머리를 때린 사건도, 내 생각을 미리 읽고 계속 말을 하는데 마음대로 멈출 수가 없다. 새벽에 누워 이리 뒤척 저리 뒤척 하면 전두엽에서 소리가 난다. 쌕쌕 거리며 기운이 들어온다. 천부경을 외우며 태을주를 외우면 기운이 들어온다. 책을 읽으면 기운이 들어온다. 반가부좌하며 스승님 사진을 보면 기운이 들어온다. 이제부터 수련이 되려나 보다.

그런데 몇 개월 전부터 아랫배가 부풀어 오르고 윗배도 나오기 시작했다. 왜 이럴까? 스승님께 말씀드려보자. "스승님 아랫배에 혹이 있습니다. 몸이 좋지 않아 홀로 이동하기 불편한데 아들 데려가도 될까요? 스승님께서 단전을 좀 봐주세요" 하고 전화드렸다.

"몸이 안 좋으니 집에 있으면서 생식 먹고 보름 정도 경과 지켜봅시다"라고 하셨다. 스승님과 통화하고 나니 현실이 피부로 와닿는 느낌이다. 아니 전혀 와닿지 않는다. 아무 생각이 없다. 생식 두 스푼 먹던 걸 한 스푼 늘려 세 스푼 세끼 먹고 간식으로 먹었다. 생식 이외 것들은 입으로 넣을 수가 없다. 전화벨이 울린다. 스승님 전화다. 병원 가지 말라 신다. 수술하면 죽을 수도 있다고 말씀하셨다. 스승님께서 기운을 보내 주셨다. 반가부좌하고 사진을 앞에 놓고 단전호흡을 했다. 온몸으로 기운이 퍼지며 뜨거워진다. 기분이 좋아졌다. 스승님께 마음으로 인사드렸다. "감사합니다 스승님." 다음날은 늦은 저녁에 기운을 보내 주셨다. 반가부좌하고 사진 앞에 놓고 감사한 마음으로 기운을 받았다. 온몸으로 기운이 퍼져 나가며 마치 안개 속에 앉아 있는 느낌이 들었다. 기분이 좋아지고 머리가 맑아졌다. "감사합니다 스승님." 마음으로 인사드리고 잠을 청했다. 이 밤은 깊은 숙면으로 이어졌다 .

기운을 보내 주실 때마다 스승님 기운은 들어오는데, 쌕쌕 거리며 내 기운이 들어오질 않는다. 기운이 들어 왔던 책을 읽어도 반응이 없다. 누워 이리 뒤척 저리 뒤척 해도 아무 반응이 없다. 천부경을 읽고 태을주를 외우고 해도 머리에서 기운이 들어올 생각이 없나 보다. 내 몸에 커다란 혹이 생긴 것에 대한 충격이 심했을까?

생식을 열심히 한 지 2달이 지나서 "스승님 혹이 줄지도 않고 약간 커진 것 같습니다." 말씀드리니 커지진 않았다 하신다. 스승님의 기운이 들어오면 아랫배가 가볍고 한결 부드럽게 움직여진다. 이럴 땐 단전호흡을 열심히 하자. 자궁 근종 크기가 13cm라고 하는데, 이 현실이 언제까지 가려나. 하체가 얼음 위에 올라 앉아 있는 느낌이다. 아랫배가 많이 아프다. 콕콕 찌르기까지 한다.

핫팩을 붙여 보기로 하자. 허리에, 꼬리뼈에, 항문과 회음부에, 혹도 덮어주고 옆구리에도, 엉치뼈에도, 차가운 기운이 없어지니 한결 나았다. 이제야 한숨 돌린다. 생리 끝날 때쯤 되니, 항문과 회음부에, 신장에 붙이니 한결 났다. 그래도 저녁에는 찬바람에 으실으실 춥기만 하다. 하룻밤 자고 나면 괜찮겠지? 그러나 하루가 지나도 여전하다. 오늘도 아프고 내일도 아프고, 다음날도 으실으실, 하체가 퉁퉁 부었다. 혹과 함께 살려니, 이 몸도 많이 힘든가 보다.

현재 수련 상태를 점검하기 위해, 몸에 붙어 있던 핫팩을 다 제거했다. 맨 바닥은 찬기가 올라와 앉을 수가 없다. 방석 위에 앉아 반가부좌하고 단전호흡 시작, 단전에 열감이 느껴진다. 차갑게 식지 않아 천만다행이다. 빙의령이 움직인다. 옆구리에서 어깨로, 여기에 머물러 있다. 다시 의식을 단전으로, 명문, 척주, 장심에서 열감이 느껴진다. 바로 신장 쪽으로 열감이 퍼져간다. 이제는 양쪽 날갯죽지까지 퍼져 있는 게 느껴진다. 엉치가 아파온다. 한 시간 이상은 앉아 있기 힘들다. 2016년과 2017년은 수련이 답보 상태라 힘들기만 했다. 2017년 여름(7, 8, 9월)은 나에게 무엇으로 남을까? 스승님과 수련을 하며 생각해 보았다. 첫 번째로 스승님께는 모든 면에서 죄송합니다. 그리고 사모님께서 제가 아프다는 걸 아시고 걱정을 많이 하셨는데, 사모님께 심려 끼쳐드려 죄송합니다. 두 번째로 우리 가족들에게 죄송합니다. 마음이 아프고 무겁습니다. 셋째로 내 주위에 있는 지인들께, 함께 눈시울 적셔주고, 좋은 정보 주신 분들께 감사드립니다. 그리고 사랑합니다. 삼성 갤럭시 스마트폰에서 보냈습니다.

민혜옥 올림

【필자의 회답】

명현반응일 가능성이 짙습니다. 우선 시간 날 때마다 선도체험기를 1권부터 차례로 읽고 틈날 때마다 운장주를 염송해야 합니다. 이렇게 하면서 어떤 변화가 일어나는지 관찰하여 소상하게 이메일로 알려주기 바랍니다. 이렇게 함으로써 지금은 달려드는 빙의령들을 진정시키고 혹을 축소시키는 데 온 신경을 써야할 때입니다.

몸공부의 중요성

스승님! 일교차가 큰 요즈음 건강히 잘 지내고 계신지요? 오늘 9월 24일 일요일 아침 운동을 하다 보니 활엽수의 나뭇잎 색깔이 하나둘 알록달록하게 변해가고 있더군요.

사실은 오늘 아침에 늦잠을 자서 아침 운동을 평소보다 늦게 하는 바람에 나뭇잎의 색깔이 눈에 들어온 것이지, 새벽 4시 30분경에 일어나 달리기를 하기 위해 집밖에 나오면 사물의 형체만을 분간할 수 있을 뿐 색깔까지 보이진 않지요.

저는 지금까지는 스승님이 제시하신 1시간 달리기에 대하여 주로 직장 내 점심시간을 이용하여 근처 공원을 1시간 정도 걷는 것으로 대신하고 있었습니다. 중간에 달리기도 약간씩 하기는 했지만 주로 빨리 걷기 위주였습니다.

1주 전부터는 아침에 5시 30분경에 일어나던 것을 4시 30분으로 바꿔 시간을 확보하여 아침 조깅을 하고 있으며 점심시간에는 평소대로 산책을 실시하고 있습니다. 갑자기 운동량을 늘려서인지 허벅지와 종아리가 조금 당기는 등 약간 피곤하긴 하지만 견딜 만합니다.

그리고 2주 전부터는 도봉산을 4시간 정도 산행하던 것에서 북한산 5시간 코스로 변경하였습니다. 도봉산으로 다닐 때에는 포대능선, 신선대, 칼바위 능선으로 진행한 다음 내려올 때는 계곡으로 곧장 하산하였는데 북한산은 의상능선, 용출봉, 나월봉으로 이어지는 능선코스를 택하여 문수봉으로 갔다가 다시 왔던 길을 되짚어 오는 일정입니다. 소요 시간도 1시간 정도 늘어났고 암벽이 있는 능선을 5시간 내내 계속 타다 보니 칼로리 소모도 많은 것을 몸으로 느낍니다. 그전 도봉산을 다녀온 다음날은 몸 상태가 평소와 다름이 없었는데 북한산 의상능선 코스를 탄 다음날에는 몸이 약간 피곤하다는 느낌이 들거든요. 몸이 적응하는 데 아직 시간이 필요한 듯 합니다.

특히, 직장에서 생식을 하루 2끼에서 3끼로 횟수를 늘리는 과제에 있어서는 고민이 많았습니다. 3끼 모두 생식을 해야겠다고 마음먹었을 때에는 어떻게 해야 할지 망설였습니다.

아침, 저녁 생식을 먹는 것은 평소 해 오고 있었으므로 하등 문제가 될 게 없었는데 관건은 직장에서 점심 때 화식을 하던 것을 어떤 방법으로 생식으로 바꾸느냐였습니다. 처음에는 점심시간 전에 조그만 플라스틱 용기에 생식 과립을 넣고 물을 부은 다음 이것을 들고 공원에 산책 가서 1회용 스푼으로 떠먹곤 했습니다. 그러다가 용기를 내어 다른 동료들과 구내식당에서 점심을 먹을 때에도 생식을 가져가서 밥 대신에 먹고 반찬은 그대로 먹게 되었습니다.

누르끼끼한 빛깔의 생식을 보고 "그게 뭐냐"고 하는 사람도 있고 "사료 같다"고 말하는 후배도 있었습니다. "뭐 하러 그걸 먹느냐"고 묻기도 하구요. "여러 가지 곡물을 말린 다음 가루를 내어 과립 형태로 만든 것"이라고 얘기해 주고 "밥 대신에 이걸 먹는다"고 하고 "영양소가 골고루 들어가 있고 익히지 않은 것이라 맛은 없지만 몸에 더 좋다"고 말해 주었습니다.

이렇게 몇 번 얘기해 준 다음부터는 주위에서 더 이상 관심을 가지지 않더군요. 사실 제 딴에는 다른 사람들 앞에서 생식을 먹는 것에 대해 뭇사람의 시선을 의식하지 않을 수 없어 약간의 창피함도 느꼈습니다. 하지만, 다른 사람들 입장에서 관찰을 해 보면 처음에는 호기심을 끌 수는 있겠지만 그게 어떤 것이라는 것을 알고 난 후부터는 약간 특이하다고 생각될 뿐 이내 더 이상 흥밋거리가 될 수 없는 것이라는 것을 알았습니다.

제가 창피함을 느끼는 것 자체도 주위 사람이 저를 볼 때 '이상한 사람'으로 보지 않을까 하는 두려움에서 비롯된 것일 것이며, 이는 구도자가 타고 넘어야 할 감정 중의 하나일 것입니다. 희구애노탐염(喜懼哀怒貪厭)중의 구(懼)에 해당하겠지요. 그리고 창피함

45

을 극복하는 데 관찰이 커다란 역할을 하였다는 사실을 실감하게 되었다는 것은 제가 이번 기회에 얻은 큰 과실이었습니다. 제 입장에서 바라보지 않고 다른 사람 입장에서 바라본다면 관찰에 있어 올바른 결과를 얻을 수 있는 게 아닌가 하는…

하루 1시간 달리기를 나름대로 철저히 하고 등산 시간을 4시간에서 5시간으로 늘리고 생식을 하루 3끼 실행한 후부터는 하단전이 많이 강화되고 있음을 느낍니다. '몸공부와 기공부가 서로 연결되어 있고나' 실감하는 순간이기도 하구요. 스승님이 선도체험기를 통해 몸공부를 그토록 강조하는 이유를 새삼 알겠습니다. 건물로 치면 기초 토목공사에 해당하는 것 같습니다.

지난번 메일에서 말씀드린, 제가 미흡하다고 생각되는 3가지에 대하여 현재 개선하고 있는 사항들을 말씀드렸습니다. 스승님께서 조언하시고 싶으신 게 있으시면 말씀해 주시기 바랍니다. 다음 메일에는 기공부에 대해 제 자신을 평가해 보고 부족한 점을 언급할까 합니다.

생식 대금을 입금하였습니다. 표준생식 4박스 택배로 발송 부탁드리고, 추석 전 발송이 어렵다면 추석 연휴 직후라도 괜찮을 것 같습니다. 스승님! 추석 명절 잘 보내시길 바랍니다. 근 1년 동안 메일만을 보냈을 뿐 찾아뵙지를 못해 죄송합니다.

항상 선도체험기를 읽으며 구도에 피가 되고 살이 되는 조언을 얻고 있습니다. 감사드립니다.

단기 4350년 9월 24일
제자 서광렬 올림

【필자의 회답】

주문한 생식은 9월 25일 9시에 태안 공장에서 택배로 보냈습니다. 하루 세끼 생식은 나도 하고 있습니다. 3년 전에 낙상을 입기 전에는 하루 한 끼 또는 두 끼씩 생식하다가 낙상 때 생체 리듬이 한때 교란되어서 그렇게 되었습니다. 낙상 후 한때는 식음을 전폐하다가 미음으로부터 화식을 시작하고 마침내 하루 세끼 생식으로 낙착이 되었습니다.

서광렬 씨도 지금은 생소하지만 멀지 않아 곧 정착이 될 것입니다. 정착이 되기 전에 마음부터 그렇게 하기로 작정을 하고나면 곧 그렇게 될 것입니다. 일체유심소조(一切唯心所造)이니까요. 명분만 축적이 되면 마음을 결정하기는 여반장일 것입니다.

산소 벌초 문제

삼공 김태영 선생님, 사모님 그간 안녕하셨습니까?

생활하기 딱 좋은 가을 날씨고 추석 명절이 다가와 1주전에 조상님들 산소 벌초를 했습니다.

제가 장손이다 보니 저희 3형제와 제 아들 형제가 합심하여 벌초를 매년 하면서도 왜 그리 힘들다고 짜증이 나는지, 짜증나는 이유를 알면서도 짜증이 납니다.

짜증나는 이유: 항상 이때쯤 되면 벌초를 어떻게 해야 하나? 하는 생각이 머릿속에서 떠나지 않습니다. 많은 산소는 아니지만 제가 철들며 산소 벌초 쫓아다닌 지 40년 동안 제 4촌 형제들은 매년 얼굴을 보여 주지 않고 나이 드신 작은 아버지는 이때까지 3~4번 왔을 뿐입니다.

그러려니 하면서도 마음 한구석에서는 일전에 무슨 얘기 끝에 기제와 산소 관리는 장손이 알아서 하라는 작은 할아버지의 말씀에 정말로 서운했거든요(이전 산소 자리가 보상받았을 때 작은집이나 작은 할아버지가 조금이라도 더 가져가려고 했거든요.)

짜증을 낸다고 해결되는 게 아닌데도 말입니다. 그저 이럴 때는 무심하게 내 할 일을 하면 된다 생각하고 일을 마무리 다 하고도 얼마 지나지 않아 꼭 어떤 계기가 생기면 저 밑에서 울화가 올라오는 걸 보면 아직 멀었다고 생각합니다. 선생님의 가르침을 성실히 이행하는 제자가 되지 못함을 용서하십시오.

그러나 무소의 뿔처럼 굿굿이 무심하게 걸어 갈 것입니다. 선생님 메일을 받고 기뻐서 답장을 써야겠다고 마음먹고 컴퓨터에 앉아 메일을 쓰다 보니 넉두리가 되었습니다. 넓은 아량으로 용서하십시오.

지난주에 가서 뵈려 했는데 아들 녀석이 바빠 식당 일을 대체하지 못하여 뵙지 못하였습니다. 다음에 미리 메일로 알려 드리고 뵙겠습니다. 좋은 추석 명절 되십시오.

2017년 9월 25일
천안에서 오성국 올림

【필자의 회답】

장손으로서 감당해야 할 산소의 벌초 문제로 갈등과 번민 끝에 이를 극복하는 과정이 가히 구도자답습니다. 친척들과의 원만한 관계를 유지하려면 언제나 나 자신이 어느 정도 손해를 보아야 한다는 선에서 양보를 하는 것이 항상 정답입니다.

완전히 자리 잡은 오행생식

삼공 선생님 안녕하세요, 제자 이주홍입니다. 매주 한 번씩 스승님께 수행지도를 받다가 요즘 갑자기 바빠져서 삼공재 출입을 못하고 있습니다.

죄송합니다. 제 수련 상황에 대해 말씀드리기 앞서 오곡의 속삭임(표준) 한 달분 부탁드립니다. 국민은행 계좌로 24만원 입금하겠습니다. (입금자명: 이서호, 주소는 이전과 같습니다)

오행생식은 이제 완전히 자리 잡은 것 같습니다. 요즘은 화식, 특히 기름으로 튀기거나 인공조미료가 많이 첨가된 음식을 먹으면 속이 거북해 못 먹겠습니다. 음양식으로 일일이식도 대체로 잘 지키고 있습니다.

저는 점심, 저녁 2식을 하는데 저녁을 먹고 다음날 오전 11시에 밥을 먹을 때 반드시 생식을 먼저 먹고 다른 음식을 섭취하고 있습니다. 내장이 텅 빈 상태에서 탁한 음식을 먹으면 속이 불편하다는 것을 깨달았기 때문입니다.

『선도체험기』는 꾸준히 잘 읽고 있습니다. 현재 105권을 읽고 있는데 최근에 출판된 것을 다 읽으면 1권부터 다시 읽으려합니다.

요즘 마음에 밟히는 사람이 한 명 있는데 이에 대해서 관을 해보고 있습니다. 문제는 그 사람이 아니라, 내 마음의 작용이 아니겠는가 하고 이 마음이 어떻게 움직이는가를 지켜보고 있습니다.

집에서 단전호흡을 하는데 단전을 의식하는 것만으로는 별로 성과가 없는 것 같고, 앞으로는 선도체험기에 나온 대로『천부경』,『삼일신고』,『참전계경』,『대각경』등을 소리 내어 외우면서 축기를 해보려 합니다.

추석이 얼마 남지 않았습니다.

가족들과 함께 즐거운 한가위 보내세요!

2017년 9월 25일

충남 서산에서 제자 이주홍 올림

【필자의 회답】

마침내 오행생식을 생리적으로 받아들이게 되었다니 대견한 일입니다. 선배로서 내 경험을 말하면 앞으로 내과 질병을 앓는 일은 없을 것입니다. 동시에 상대를 관할 때 자신의 심리의 동향까지 관찰하는 단계로 향상된 것은 축하할 일입니다.

단전이 활활 타오릅니다

구례 오주현입니다. 그동안 저의 수련상황을 선생님께 말씀드리고자 합니다.

단전이 활활 타오르고 조금만 집중해도 단전에 불이 붙었습니다. 그러다가 사무실 동료들 간에 회식이 있어 화식과 술을 먹었습니다. 술을 먹어도 정신만 말짱해지고 별로 취하지 않았습니다. 화식도 먹고 싶으면 맛이 있어 땡기는 대로 먹었습니다. 그러기를 3일 정도 하니 단전이 식어버렸습니다. 후회 막급이었습니다. 그때는 이미 늦었습니다. 자만의 결과물이었습니다.

다시 단전에 불을 붙이기 위해 생식을 먹었으나 화식이 생각나 조금씩 먹었습니다. 운동도 하고 등산도 했는데 꺼진 단전에 불은 쉽게 붙지 않았습니다. 2~3주 정도 지나니 단전에 서서히 불이 붙었으나 금방 꺼졌습니다.

좀 더 강력한 무엇가가 필요했습니다. 현재 하고 있는 것 이상의 그 무엇인가가 요구되었습니다. 그동안은 몸 풀고 좌선을 했는데 바꾸기로 하였습니다. 아침 일찍 일어나 간단히 몸 풀고 산하고 인접한 경사가 급한 도로를 빠르게 걸었습니다. 걸으면서 태을주, 능엄주를 들으니 기운을 타는 거 같았습니다.

현재는 하단전의 따뜻함이 얼굴까지 후끈거립니다. 양손이 합쳐진 삼각형 모양의 수인(手印)이 상중하단전에 일정 시간 머물면 따스한 기운이 느껴집니다. 아마도 삼각형의 수인을 통해 기운이 들어오는 것 같습니다. 머리 위 백회에도 수인이 되나 백회에는 별다른 반응이 없습니다.

현재는 왼손, 오른손 각각 원형[手印 - 전법륜인]이 되면서 그곳을 통해서 기운이 들어옵니다. 몸 이곳저곳을 수인이 이동하면서 한동안 따뜻한 기운을 쏘여줍니다.

주식은 특별한 일이 없는 한 생식으로 먹고 있습니다. 지금에 와서 생각해 보면 과거 생식을 먹기 힘들어 했던 것이 한 끼에 3숟가락을 먹으려고 했기 때문에 고전을 면치 못했던 것 같습니다. 지금은 한 끼에 5숟가락을 먹고 있으며 그래도 배가 고프면 생식을 더 먹거나 과일을 먹으니 화식으로부터 벗어날 수 있었습니다.

제가 일하는 사무실은 행정업무를 하고 있습니다. 특수직 업무에 비해 복잡하고 광범위해 사무의 분장이 어렵고 동료간, 팀간에 업무분장을 하는 게 어렵습니다. 분쟁의 씨앗이 되기도 합니다.

저는 가급적이면 저하고 업무가 연관이 있다고 생각되면 제가

55

맡아서 일을 처리하고 있습니다. 그 전에 제 업무가 아니라고 말을
건네 보고 별 반응이 없으면 포기하고 제가 일을 처리합니다. 제가
조금 고생하면 일이 처리되기 때문입니다. 가끔씩 업무가 복잡해지
면 후회를 하기도 합니다만 그래도 마음이 편안한 것이 제일이었
습니다.

선생님과 사모님 두 분 모두 다 건강하시기를 바라옵나이다.

2017년 9월 26일
구례에서 오주현 올림

추신 : 이번주 9월 30일(토)에 체질 점검을 하고 삼공재에 있는
생식을 구입하고 싶습니다. 생식비(24만원)는 계좌로 미리 입금하
겠습니다.

【필자의 회답】

선도 수련하는 사람이 자기 단전이 활활 타오를 때는 그의 평생
에 한두 번 있을까 말까하는 절호의 기회입니다. 수련이 크게 향상
될 수 있는 좋은 기회이기 때문입니다. 그럴 때는 목욕재계(沐浴齋
戒)부터 하고 주색잡기(酒色雜技)를 삼가고 이웃이 억울하게 싸움

을 걸어와도 우정 화해부터 하고 불상사를 피해야 합니다.

　그런데 오주현 씨는 친구들과 어울려 과음을 했다니 천부당만부
당한 일입니다. 그래도 금방 잘못을 알아차리고 수련자의 자세를
되찾은 것은 불행 중 다행입니다. 평소에 늘 바르고 착하게 살아온
덕택이라고 생각됩니다.

소주천 진행 상황

삼공 김태영 선생님께

선생님 사모님 아침저녁으로 쌀쌀한 날씨에 건강하신지요?

일전(9월 24일자 메일)에 소주천과 대주천 수련할 준비를 하고 오라는 메시지를 받고 매우 기뻤습니다.

한편 선생님의 기대에 부응하기 위하여 준비를 단단히 하고 가야겠다고 마음먹고, 차분히 수련 중 궁금한 것이 있어 메일을 쓰게 되었습니다.

1. 몇 일전(9월 27일~29일) 아래와 같은 상황(성욕이 일 때)에서 제 행동이 옳은 방법인지?
2. 소주천이 되는 상황인지요?

2017년 9월 27일(수)

아침에 이불속에 누워있는데 성욕이 일었고 아랫도리가 아프고 뻐근함과 동시에 전립선이 터질 듯하여 소주천의 역방향으로 단전

의 기를 회음→장강→ 명문 →척중 →신도→ 대추혈 →강간→백회
→신정→인당→인중→천돌→전중→중완→하단전으로 기를 돌
리니 아픔과 성욕이 사라져 곧바로 거실로 나와 75분간 좌선수련
중 소주천이 되는 건지 모르겠지만 몸통 부위는 열감으로 돌고 머
리 부분(인중, 인당, 신정, 백회, 강간, 아문)은 기운덩어리가 잔 진
동으로 돌았습니다.

(오전 1시간 수련 시)

인당으로 촛불 모양의 흰색이 바람에 휘날리듯 흔들렸으며, 1시
간이 지날 쯤 백회 부분에 보슬비가 내리는 듯 시원하며 바늘로
찌른 후 도장침 같은 걸로 찔렀습니다.(지난 몇 달 전에는 밥숟가
락으로 백회를 파는 듯했습니다.)

2017년 9월 28일(목)

어제처럼 하복부 아프고 뻐근함과 동시 전립선이 터질 듯하
여 소주천의 역방향으로 단전의 기를 회음→장강→명문→척
중→신도→대추혈 심기혈정하니 오늘은 명문에서 위로 올라
가지 않고 대맥이 시원한 허리띠를 만들고 대추혈 방향으로 시
원한 기가 흘렀습니다.(아픔 사라짐에 비몽사몽하다가 일어나
니 10시 30분이다.)

봉서산 갔다 오는 동안 단전의 열감은 보통의 따뜻함을 유지하고 회음→장강, 명문이 시원한 통풍관이 지나가는 듯하여 걷는 데 쾌감이 일고 즐거웠습니다.

2017년 9월 29일(금)

오후 2시부터(1시간 15분) 좌선수련.

수련 50분 경과, 장강과 명문 사이가 따갑고 가려웠으며 인당은 쪼임이 심해 정을 박아 놓은 듯했습니다. (눈을 떴는데도 인당의 쪼임 현상은 테이프를 붙여 놓은 것처럼 피부가 딱딱하게 느껴짐.) 백회의 기운이 강간, 아문, 대추혈~명문, 장강혈까지 내려가는 게 느꼈습니다.

저녁 9시 이후 행공 시

하단전 따뜻함이 중단전과 천돌까지 전달되고 인중 인당 신정 백회 강간 아문혈 즉, 머리 부분은 시원하고 독맥의 대추혈부터 장강까지는 열감으로 연결되다.(수승화강?)

좀 있다가 하단전은 따뜻한 상태서 백회로 시원한 기운이 들어오며 등판과 명문, 엉덩이, 다리 전체가 시원할 때도 있다.

즐겁고 행복한 추석 연휴 보내시길 빌며, 빠른 시일 내 뵙도록 노력 하겠습니다. 안녕히 계십시오.

2017년 9월 30일
천안에서 제자 오성국 올림

【필자의 회답】

수련이 아주 잘되고 있습니다. 오성국 씨가 삼공재에 오는 것을 기다리겠습니다. 사전에 시간 약속을 하고 찾아오기 바랍니다.

현묘지도 수련기

방 준 필

현묘지도 수련은 구도자로서 꼭 하고 싶은 목표이자 과정이다. 그렇지만 수련을 오래 하다 보니 여러 가지 사정으로 그 열정의 기복이 반복되면서 나와는 인연이 없는, 점점 멀어져 가는 남의 일처럼 보이기도 했다. 그러나 "세상에 이런 일이!", "오래 살다 보니 나에게도 이런 일이 생기네요"라는 소감을 표하고 싶은 상황이 생겼다.

고등학생 시절 반에서 선을 한다는 친구가 있어 은근히 부러웠다. 동양철학, 특히 노장철학을 공부하려고 철학과로 대학 진학을 했다. 도서관에 소장된 정신과학 분야 책을 섭렵하였고, 도서관에 취직한 덕분에 천명을 누리며 책 속에서 공부할 수 있는 혜택을 입었다.

단전호흡은 책으로 공부하여 혼자 하다가 1990년 겨울, 석사 과정에 합격하면서 집중력 향상을 위해 본격적으로 시작하였다. ○ ○

선원에 3개월 다니다 그만뒀고, 몇년 후 출근길에 새로 생긴 도장에 몇 달 다닌 적 있다. 그리고 2003년 스터디 모임을 결성하여 대체의학 공부와 수련을 겸한 활동을 몇 년간 한 적이 있다. 이외에는 단독수련을 줄곧 했다.

삼공재에 다니게 된 것은 『선도체험기』를 읽으면서부터이다. 그 무렵 삼공재는 논현동의 단독건물 2층에 위치한 곳에 있었다. 번역서를 내고 논문을 다수 쓰면서 한글맞춤법에 눈이 뜨이게 되었고 이후 독서를 하면 문장의 맞춤법, 띄어쓰기를 고려하는 습관이 생겼다. 이때 『선도체험기』의 편집에 도움을 줘야겠다는 생각이 들어 선생님께 교열작업을 해드리겠다고 했다. 이후 지금까지 『선도체험기』를 포함, 선생님의 저서 백여 권을 교열했다. 박사 과정에서의 공부, 허리 디스크 파열 등의 사정으로 수련이 소홀해져 삼공재에 잘 나가지 않았던 시기에도 『선도체험기』가 계속 발행되는 데 일조하며 선생님과의 연을 유지해 왔다.

올해 5월, 『선도체험기』 114권을 교열하면서 현묘지도 카페가 있음을 알게 되었다. 이런 모임을 오랜 동안 갈구해 왔으니 망설이지 않고 가입하였다. 이 카페 활동은 나에게 자극을 주어 수련에 몰입하게 만드는 배경이 되었다. 이에 선생님께 메일을 보내 다시 수련에 정진하겠노라고 삼공재 방문을 청했다. 선생님께서는 오는 사람 막지 않고 가는 사람 잡지 않으신다. 그저 여여하시다.

6월 17일 (토요일) 현묘지도 첫 번째 화두를 받고, 하루 평균 5시간 수련했다. 거의 매일 아침 수련, 출퇴근 시 수련 혹은 의수단전, 산책할 때는 보공, 밤에는 자시수련을 했다. 평소에 TV 시청하던 시간, 헬스장 가서 운동하던 시간, 독서하던 시간을 수련하는 시간으로 돌렸다. 모임에 가면 가능한 한 음주를 자제하고, 2차 안 가고 일찍 귀가해 수련에 임했다. 집에 머무르는 것 자체를 수련하는 과정으로 삼고, 서재와 거실은 수련하는 장소로 그 기능이 변했다. 이렇게 이 기간 동안 인생 최고로 수련에 몰입한 듯싶다.

현묘지도 수련을 하면서 큰 변화가 일어났다. 먼저, 기운이 변하면서 마음도 변했고, 운명도 달라지고 있음이 감지된다. 비록 느낌상 그렇다는 것이지만 외부의 영향에 의한 생각이 아닌, 나의 내면에 대한 인식의 변화가 중요하다. 전에는 매사 불안했는데 두려움이 줄어들고 자신감, 열정, 여유, 너그러움이 충만해졌다. 물론 기감, 기적인 현상, 천도 능력, 연정화기 같은 수련에 직접 관련 있는 부분도 크게 향상되었다. 이밖에 건강증진, 집중력 향상, 수면 패턴 변화 등 많은 소소한 변화도 부수적으로 일어났다.

본고는 이러한 변화가 일어나는 수련 과정을 기술하였는데, 현묘지도 카페에 올린 수련기 내용을 수정, 편집한 것이다. 탕아에서 돌아와 수련에 정진하기로 약속한 2017년 5월 10일부터 시작하여 현묘지도의 마지막 화두를 깬 9월 23일, 그리고 이를 검증한 9월

30일까지의 기록이다.

5월 10일 수요일 〈삼공 선생님께 드린 메일〉

선생님, 안녕하세요?

이번에 『선도체험기』 114권 원고 교열과 관련하여 메일을 쓰게 되었습니다. 그동안 출판사에서 보내준 원고를 계속 봐 왔는데요. 덕분에 선생님과의 인연줄을 놓지 않고 있었답니다. ^^

이번 책은 김우진 님의 수련기가 많은 분량을 차지하고 있군요. 그 글을 보다가 필자가 관리하는 〈현묘지도〉 카페에 가입하여 서로 소통하게 되었습니다. 그동안 도반이 없어 외로웠고 자꾸 낙오되었는데, 이제부터 좋은 일이 생길 것 같습니다.

그리고 제자분 중에 원고를 교열하는 분이 있음을 알게 되었는데요. 교열 회수가 늘어나 책으로서의 완성도가 높아질 것 같아 기대도 됩니다.

이번 교열에 대해 말씀드리자면, 수련기 글이 필자의 블로그 수련일지에서 가져왔기 때문에 원고 상의 문장 나열이 일반적인 책의 문단 형식에 적합하지 않아 전반적으로 문단을 조정하였고, 또 블로그의 사진이 없으면 독자가 이해하기 어려운 글이 있어 그 경우 문장 중 일부 문구를 삭제한 경우가 두어 번 있습니다. 이번

65

책에는 독자들이 선호하는 수련 내용이 많고, 특히 김우진 님의 글솜씨가 좋고 근기도 뛰어나 많은 호응을 불러일으킬 것 같습니다.

더불어 저의 근황을 짧게 말씀드리자면, 본업 외의 시간에 마음이 아픈 사람을 도와주려고 상담심리 공부와 봉사활동을 했고, 음악으로 심신의 병을 치유하고 명상에 도움이 되는 sound therapy에 관심을 기울여 왔습니다. 이외에도 대체의학을 비롯해 그동안 했던 많은 공부가 결실을 맺지 못한 게 대부분이지만, 그것들이 누적되어 지금 저의 마음을 안정시키는 효과를 가져 온 듯도 합니다. 또 그 과정에서 도인, 부처, 천계에 속한 사람들과 교류하게 되는 데에는 무슨 뜻이 있는 것 같습니다.

한편으로는 딴짓할 시간에 수련에 집중했어야 했다는 후회가 듭니다만, 한시도 수련에 대한 마음을 놓지 않은 것은 다행입니다. 이제 더 늦기 전에 선생님을 뵈러 가야 된다는 의식이 저를 밀고 있으니, 몸과 기운이 정비되는 대로 곧 방문하겠습니다.

위 메일에 "메일 잘 읽었습니다. 기다리겠습니다"라는 회신을 받았다. 이로써 현묘지도 수련을 향한 길이 열리게 되었다.

5월 11일 목요일 〈보공〉

저녁식사 후 강아지 산책시키러 나갔다. 걸으면서 호흡수련하는 보공은 자주 해왔는데, 한 호흡의 길이는 걸음 수, 속도와 비례한다. 그냥 걷다 보면 잡념에 휩쓸리기 때문에 수식관을 애용한다. 여기에 7개의 차크라에 의식 집중을 하기도 하는데, 근래에는 인중도 그 대상에 포함했다. 그래도 여전히 여러 가지 일이 반추되며 집중이 안된다.

5월 12일 금요일 〈단전 폭발〉

출퇴근 시 책을 읽으려고 지하철을 타고 다닌다. 오늘 퇴근길에는 책은 안 읽고 호흡수련을 했다. 빈자리에 앉아서 명상을 하다 잠깐 잠이 들었다 깨니 일과로 인한 피로가 풀린다.

저녁 식사 후 강아지 데리고 산책 나갔다. 평소보다 느린 걸음... 호흡이 느려지며 단전에 열감이 강해진다. 그러다 폭발하는 현상, 그때 강한 기운에 놀랐다. 뒤통수 위쪽이 덩달아 저린다. 간만에 보공의 효과가 강하게 나타난 이유가 뭘까? 한 시간 반 경과, 계속 걸을까 하다 몸이 노곤해지고 강아지도 힘들어 하여 집으로 향했다. 전에 썼던 수련기를 다시 보고, 잠시 누워 쉬면서 와공을 했는데 이내 잠들고 말았다.

5월 13일 토요일 〈명상방석〉

아침 6시 반에 깨어 PC를 켜고 명상음악을 들으며 카페 글을 보며 책상 앞 수련을 했다. 허리가 불편하여 와공하러 이부자리로 갔다가 잠이 들었다. 아침에 잠에서 깨는데 헉! 양물이 발기되어 쇠막대처럼 단단하다. 수련이 급진전되는 것 같아 흐뭇하다.

점심 식사 후 산책 나갔다. 비가 올 듯 검은 구름, 바람이 심하다. 강아지 없이 혼자 걸으니 호흡에 집중할 수 있어 좋다. 한 바퀴도 안 돌아 가벼운 운기 현상이 일며 단전 부위에 힘이 많이 들어간다. 온몸이 훈훈하다. 계속 돌고 싶었지만 비가 곧 내릴 것 같아 세 바퀴 돌고 귀가했다.

저녁 식사 후 2시간 산책하다. 1바퀴 돌자 머리에 자극이 오고, 이어서 단전이 뜨거워진다. 자연스러운 호흡인 문식이 아니고 호흡을 중지하고 단전에 힘을 주는 무식이 자동으로 이루어진다. 꼬리뼈 장강 부위에서 별같이 반짝이더니 뜨거워진다. 이윽고 명문 부위가 뜨겁다. 전에도 그랬던 것 같은데...

밤 12시 넘어 새로 온 명상방석을 깔고 좌공을 시도했다. 척추기립근에 힘이 들어가 좀 불편하여 몸을 움직여 적응해 나갔다. 단전 부위에서 작은 불빛이 회음 쪽으로 곧장 아래로 떨어진다.

5월 14일 일요일 〈기몸살〉

삼공재 가려면 수련에 진도가 많이 나아가야 면목이 서지. 그래서 열심히 수련한다. 점심 후 혼자 한 시간 산책. 한 바퀴 도는데 저절로 강한 무식이 이루어진다. 한 바퀴에 20회 호흡. 단전이 어제만큼 뜨겁지 않다. 빨간 사과 하나가 단전에 보이길래 빙글빙글 돌렸다. 걷는데 목이 진동하니 우습기도 하다. 나중에 힘들어 자연호흡으로 돌리니 호흡이 짧아진다.

피로물질이 쌓인 것 같지는 않은데 노곤하고 기운이 없다. 기몸살인가 보다. 늦은 낮잠을 잤다. 저녁에 책상 앞에서 음악 명상을 하니 몸이 훈훈해진다.

5월 15일 월요일 〈용광로〉

전날 늦은 낮잠을 잔 덕에 밤샘 수련을 시도했다. 새벽에 차례로 외국에서 하는 축구, 골프, 농구 경기도 볼 겸... 좌공 자세 후 와공을 했는데, 비몽사몽 1시간 경과. PC 앞에서 음악 들으며 좌공. 3시 넘어 졸음과 노곤함으로 잠자리로 이동, 와공하다가 잠이 들었다.

사무실에 출근하니 눈을 감으면 금방 잠이 올 듯한 상태가 지속된다. 하지만 건드리면 터질 듯한 기운이 돌기도 했다. 지난주와 달라진 것은 우선 소변 보러 가는 횟수가 줄면서 소변량이 많아졌고, 가늘던 소변이 굵어졌다. 방광과 전립선이 좋아진 듯하다.

밤 10시. 카페 글을 읽으니 운기가 된다. 좌공하는데 단전 부위가 용광로처럼 뜨겁다 그 뜨거움의 질이 다르다. 단전 부위를 평평하게 기반을 다지는 듯, 성기 포함 명문까지 복부 전체가 뜨겁다. 불이 번지듯이 대맥 왼쪽을 돌며 뜨겁다. 몸이 꼬이며 힘이 들어가는 게 뭔가 뭉친 것을 푸는 느낌이다.

『선도체험기』 94권 18번째 현묘지도 수련기를 읽다. 새벽 1시가 넘었지만 뜨거움 때문에 잠을 자러 갈 수 없다. 전중 부위로 뜨거움이 올라온다. 근래 안 좋은 위를 치료하는 듯하다. 옆구리 아래 부위, 대맥 주변 왼쪽이 오른쪽보다 더 뜨겁더니 양쪽 다 뜨거워진다. 2시 넘어 PC를 끄고 잠자리로 가 와공하다가 잠이 들었다.

5월 18일 목요일 〈수련 정진〉

출근길에 독서 대신 수련을 하기로 했다. 지하철역으로 걸어갈 때도, 전철 간에서도 수련에 집중. 사무실에서도…

저녁 식사 후 산책하는데 힘이 들고 사무실 일이 자꾸 떠올라 단전에 집중이 잘 안된다. 거실에서 명상방석 가져 오는 게 귀찮아

요가매트 위에서 좌공을 하다 보니 허리에 부담이 느껴져 와공을 한다.

5월 19일 금요일 〈천도〉

출근길. 호흡에 집중이 안된다. 빙의령이 기운을 다 빨아가나 보다.

퇴근길. 지하철역 계단 내려가며 빙의령 천도를 하면서 선생님을 생각하니 선생님 모습이 크고 선명하게 보인다. 그 모습을 단전으로 끌어당겼다. 전철간에서 나도 모르게 눈물이 난다. 아무래도 내일 삼공재 가야겠다. 열감이 치골 위에도 느껴진다. 아파트 단지 안으로 걸어 들어가는데 머리 뒤에서 등 아래까지 넓게 바람처럼 기운이 들어온다.

5월 20일 토요일 〈삼공재 방문〉

창덕궁 고적답사 행사가 있어 참가했다. 정문인 돈화문을 들어가 오른편 금천교부터 기운이 일기 시작한다. 명당이라 그런가? 점심은 뷔페식인데 일부러 적게 먹었다. 강남구청역에 도착하니 1시간

가량 시간이 남아 만남의 광장에서 삼공재 방향으로 앉아 수련하다. 단전 부위에서 아프도록 열감이 강해진다.

이제 출발. 걸어가면서도 수련한다. 이게 몇년 만의 방문인가? 벨을 두 차례 눌러도 대답이 없다. 혹시나 해서 전화하니 옆동으로 이사가셨다네. ㅠ

문을 열어 주신 사모님... 세월이 남긴 흔적에 순간 당황했다. 사모님은 도리어 내가 살이 빠졌다고 하신다. 백팩에서 대마씨 1봉을 꺼내 식탁 위에 놓고 설명했다. 나이가 들면 근육이 사라지니 단백질을 섭취해야 하는데, 육식을 안 하시니 단백질 함유량이 높은 대마씨를 드셔보시고 입에 맞으시면 다음에 또 가져 오겠다고 했다.

선생님께서 반갑다고 악수를 청하신다. 세월의 무상함은 선생님도 예외 없이 지나갔으니… 내가 그동안 참으로 무심했음을 반성한다. 큰절을 올리고 오른편 서가 있는 곳으로 이동했다. 방석을 꺾어 엉치 아래에 깔았지만 허리와 등이 불편해 몸을 조금씩 움직이며 수련을 시작한다. 그럴 줄 알았지만 눈물이 나온다. 곧 콧물도... 주머니에서 티슈를 꺼내 소리 안 나게 닦는다. '집 나갔다 돌아온 탕아'라는 문구가 떠오른다. 삼공재 나가 별짓 다하고 더 이상 할 게 없으니 뉘우치고 돌아와 참회의 눈물을 흘리는... 그런데 한참 수련하다 보니 얼굴에 미소를 띠고 있네. 스스로 좋은가 보다.

단전에 힘이 들어간다. 열기를 감상하며 몸이 움직이는 대로 둔다. 진동도 조금, 잔잔한 잡념이 계속되며 명상에 몰입되진 않는다. 목에서 가래 비슷한 냄새가 느껴진다. 아침에 약한 목감기 증세가 있긴 했는데, 탁기가 나오는 건가?

1시간 반이 금방 지나간다. 요통도 없고 다 좋은데 방석이 불편해서인지 오른쪽 고관절 통증이 심해져 견디기 힘들다. 그래서 기운으로 치료한다. 우주 기운, 사랑의 기운, 치유의 기운을 암송하자 통증이 줄어든다. 이제 얼마든지 앉아 있을 수 있다. 몇 년 동안 요통 때문에 삼공재에 못 갔는데, 이제는 괜찮을 듯하다.

사모님께서 주스를 가져 오신다. 선생님은 안 드신다. 전에 금형이라고 하셨는데, 지금 보니 목형이시다. 그래서 안 드시나... 화장실 갔다 오니 수련 종료 분위기다. 생식 2통을 백팩에 넣고 인사하면서, 와서 행복하다고, 수련기를 메일로 보내겠다고 하니 선생님께서 흐뭇해하신다.

김해에서 오신 분과 같이 이야기하며 걷는데, 공명 운기가 되며 그의 수준이 감지된다. 잠깐 주스를 마시며 얘기를 나눴는데 안광이 있고 얼굴색도 훤하다. 우여곡절이 있었지만 간절한 마음으로 수련에 임하다 보니 현묘지도 수련에 이르게 된 것 같다고 한다. 간절함, 절실함... 나에게 부족한 부분이다. 이렇게 열심히 수련해야 선택을 받는 것이니, 오늘 교훈을 얻어 간다.

5월 21일 일요일 〈정화된 심신〉

어제 종일 단전에 힘이 들어가서인지 피로했는데 자고 나니 심신이 정화된 느낌이다. 『선도체험기』 92권, 현묘지도 수련기록을 읽는데 운기가 된다. 대덕, 대혜, 대력... 수련 중 암송할 만하다.

저녁에 산책하면서 의수단전 잡념불용, 무심, 자성구자('자'가 잘 생각나지 않았다) 강재이뇌 등을 암송하는데 운기되며, 열기가 여기저기 느껴진다. 1시간쯤 되자 힘이 든다. 이번주에 강행했나 보다. 집에 들어가 와공을 하는데도 잘 안된다. 휴식이 필요한가 보다.

5월 22일 월요일 〈와공〉

아침 6시 반쯤부터 자다 깨다를 반복했다. 가슴근육 통증이 느껴진다. 단전 부위에 힘이 들어가다 보니 몸의 다른 부위의 보상작용인가 보다. 퇴근길 지하철에서 입공을 하다. 가벼운 기마자세. 단전 부위에 양손을 원형으로 잡고 입정 상태에 든다.

와공 1시간 30분. 요가 매트에 누워 휴식 겸 수련을 하다. 의수단전하며 호흡을 하니 곧 몸이 꼬이기 시작한다. 스트레칭 같기도 한데 몸이 불편한 곳을 치료하는 효과가 있는 듯하다. 오래 전 아침 일찍 출근하여 뒷산에 올라가 호흡수련을 할 때마다 몸이 꼬이며 무술동작이 저절로 나오곤 했던 것이 생각난다. 한참 후 죽은 듯이 가만있는데 눈앞에 영화 스크린이 환하게 쳐지며 여러 장면이 보인다. 뭔가를 묻고 대답하는 것을 들었는데 기억이 안 난다. 이게 다 꿈인가? 새벽 1시 반쯤 일어나 잠자리에 든다.

5월 23일 화요일 〈너무나 뜨거운...〉

새벽에 깼는데 피곤하지 않고 개운하다. 잤다 깨기를 반복하다 7시 전에 기상. 꼬임 스트레칭 후유증으로 몸 여기저기가 결리는 듯하다. 아침식사는 녹즙과 생식.

독서회 모임에서 과식을 했다. 집에 와서는 바로 와공 좌공 와공을 하다. 단전이 펄펄 끓는 물, 용암처럼 너무나 뜨겁다. 뜨거움이 복부 여러 곳으로 다닌다. 와공 시 몸이 비틀리며 고관절, 허리를 치료한다. 부실한 곳이 많아 치료하느라 시간이 오래 걸리나 보다.

5월 28일 일요일 〈지지부진〉

수련 진도가 며칠째 지지부진하다. 단전의 열감도 강렬하지 않다. 낮에 TV를 켜 놓은 채 와공하고, 헤어컷 하러 가서도 단전에 집중한다.

6월 1일 목요일 〈천도〉

저녁에 헬스장 다녀 와 거실에서 와공을 하는데, 운기가 되며 어떤 얼굴이 작게 보인다. 빙의령이 천도되었나 보다.

6월 2일 금요일 〈보공〉

저녁에 강아지를 데리고 1시간 반 산책하다. 어제 천도의 효과인지 단전의 열감이 회복되었다. 열감이 복부 왼쪽으로 이동한다. 미려 쪽으로 열감이 이동했을 때 머리 뒤쪽에서 공명현상이 일어난다. 열감이 명문으로 이동했는데, 대추혈 부근에 일부 기운이 느껴진다. 더 이상 변화가 없기에 걷느라고 집중이 덜 되나 싶어 귀가, 좌공을 했다. 입정에 들자 좋긴 하나 요통이 생겨 와공으로 변경, 그런데 잡념이 계속되고 목기침이 난다.

6월 3일 토요일 〈목감기〉

오후에 삼공재 가려고 했는데, 시간이 지날수록 목감기가 심해져 포기했다. 사무실, 식당 어디든 에어컨 바람을 등 뒤에 맞다 보니 목이 간질거리더니... 감기와 거리를 두고 살아 왔는데, 나이 들면서 면역력이 많이 떨어졌나 보다.

저녁에 2시간 동안 산책하다. 열감이 대맥을 돌고 명문 위까지 올라가고 뒤통수에 공명현상이 느껴진다. 일찍 잠자리에 들었는데 오한이 생겨 심하게 떨렸다. 단전호흡을 하니 뜨거운 기운이 형성되어 등 쪽으로 이동하면서 몸이 따뜻해졌다.

6월 4일 일요일 〈피로 극복〉

저녁 시간. 나가기 싫어 도망가는 강아지를 잡아 데리고 나갔다. 강아지도 체중이 늘어 자주 산책을 시켜 줘야 한다. 강아지가 걷기 싫어하기에 천천히 걷는다. 보공은 천천히 걸으면서 하라고 하니 잘됐지. 그런데 기운이 감기 치료에 사용되어서인지 기대했던 별다른 변화가 없다. 잡념이 계속 생긴다. 단전의 열감을 우주의 소용돌이처럼 천천히 돌리니 집중이 잘된다. 1시간 40분 산책 후 귀가.

6월 5일 월요일 〈카페 글쓰기〉

아침 기상을 할 때 몸이 가볍다. 월요병으로 몸이 무거울 텐데, 수련의 효과인 듯해서 동기부여가 된다. 저녁 식사는 생식.

카페에 정기적으로 수련기를 올리게 되어 있다. 나는 수련 선배라고 안 올려도 된다고 하지만 회원의 의무를 공유하는 것이 좋을 듯하고, 또 수련에 대한 반성 효과가 있을 테니 오늘부터 올리기로 했다. 그런데 좀 부끄럽다. 카페의 메인 페이지에 '인간의 마음은 그 스스로가 감옥이다. 그러나 누구든 그 감옥을 벗어날 수 있으니 중단 없이 정진하라'는 문구가 있다. 결국 수련은 마음의 감옥을 벗어나는 과정이라고도 할 수 있겠지. 또『미움받을 용기』에서 이런 창피함도 대인관계를 의식하기 때문에 생기는 것이고, 변화를 바라면 용기를 내라고 했다.『악마의 시』에서도 '잡고 있지 말고 열어라'고 하지 않았는가?

산책 1시간 반. 단전에 집중하자 열감이 자동으로 생긴다. 그런데 잡념이 너무 심하다. 어제처럼 우주의 소용돌이를 떠올려도 효과가 없다. 저녁에 카페에 올린 수련기에 대한 댓글에 답글을 올렸다. 그러는 동안 복부에 열감이 생긴다. 위장과 명문 쪽으로도 열감이 있다.

6월 6일 화요일 〈현충일〉

비 오기 전에 산책하러 나갔다. 게으른 강아지가 요즘 나 때문에 고생이다. 산책 중 아주 오래 전, 초등학생 시절 시장에서 누구한테 얘기 듣는 장면이 문득 떠오른다. 인생에 무슨 영향을 끼친 일도 아닌데... 신기하다. 단전에 우주, 태양을 의식하며 집중. 그런데 수식관을 하니 숨이 가빠진다. 그냥 내버려 두면 호흡이 일정치 않더라도 숨차지 않고 열감이 강화된다.

Snatam Kaur의 음악을 들으며 휴식을 취하다. 그녀는 인도의 요가 수행을 했기 때문에 음악의 무드도 그런 색이 짙다. 입정 상태인지 비몽사몽간인지 나에게 질문을 하고 무슨 말을 들었는데 막상 쓰려니 기억나지 않는다.

저녁 시간 내내 PC 앞에서 시간을 보냈다. 명상음악을 들으며 인터넷 여행, 카페 글을 보는데도 무의식적으로 수련이 되었으니, 여기저기의 열감이 이를 증명한다. 하지만 시간 대비 효율 면에서는 가성비가 떨어지는 것이 분명하리라.

6월 7일 수요일 〈천도〉

가랑비가 온다. 점심시간, 직원들과 식당으로 걸어가는데 목이 눌린다. 고혈압? 빙의현상? 그렇지 않아도 어제 저녁 아내가 같이 먹자는 말도 없이 수박을 혼자 먹는 모습에 약간 화가 났는데 순간 '저건 사람도 아니야' 라는 말을 했는지 들렸는지 싶다. 그때 빙의령이 들어왔나 의심했던 참이다. 걸으면서 '빙의령 빙의령 인과응보 해원상생 극락왕생 업장소멸'을 외니 뒤쪽으로 강한 운기현상이 생긴다.

하루 종일 몸 전체로 열기가 돌아 훈훈하다. 목 눌리는 현상도 차츰 가시고 컨디션 상승. 사무실 일을 미루지 않고 착착 처리하고, 강의 가서도 잘했으니 자신감, 체력 모두 굿! 귀가 후 거실에서 좌공 시 단전에 날카로우면서도 가벼운 통증이 느껴졌다. 허리가 뻐근해지자 다시 와공... 자정이 넘은 시간, 자러 가라는 아들의 말을 듣고 안방으로 건너갔다.

6월 8일 목요일 〈욕탕 입수하는 듯한 느낌〉

꿈에 선생님이 장년 남자 두 사람과 상담하시는데, 내가 통역을 한다. 수련 때문이 아니고 심리상담 같은... 3시쯤 선생님이 지쳤다고 엎드려 누우신다. 쉬시게끔 방을 나와 건물 여기저기 보러 다닌다. 화장실에 가 보니 사람들이 소변을 쉽게 잘 누지 못 하는 장면이 보인다. 장소를 이동, 고양이가 어떤 장치를 건드려 시계의 가는 용수철 같은 부품이 떨어진다. 이걸 다시 부착하려니 쉽지 않지만 장치의 작동에는 상관없어 보인다. 다시 방에 들어가니 상담이 이어지는데 아는 여직원이 통역하고 있기에 옆에 앉았다. 그게 어떤 언어인지는 확실치 않다.

저녁 8시 강아지를 데리고 산책 나가다. 잡념이 내내 일어 '인과응보... 극락왕생, 조물주 본성'을 암송했지만, '싯다르타' 암송이 효과를 보았다. 열감이 온몸으로 확산된다. 가슴에 이어 양 어깨에 열감이 옮겨지고 발목 부근까지 기가 찌르르 간다. 등 쪽에서 뜨거운 물 같은 것이 넓게 차차 올라오는 게, 욕탕에 몸을 천천히 담그는 듯하다. 계속 더 올라가기를 기다리는데 확 올라가지 않는 이유는 어디 안 좋은 데를 치료하느라 그럴까?

산책로에 그 많던 사람들이 줄었다. 다리도 뻑뻑해지고... 귀가해 시계를 보고는 놀랐다. 11시!! 이렇게 시간이 빨리 지나다니... 저녁 산책을 3시간이나 한 것이니, 처음 있는 일이다.

6월 9일 금요일 〈또 시련〉

아침 기상하는데 약간 피곤하다. 어제 3시간 산책한 후유증인 듯. 그런데 생생하던 꿈이 기록하는 이 순간 잘 기억나지 않는다. 건물의 방을 리모델링하는 장면 등은 흐릿하고 아직 뚜렷한 것은… 약국에 여자 약사가 가운을 입은 채 의자에 앉아 있는데 마치 비치 체어에 앉은 포즈다. 속옷을 안 입은 다리 사이 그곳이 선명하게 각도를 달리하며 보인다. 수련이 진행되면 이렇게 색계의 유혹이 따르는데, 이번에도 잘 넘어갔으니 상을 줄까나?

하루 종일 탕 속에 있는 듯 복부를 비롯 온몸이 훈훈하다. 저녁은 수유리에서 회식했는데 과식을 했다. 커피숍에서 스무디를 요거트로 착각해 먹었더니 속이 불편하다. 다시는 과식하고 찬 음료를 마시지 말아야지. 귀가하느라 버스를 4번 갈아 타는 번거로움은 그 시간에 호흡수련을 하느라 잊었다.

6월 10일 토요일 〈이물감〉

새벽에 잠을 깨다. 시계를 봤더니 1시 반인데 양물이 빵빵하다. 성욕은 없는데 몸이 헛심을 쓰네… 다시 잠든다. 꿈에서 길에서 후배와 선배를 차례로 스쳐 지나갔는데 어떤 방에서 다들 모였기에 놀랐다. 사창가 같다. 들어 온 여자가 벌거벗은 채 추워한다. 다른 여자들이 들어왔는데 여러 사람들과 같이 있어서 그런지 마음이 불편하다. 좀 있다 나 아닌 사람이 주인공이 되어 그곳을 탈출한다. 조폭 같은 사람들과 거친 싸움을 한다. 경찰에 연행되는데 또 탈출… 무슨 영화 보는 것 같다. 아무튼 시련이 연속해서 가해졌고 이를 넘겨서 다행이다.

직장 등반대회 행사가 있는 날이다. 점심회식 후 삼공재에 갈 수 있는 시간이지만 땀 냄새와 고기 냄새를 우려해 일찌감치 포기했다. 귀갓길에 수련을 시도했으나 집중이 잘 안된다.

이른 저녁식사 후 7시부터 8시 반까지 산책을 하다. 단전의 열감이 강해졌다 식었다를 반복한다. 이후 PC 앞에 앉아 시간을 보내다. 막연한 성충동을 느끼고 야한 사진이 보고 싶었지만 안돼! 하고 다른 생각으로 전환했다. 와공을 하는데 단전에 '一'자가 보인다. 단전에 이물질 감을 느껴라 했는데 이것인가? 그런데 약간 찌르는 통증도 수반한다.

6월 11일 일요일 〈줄탁지기〉

하루 종일 PC 앞에서 빈둥거리며 소극적으로 수련했다. 선도체험기 89권 현묘지도 수련기를 읽다 보니, 한참 수련했을 때 진도를 많이 나아갈 수 있었는데, 그렇게 하지 못한 반성을 하게 된다. 당시 삼공재에 자주 갔었는데 선생님 앞에서 소주천 시도할 때 그날따라 기운이 모이지 않아 실패한 적이 있다. 그게 트라우마처럼 작용하여 매일 백회로 기운이 나무기둥처럼 들어올 때조차 선생님한테 알리지 않다가 줄탁지기를 놓치고 만 것이 후회된다. 결국 나의 수련 상태를 적시에 제대로 알리지 않아 그랬던 것이니... 이제는 삼공재 가기 전에 수련기를 메일로 보내 선생님께 나의 상황을 알리고 가야겠다.

저녁에 2시간 반 동안 산책 겸 보공을 하다. 열감이 아른거리다가 2시간 지나자 늦게 발동했다. 열감 하나가 3차원 영상으로 단전이기도 하고 등 쪽이기도 한 곳에서 보이니 신비롭다. 잠자리에서 와공을 하는데 단전의 뜨거움이 각별하다.

6월 12일 월요일 〈또 꿈〉

꿈에 여자가 내 옆에서 자는데 그곳이 보인다. 이불 밖으로 나올 땐 속옷을 입었건만... 수십 년 전에 잠깐 인사 한번 했던 사람인데 어이 나타났을까? 하여간 또 다시 시련을 통과했으니, 다음에는 어떤 유혹이 있으려나 궁금해진다.

기상하니 피곤하고 허벅지와 종아리에 약한 근육통이 느껴졌다. 지하철로 출근하면서 수련했다. 목감기 상태는 가래가 점점 옅어지는 것 외에는 이상이 없는데 다시 가벼운 몸살 기운이 느껴진다. 주말에 무리했나? 기몸살인가? 퇴근길 지하철에서 수련하는데, 몸에 열이 느껴지고 기운이 없다.

저녁식사 후 8시부터 산책 1시간 하다. 단전에 열감이 강하게 느껴지고 백회 부위에서 새가 부리로 콕콕 쪼는 듯하다가 음푹 파이기 시작한다. 귀가하여 쉬다가 와공을 하다. 단전에 기운이 90도로 곧장 들어와 뜨거워진다.

6월 13일 화요일 〈기몸살 심화〉

일찍 깬 덕에 6시부터 한 시간 동안 좌공하다. 단전의 열감이 복부 전체로 퍼지고 중단전이 열기에 반응한다. 출근 준비를 위해 중지할 때까지 평화로움을 넘어 행복감을 만끽했다. 이렇게 아침에 좌선 자세로 수련한 게 오랜만인데, 앞으로 자주 해야겠다.

출근길 지하철에서 명상을 했지만 좌공에 비하면 미미하다. 하루 종일 고혈압과 몸살 기운이 느껴지다. 점심은 생식. 평소보다 늦은 퇴근 길, 감기몸살 증세가 심해져 힘들다. 나름 수련하려고 집중했지만 효과는 별로다. 저녁 식사 후 쉬고 싶었지만 그러다 완전히 쓰러질 것 같다. '누우면 죽고 걸으면 산다'는 구절이 생각나 강아지 산책시킬 겸 나갔다. 걷는 게 왜 이리 힘드노? 단전에 활활 타는 모닥불을 연상하니 뜨거움이 더한다. 중단전도 함께 반응한다. 한 시간쯤 보공을 하고 귀가하여 바로 자리에 누웠다.

6월 14일 수요일 〈모닥불〉

눈을 뜨니 새벽 4시. 좌선을 하려니 너무 이른 것 같다. 5시. 조금 더 기다린다. 6시... 일어나 수련할까? 그런데 알람 소리가 들린다. 7시다. 그렇다면 지금껏 비몽사몽, 꿈이었나? 다행히도 몸 컨디션이 나아져 기분이 좋다.

차를 몰고 출근. 40분 동안 호흡을 26번쯤 한 것 같다. 운전 중 수식관을 하면 과속이나 차선 바꾸기를 안 하게 되어 자연히 안전 운전을 하게 된다.

야간 수업이 끝나고 주차장 가는 길에 여학생 2명과 만났다. 항상 뒷자리에 앉는, 평균 연령보다 높은 학생들이다. 종강이라 아쉽다고 하며 이전에 자신이 부족해 포기했던 것을 나로 인해 용기를 내어 다시 시도할 생각이 들었다고 한다. 또 한 사람은 주경야독 생활이 힘들어 포기하려다 나로부터 힘을 얻어 끝까지 다닐 수 있었다고 말하며 눈물을 흘린다. 이야기를 들으며 뭉클했다. 내가 학생들에게 도움이 되었다는 사실에 보람을 느끼는 한편, 체력이 바닥날 즈음 수련 덕분에 기운을 차리고 강의를 잘하여 이제 끝났으니 안도감을 느낀다. 수련에 다시 정진하도록 엮어진 인연에 감사 드린다.

자정 무렵 와공을 하다. 단전 부위에 힘이 들어가니 하복부 근육이 아프다. 힘을 안 주고 천천히 호흡하며 모닥불을 연상하니 단전이 뜨거워진다. 그런데 사무실 일이 자꾸 머리에 떠오르며 해결책을 궁리하다 보니 수련에 집중이 안된다.

6월 15일 목요일 〈회신〉

출근길에 단전에 집중하려 해도 일에 대한 생각이 자꾸 떠오른다. 일은 모색한 대로 잘 풀리지 않았지만 나름 결말을 맺었다. 오후에 홀가분한 마음으로 선생님께 수련기를 메일로 발송했다. 퇴근 전, 선생님으로부터 회신을 받았다. 엄청난 기운과 함께...

"수련기 쓰느라고 수고 많았습니다. 등잔 밑이 어둡다고 진즉 챙겼어야 할 것을 잊고 있었습니다. 현묘지도부터 정식으로 시작하는 것이 좋을 것 같습니다."

회신을 읽고 또 읽는다. 눈물이 주체를 못할 만큼 계속 나면서 가슴이 저렸다.

저녁은 모처럼 직장 전체 회식이다. 고기를 질리도록 먹고, 소맥 여러 잔을 마시고 2차 가서 맥주 작은 것으로 세 병이나 마셨다. 최소한으로 먹고 마시려고 했으나 이곳 분위기 상 이렇게 되었다. 택시를 타고 귀가하면서 핸드폰으로 선생님의 회신을 다시 보니 또 하염없이 눈물이 난다.

6월 16일 금요일 〈D 데이〉

단체로 여행을 가 강가에서 놀다가, 앞에 있는 성 안으로 들어간다. 그 성이 나의 소유 같다. 시간이 조금 지나 2층 홀에 올라가니 가슴이 드러나는 드레스를 입은 여자가 서 있다. 그녀에게 접근, 손을 넣어 가슴을 만진다. 그 촉감이 리얼하다. 그런데 사람 같기도 하고 게임 캐릭터 같기도 한 것이 둘 나타나는 바람에 진도는 여기까지. 그리고는 그들을 차례로 격퇴한다. 밖에서 일행과 놀다가 먼저 가는 사람이 있어 배웅한다. 멀리 산에 있는 성의 경관이 훌륭한데 바람이 세차다. 스케일 큰 시뮬레이션 게임 같은 꿈이다. 오늘의 시련은 누가 나타나지 않았으면 어찌 되었을지 모를 아슬아슬함을 남기고 넘겼다.

6시. 거실로 나가 좌공하고 있는데, 7시 지나 방에서 나온 아내왈, 잠도 안자는 철인이 되었단다. 출근길 지하철 안에서 핸드폰으로 선생님의 메일 회신을 보니 또 눈물이 난다.

사무실에 있는 동안 기운이 심상치 않다. 끓는 듯한 느낌? 퇴근시 건물 밖으로 나오는데 강하고 부드러운 기운이 온몸을 감싸며 백회로 기운이 들어와 뒤쪽으로 머리에서 발끝까지 내려간다. 현묘지도 준비 단계인가? 차원이 달라진 사람이 된 듯하다.

1시간 걷고 헬스장 갈 계획으로 나갔다. 한참 걸어도 열감이 안생긴다. 의식이 평소보다 가볍게 떠있고 빠르게 통통거리기에 이상

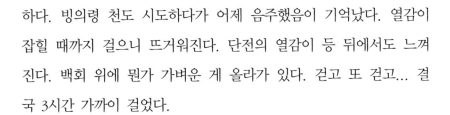

하다. 빙의령 천도 시도하다가 어제 음주했음이 기억났다. 열감이 잡힐 때까지 걸으니 뜨거워진다. 단전의 열감이 등 뒤에서도 느껴진다. 백회 위에 뭔가 가벼운 게 올라가 있다. 걷고 또 걷고... 결국 3시간 가까이 걸었다.

6월 17일 토요일 〈삼공재〉

삼공재 가는 날인데 꿈에 또 시련을 당했다. 스스로 이겨내어 다행인데, 유혹의 달콤함에 그대로 있느냐 빠져 나오느냐는 결국 나의 선택인 셈이다. 어차피 나갈 거라면 입구에서 들어갈까 말까 망설일 필요도 없이 그냥 지나치면 된다.

기상 시 어젯밤 산책 때문인지 종아리 근육통과 함께 약간의 피곤기가 있다. 샤워 후 선도체험기 84권 현묘지도 수련기를 누워서 읽는 동안 공명 운기가 되고 몸이 자동으로 여기저기 조금씩 움직인다.

점심을 생식으로 먹고 2시쯤 출발. 입구에서 두 분이 기다리기에 합류, 함께 입실한다. 곧 두 분이 따로 입실하였는데 한 여성이 무단 방문하는 해프닝이 발생하였다. 선생님께서 질문을 하신 후 책을 더 읽고 방문 허락을 받은 후 다시 오라고 하시되 20분쯤 있다가 가게 하신다. 그 여성의 상황이 대략 어떠할 것이라고 상상된다.

수련 중 앞에 난로가 있는 듯 온기가 하복부에 넓게 전해진다. 잔잔한 잡념이 계속 떠오르는 가운데 단전에 열기가 지속된다. 백회에 기못이 박힌 후 사방으로 갈리며 벌어져 백회의 구멍을 넓힌다.

입정 상태에 1차로 들어갔다가 조금 후 2차로 다른 차원으로 들어간다. 고관절 통증이 조금 생기자 우주기운, 치유의 기운을 보냈다. 매트릭스 영화의 정지된 장면 같은 차원에 서서히 들어간다. 고관절 통증도 그 속에 녹는다. 무념의 ㅁ 자에 숨과 열이 들어가는 게 보인다. 무념... 내가 상황을 예상하여 끌지 말고 그냥 두자 그게 무념이다. ㅁ 자가 기 테이블에 실려 상단전 높이에 올라온다. 그대로 관찰한다. 떠오르는 잡념은 '무심무심' 암송하니 사라진다. 단전 열기가 강해지는데 우물 속 찰랑거리는 물이 보인다. 2시간이 금방 지난다. 잘 버텨준 허리가 대견하다. 끝나고 선생님께 다가갔다.

"그저께 메일로 수련기 보냈는데요."

"회신했는데 못 봤어?"

"봤는데요. 현묘지도 정식으로 시작하는 게 좋다 하셔서, 제가 어떻게 준비하면 되는지요?"

"현묘지도 할래?"

"네"

"지방에 있으면 다 주는데 저~기 사니까 한 개씩 줄께. 책에 다 나와 있으니까 끝나면 와. 다음 거 줄께”

“네”

“첫 번째는 ○○○○야”

그것을 듣는 순간 운기가 확~되며 눈물이 나온다.

저녁 산책 중 백회에 ○○○○이 찰싹 박힌다. 아래로 좁아지는 삼각형 아이스크림 케이크처럼 생긴, 수정 같은 기운이 백회의 열려진 아귀에 맞게 꽉 낀다. 걸으며 온몸이 ○○○○ 기운에 젖는 듯이 연상한다. 백회의 열려진 공간 깊이가 어디까지 내려가나? 송과선인가? 이때 머리에 운기 현상이 인다. 백회의 열려진 통로가 하단전까지 파이프로 연결되고 기운이 그 파이프를 통해 물처럼 흘러 내려가는, 무슨 광고 영상이 떠올랐다. 이거... 내가 연출하는 거 같다. 백회가 열리면 벽사문을 달아야 하는데, 열린 지 오래 된 채 살아 왔고, 달아 봐야 빙의령, 사기가 수시로 들어오는 것은 마찬가지... 그래도 아까 삼공재에서 백회 구멍이 넓어진 것에 대해 선생님께 여쭈어 볼 걸 그랬나?

10시 20분 와공. 화두 암송을 시작하자 온몸이 진동하며 크게 들썩거린다. 조금 후 인터넷으로 화두에 관해 검색하며 공부한다. 선도와 도교 수련, 조선의 도교, 유불선을 합친 풍류도... 얼마 전 나의 종교가 도교라고 말한 적이 있는데, 이 장면이 생각난다. 12시 넘어 좌공. 백회에 통증이 있다. 30분 지나 와공으로 전환하다.

6월 18일 일요일 〈첫 번째 화두〉

5시에 눈을 떴으나 6시 넘어 기상했다. 그런데 온몸이 두들겨 맞은 듯하고 어깨 다리가 무겁다. 야구 중계를 잠깐 보다 TV를 끄고 수련을 시작했다. 좌공에 이어 와공. 입정 때 비단 같은 부드러운 장막이 계속 걷히고 별이 빛나는 하늘이 보인다. 개를 포함하여 동물이 두어 번 보이고 다른 장면이 지나가고 잡념도 영상으로 보인다. 화두를 계속 암송하니 머리와 팔이 진동한다. 10시 반쯤 중지하고 일어나니 심신이 정화된 듯하며 마음이 차분하다.

선도체험기 중 현묘지도 첫 번째 화두수련 부분을 두루 찾아 봤더니 그 내용이 모두 다르다. 그런데 심신이 정화된 듯하지만, 뭔가 기운이 다르다. 감당하기 위해 오후에 일부러 낮잠을 조금 청했다. 2주 만에 헬스장에 가서 운동과 반신욕을 하고 귀가했다. 아직 기운이 생소하다. 식후 1시간 동안 산책, 밤에 와공을 하였다. 머리가 사람 같은 검은 제비가 왼쪽에서 오른쪽으로 쑥~ 지나간다.

6월 19일 월요일 〈삼매〉

6시. 기상하는 데 몸이 조금 무겁다. 좌공하려다 다시 잠들어 결국 7시에 기상했다. 출근길 지하철에서 가볍게 입공 자세를 취한 채 화두를 암송한다. 혹시 내가 현묘지도 수련하기에 준비가 안 된 것인지 의문이 들었다가 한편으로 내가 수련을 이끄는 것 같기도 해서 반성한다. 자성에, 수련을 이끄는 분께 맡기자. 무념으로 일관해야겠다. 그런데 두 번째 화두가 뭔지 알 것 같다.

꼭 숙취 현상처럼 눈동자 움직임이 느리다. 오후에 장례식에 문상을 갔다. 병원이나 장례식장에 가면 기운이 빠져나가는 듯해 가고 싶지 않지만, 직장일로 꼭 가야 하는 경우 어쩔 수 없다. 헤일로를 강화하고 갈 수밖에. ○○○○ 기운으로 무장해서 그런지 식사, 대화하며 시간을 보내고 나왔는데도 담담했다.

밤 10시 반쯤부터 3시간 동안 와공 좌공 와공 순서로 수련을 했다. 격한 진동과 추나 동작 같은 몸꼬임과 두들김에 이어 입정. 귀쪽으로 머리숱이 있는 대머리의 윗부분이 보이고 얼굴 같은, 여주처럼 도돌도돌한 느낌의 기 뭉치가 느껴진다. 빙의령인가, 그냥 지나가는 장면인가? 큰 치즈, 사각형의 철판 같은 것이 펼쳐 보이면서 귀에서 왱~하는 소리가 크게 들린다. 이명인가? 아니다. 관음법문? 머리끝에서 부드러운 기운이 샤워 물 흘러내리듯 얼굴을 타고 내려와 온몸을 감싼다. 선으로 연결된 별자리 같은 모양의 종이 등 같은 형체의 기운. 하얀색? 회색? 큰 건물 옥상인지 커다란 비행기 날개인지 모를 형체. 이런 것이 보였다. 무념 속에 잡념이 순간 일기도 한다. 평화로움이 계속된다. 삼매의 경지인가? 그 상태에서 더 이상 변화가 없는 것 같아 수련을 마쳤다.

6월 20일 화요일 〈ADHD〉

6시에 눈을 떴다. 프랭크 운동할까? 그런데 눈을 한번 감았다 다시 뜨니 7시. 몸이 무겁다. 어젯밤에 몸꼬임이 심했나? 지하철에서 입공 자세로 화두를 암송하니 부드러운 기운이 내려온다. 이렇게 고운 기운이 왜 처음에 격하게 와 닿았을까? 내가 몸이 부실해서 받을 수 있게 사전 작업한 건가?

오후 사무실에서 단전 부위에 열감이 자동으로 형성된다. 집에서 10시 반 넘어 거실에서 와공으로 수련 시작. 단전은 매우 뜨거운데 집중이 안된다. 화두를 암송해도 곧 잡념에 빠지고, 핸드폰을 집어 카페 글을 본다든가 다른 짓을 한다. 빙의령인가? 관을 하려 해도 곧 딴 생각... 잠시도 가만있지 못하는 주의력결핍 과잉행동장애 증세가 심하다. 좌공을 해도 다시 와공을 해도 마찬가지. 그러는 와중에 잠들었다가 새벽에 깨어 안방으로 들어간다.

6월 21일 수요일 〈자동 추나〉

아침 기상, 숙취인 양 몸이 무겁다. 출근길에 가벼운 기마자세로 수련을 한다. 역시 집중이 안된다. 1부터 10을 헤아리며 몸을 훑어보니 목 좌우 근육이 긴장되어 있다. 해원상생... 암송.

근래 수련에 정진하면서 과식을 피했는데, 저녁 식사 후 빵을 먹는 바람에 배가 빵빵해져 속이 불편했다. 산책 1시간 반을 하고 11시쯤 와공 시작. 기운이 돌면서 추나 치료 동작인 몸꼬기와 두들기 동작이 자동으로 이루어졌다. 좌공 시에는 하복부 전체가 뜨거웠으며, 전날보다 단전에 집중이 잘되었지만 특별한 변화는 없다.

6월 22일 목요일 〈별무 이상〉

친구들과의 모임에 갔다가 대리운전을 자청하여 음주가 면제되었다. 이거 괜찮네... 밤 늦게 와공 좌공 와공 시리즈를 했는데, 어제에 이어 별 다른 상황이 전개되지 않았다. 1단계 화두가 통과되어서 그런 것인지 선생님께 여쭈고 싶다.

6월 23일 금요일 〈수련 보고〉

새 기운에 적응한 듯 몸에 힘이 붙는다. 어제 더운 날씨에 운동했는데도 힘들지 않았고 오늘 피로감 없이 거뜬하다. 선생님께 그간 수련 상황을 메일로 보고 드렸다.

"토요일에 기다리겠습니다. 화두수련을 시작했으니 8단계 수련을 끝낸 뒤에 그 체험기를 잘 정리해서 제출하기 바랍니다."

위와 같은 회신을 받았다. 엄청난 기운과 함께...

점심도 저녁도 메밀국수. 저녁 약속이 있어 시내에 나가 식사를 하고, 2차는 빠지고 귀가하다가 마트에 들러 헤드폰을 구입했다. 과식한 듯하여 집까지 걸어갔다. 밤에 와공 수련하는데 단전에 이물질감과 통증이 동반한다. 첫 번째 화두를 암송해도 더 이상 기운이 안 들어온다.

6월 24일 토요일 〈두 번째 화두〉

지난주 토요일 꿈에서 큰 시련을 겪은 후 더 이상 유혹은 없었다. 그런데 첫 번째 화두 수련하기 시작한 며칠 후 아침에 눈을 뜨니 특별한 기억도 없이 매우 찝찝했다. 그래서 팬티를 살펴봤는데 별 이상이 없어 그냥 잊어버리기로 했다. 한편, 꿈에서 성적인 시련이 계속된 일화에 대해 카페 매니저님은 연정화기가 함께 진행되는 것 같다고 평했다. 이것을 읽고는 나름 해석이 되는 부분이 있어 더 지켜보기로 했다.

오후 2시 안되어 출발. 삼공재 가는 내내 수련을 했다. 입구에서 기다리는 수련생 두 분과 인사하고 먼저 입장했다. 선생님께 인사 드리고 옆으로 접근하자 물으신다.

"집사람 어디 있어?"

직장 어디 다니느냐고 여쭈시는 줄 알고 어디 다닌다고 답변하자

"같이 사나?"

"네"

"집사람 얘기가 없어서..."

"아, 네~~ 이리 나오세요 ^^"

선생님을 책상 앞에서 나오시게 하고 내가 그 자리로 들어 간다. 명상방석이 있고 공간이 협소하다. 헤드폰 잭을 꼽고 난청에 효과가 있는 sound therapy 유튜브를 찾아 배경화면에 바로가기로 저장한 후 작동법을 가르쳐 드렸다.

"헤드폰 값이 얼마야?"

"아유~~ 전에 저한테 책 많이 주셨잖아요."

"언제 줬어? "

"ㅎㅎㅎ 책 많이 받았으니 헤드폰 값 안 받을 겁니다."

"첫 번째 끝났어?"

"네"

"두 번째는 ○야."

화두를 듣는 순간 전율을 느끼듯이 운기가 된다. 3시가 되자 8명이 꽉 차게 앉아 수련한다. 시원한 바람이 불어와 더위를 식혀 준다. 지난주에는 난롯불이 하단전 앞에 있는 듯 따뜻한 기운이 전해져 왔는데, 이날은 중단전 앞에서 따뜻한 기운이 느껴진다. 이 때문인지 화두수련 때문인지 중단전에 열감이 몰리고 반대로 하단전에는 열감이 미미하다. 기운이 머리로부터 천천히 내려온다. 머리와 손에 진동이 인다. 입정에 들어도 잡념이 계속되는데 드라마처럼 영상으로 보인다. 기운이 또 천천히 내려온다. 무릎이 아프다. 이제 수련 끝. 선생님이 남으라고 하시기에 다가가니 음악치료 사용법을 다시 가르쳐 달라신다. 그리고 sound therapy에 대해 알려 달라 하시어 메일로 정리해서 보내드리겠다고 했다

지하철역 개찰구 옆 분식집에서 수련생 8명 모두가 모인 뒤풀이 자리. 이렇게 수련생이 모이는 게 생소하다. 얼굴을 보니 인상이 좋고 법 없이도 살 사람들이다. 말없는 사내들... 누군가 대화를 주도해야 분위기가 사는데.... 할 수 없이 인사 겸해서 말을 던져 보지만 내가 생각해도 재미없다. 길에 5만원이 있으면 어떻게 할 것이냐는 질문에 상황에 따라 다르겠지만 지금은 수련 중이니 안 주

울 것 같다고 대답했다. 몇 년 전 퇴근길에 지하철역 플랫폼으로 내려가는데 어떤 노인이 다가와 쌀값 좀 달라고 하였다. 한눈에 도사임을 알고 지갑에 있는 돈 전부를 준 일화, 인사동에서 탁발을 하는 금발의 여성 요기에게 선뜻 만 원을 준 일화 등을 얘기했다,

저녁 식사 후 선생님께 메일을 보냈다. 내용은 작은 깨달음을 얻게 된 과정과 sound therapy에 대한 설명이다. 산책하러 나가 보공을 하는데 화두에 집중이 잘 안된다. 거실에서 와공 좌공을 해도 그렇다. 진척이 없자 수련을 하는 둥 마는 둥 빈둥빈둥 시간을 보낸다.

6월 25일 일요일 〈미미한 진도〉

자정 넘어 수련 시작. 와공을 하는데 단전에 진동이 심하게 인다. 머리도 진동. 그 외엔 입정에 들어도 뭔가 특이하게 보이는 게 없다. 추워서 긴팔 티를 입고 다시 자리를 잡는다. 한적한 지역의 건물과 길가, 멀리 숲이 보인다. 그런데 건물에서 불이 나는 듯도 하다. 이것은 다른 화면인가? 이외에는 별다른 진전이 없다. 3시쯤 비몽사몽 중 일어나 안방으로 향했다.

6월 26일 월요일 〈의수단전〉

아침 시간. 50분 동안 좌공을 하다. 화두를 단전에 대고 암송하니 열감이 평소와 다르게 작고 단단하게 생긴다. 이 열감이 유지되자 두 번째 화두 수련이 본격적으로 시작되는 듯하다. 차를 몰고 가면서 수련할까 하다가 전철을 선택, 집에서 출발하여 사무실에 도착하는 내내 수련을 했다. 사무실에서는 급한 일이 없다 보니 종일 의수단전, 열감이 유지되었다.

저녁 독서모임. 책을 다 못 읽고 참석하긴 처음이다. 책 읽을 시간에 수련을 했기 때문이다. 잠이 부족했는지 피로감이 몰려온다. 그래도 귀갓길엔 의수단전이 유지되었다. 집에 도착, 너무 더워 속옷 바람으로 와공을 시작했다.

6월 27일 화요일 〈유위삼매〉

눈을 뜨니 새벽 4시. 거실로 나가 좌공을 시작했다. 화두에 집중, 단전의 열감이 강하게 일면서 복부 전체로 퍼져 나갔다. 입정에 들자 많은 사람들이 차례차례 보인다. 사진첩을 넘기는데 붙어 있는 사진이 하나하나 클로즈업되며 보인다. 또 조선시대 말기, 일제시대? 집 앞에 네 사람?이 서 있고, 어느 도시 거리 등등 많이 보였는데 막상 적으려니 잘 기억나지 않는다.

1시간이 금방 간다. 와공을 하다가 오른쪽으로 누웠는데 오른쪽 귀에서 삑~ 소리가 나기에 좌공 자세를 취하니 왼쪽 귀에서 또 삑~ 소리가 난다. 또 1시간이 금방 지나간다. 방으로 들어가 비몽사몽 누워 있는데 단전의 이물감이 강하게 느껴진다.

요즘 헬스장 가기가 싫어졌다. 산책하면서 보공하는 게 좋다. 저녁에 비 때문에 산책을 조금만 하고 9시 반쯤 수련을 시작했다. 곧 단전에 열감이 강하게 형성된다. 좌공 중 허리에 부담이 느껴져 와공으로 자세 변경. 분명 입정에 들었는데, 기억에 남는 게 없다.

6월 28일 수요일 〈입정〉

아침에 식탁 앞에 앉아 입정에 들었다. 고요한 이 상태로 일상생활을 할 수 있지 않을까 싶다. 의수단전은 단전을 품는 것과 같다는 생각이 든다. 마치 닭이나 새가 알을 품듯이... 축기에 대한 정성은 임신부가 뱃속의 아이를 보듬는 마음과 같으리라.

밤에 헬스장에 가니 핼쑥해졌다는 말을 듣는다. 볼에 살이 빠진 만큼 뱃살도 체중도 줄었다. 지난달부터 수련의 강도를 높이면서 소식을 하고 생식도 겸하는 효과이리라. 11시 반쯤 거실에서 와공으로 수련을 시작하다. 입정에 들어간 듯 그러다 잠이 들었다.

6월 29일 목요일 〈의문〉

새벽에 자꾸 잠이 깬다. 화두 수련 시작하고 꿈을 꾸지 않았거나 꿈을 꿨다 해도 기억이 나지 않는다. 그런데 오늘 비몽사몽, 꿈인지 시련인지 전후 장면 없이 야한 장면만 사진처럼 기억난다. 아무런 의미를 두지 말자.

아침에 좌공을 하며 화두수련을 하다. 입정에 들었지만 아무 변화가 없다. 그게 원래 그런 것인지, 화두를 깨서 그런 것인지, 아직 뭔가 있어 화두를 더 암송해야 하는지 모르겠다.

저녁 산책. 화두를 암송하며 걷는다. 귀가하여 좌공을 시작하는데 대맥으로 뜨거운 기운이 돈다. 단전을 포함, 하복부 전체가 몹시 뜨겁다. 화두를 계속 암송해도 사무실 일에 관련한 잡념 외에 다른 변화가 없다.

6월 30일 금요일 〈미미〉

아침 6시 반. 프랭크 운동을 2세트 하고 좌공을 시작하다. 와공을 하다 보면 잠이 들기 때문에 좌공이 더 선호되지만, 요통 때문에 오래 하지 못해 아쉽다.

요 며칠 동안 출퇴근길에 수련 대신 밀린 독서를 한다. 사무실에서는 수면이 부족했는지 계속 졸렸다. 저녁에는 헬스장 가서 운동하고, 밤에 수련했는데 별다른 기억이 없다.

7월 1일 토요일 〈세 번째 화두〉

아침에 상가를 향해 걸으면서 다음 단계를 생각하는 순간 밝은 기운이 들어온다. 그래 진도 나아가자.

삼공재 입실, 일배 후 선생님 옆으로 다가가 세 번째 화두를 받았다. 화두수련에 임하자 기운이 들어오진 않지만 낯선 무념 상태에 빠진다. 하얀 액체가 담긴 사발이 떠오른다. 그 액체가 인당으로 쏟아져 들어와 하단전까지 내려간다. 1시간이 금방 지나간다. 무릎과 고관절이 아파 온다. 삼매지경... 모든 게 없다. 통증도 없어진다. 또 1시간이 금방 지나간다. 삼매의 차원에서 현실로 넘어오는 것이 벽 하나 차이다.

7월 2일 일요일 〈무위 삼매〉

비 오는 궂은 날씨 때문인지 혈압이 오르는 듯하다. 어젯밤의 피로감이 좀 풀리긴 했지만 여파는 있다. 즉슨 빙의령? 지하철에서 들어왔나? 전에 전철에서 빙의령이 들어올 땐 그 형체를 알았었는데, 이번엔 기습적이다.

거실에서 4시 반부터 좌공. 빙의령 천도 후 입정에 들다. 머리와 손의 진동, 화두를 암기하는데 인당이 집중된다. 5시 반 와공하니 입정의 단계가 가속화된다. 영상은 별로 떠오르지 않다가 미국 고속도로 인터체인지 같은 지역이 보인다. 여러 잡념이 동영상처럼 나타나는데, 내가 연출하는 듯도 하다.

안방에서 밤 9시부터 3시간 동안 수련하는데, 잡념에 휘둘리다가 입정에 들었다. 화두 암송 시 인당이 집중되며 눌리는 느낌이 오래 지속되다가 찌릿하고 전파 같은 기운이 들어간다. 인당 주변에서 인디언 얼굴 등 여러 남자 얼굴이 순차적으로 보인다. 이전 시대 복장의 얼굴도... 머리가 진동한다. 과거의 잊고 있던 여러 기억이 불현듯 떠오르기도 한다. 간접조명의 어두운 방인데 감은 눈앞이 환해진다.

7월 4일 화요일 〈독맥 관통〉

거실에서 자다가 새벽에 깨니 양물이 **빵빵**하다. 연정화기를 인식한 이후 시들해졌는데 왜 이러지? 안방으로 이동, 바로 잠에 빠졌다. 그러다 사창가를 배경으로 한 야한 꿈을 꾸다가 눈이 떠졌다.

이런 꿈꾸지 말아야지 하고 잠들었는데도 다른 야한 꿈이 이어지다가 다시 깼다. 상상하기 어려운, 재미있기도 한 19금 스토리로 구성된 고강도의 유혹을 받은 것 같다. 다행히 넘어가지 않았으니, 정말 연정화기가 이루어졌는지 시험하는 것인가?

저녁 모임에 가서는 중식에 고량주를 마셨는데, 수련 수준이 높아지니 술에 강해지는 듯하다. 과식을 했기에 집에 오자마자 강아지를 데리고 나가 산책을 했다. 직장 일이 잡념으로 자꾸 떠올라 보공을 해도 단전에 집중이 안된다.

밤 11시부터 좌공 자세로 수련을 시작했다. 단전의 열감이 충분히 강하다고 여겨져 하방으로의 봉인을 풀었다. 단전에서 형성된 열감을 회음, 장강, 명문, 지양, 신주, 대추, 풍부를 거쳐 백회까지 올렸다. 단전의 열감을 풀무처럼 계속 보냈다. 척후병이 먼저 가고 본진에 이어 보급대가 따라 가듯이 기운도 그렇게 올라갔다. 독맥 반대 쪽, 복부 깊은 곳에서 척추 따라 더 뜨거운 기운이 실같이, 수은주 올라가듯 따라간다. 철야를 해서라도 임맥까지 관통하려다 어느새 3시간이 지나니 힘이 딸린다.

7월 5일 수요일 〈임맥 관통〉

간밤의 수련이 힘들었나 보다. 육체적인 피로감이 아닌, 뭔가 차원이 다른 노곤함이 느껴진다. 손등과 손가락이 찌릿찌릿, 단전의 열감이 용솟음친다. 등짝의 느낌이 평소와 다르다.

퇴근 길, 단전이 부글부글하나 수련 대신 독서를 선택했다. 식후 소파에서 휴식을 취하는데 두정 앞 양쪽에서 눌리는 느낌과 함께 열감이 모인다. 깜빡 잠들었나? 8시부터 산책 1시간 반. 어제 수련의 여파로 하복부 피로감이 심하고, 직장일 잡념이 끝없이 떠오른다.

10시 좌공을 시작하다. 잡념이 계속 든다. 빙의령 때문인 거 같아 천도를 시키니 머리와 몸이 심하게 진동한다. 이후 잡념이 사라지고 집중이 된다. 단전에 열감을 생성시키니 대맥과 독맥이 조명 켜지듯 일시에 밝아진다. 어제 백회까지 올라갔다가 사라진 줄 알았던 기운이 그대로 머물고 있으면서 반응한다. 백회에서 기다리고 있던 기운이 임맥을 타려고 한다. 인당에서 오래 머물고 싶으나... 지나가고 인중 천돌까지는 단전과 동시에 감응한다. 중단에서 시간이 걸린다. 이후 상완에서 하단전까지는 선이 이어져 있기에 그것을 타고 금방 내려간다. 독맥은 요추와 척추를 경로 삼아 올라가기 때문에 길이 수월했는데 임맥은 머리에서 가슴까지 굴곡이 있어 경혈 위주로 지나간 셈이다. 백회에서 하단전까지 이어지는 수도관 같은 것이 보이기도 하는데, 그것이 충맥인가? 하여간 독맥과 임맥은 지나가는데 느낌이 다르다. 끝났다. 아~~ 지쳤다. 이제 와공 자세로 화두 수련에 임한다. 단전의 이물질감이 작은 성냥갑 크기로 보인다.

7월 6일 목요일 〈지금 여기〉

아침 7시 좌공 자세로 화두수련을 하다. 'ㅇㅇㅇㅇ 무위삼매'를 반복 암송하니 집중이 잘된다. 곧 진한 기운이 여러 번 들어와 내려간다. 백회가 쪼개지려 한다. 상단전이 회전하며 그 회전체가 뇌 속으로 들어가며 물감이 섞이는 듯이 보인다. "선계 스승이 누구십니까?" 물었더니 갑자기 비단 커튼 같은 것이 여러 겹 계속 열리다 위로 올라가며 이어서 하늘!!이 열린다. 아! 부처가 나타나면 죽이라고 했는데... 뭐가 나타나든 의미를 부여하지 않는다. 그러면 종국에는 어떻게 되나? ... 적멸!!

출근길 지하철 독서. 『미움받을 용기』를 마저 다 읽었다. 결론은 과거에 집착하지 말고 미래를 걱정하지 말고, 지금 여기에 충실하라!! 현묘지도 수련 중 소주천 일주를 한 것이 잡탕처럼 살아 온 나의 인생이 반영된 것 같기도 하다. 그래도 지금 여기서 중요한, 수련에 충실하고 있으니 괘념치 말자.

오후에 기운이 떨어져 목소리에 힘이 없다. 단전에 기를 충전하고 회의에 임하다. 저녁에는 식사로 바나나 1개 반을 먹고 거실에서 휴식을 취한 후 8시부터 와공을 시작했다. 그런데 지난 며칠 동안 수련 강행군의 후유증, 기몸살 때문인지 곧 잠이 들고 말았다.

7월 7일 금요일 〈엄청난 쇼〉

새벽 3시 눈이 떠졌다. 팔이 저릴 정도로 한기가 느껴지는데 몸은 안 춥다. 안방으로 들어가 자려다 수련을 시작했다. 직장일에 관한 잡념이 끈질기게 떠오른다. 과거에 집착 말고 미래를 걱정 말고... 알지만 이게 마음대로 안된다.

빙의령 천도를 하고 샤워도 한 후 다시 자세를 잡는다. 시계를 보니 4시. 이제사 입정에 들었다. 보호령을 부르니 상서로운 기운이 감돈다. 그런데 아무리 기다려도 보이지 않으니… 아까 수련 막간에 카페에서 피비 케이츠의 파라다이스 뮤비를 봤는데, 그녀가 보이고 그 아래 영화 필름이 쫙 펼쳐지더니 그 하나하나의 필름 컷에서 피비가 다른 연기를 하는 영상이 동시에 보이는, 엄청난 쇼가 보이는데 어째서 보호령은 안 보이나? 어제 지도령을 부르다 중지된 연유와 관련 있을지도 모른다.

허리가 뻐근해져 와공 자세로 변경. 단전이 뜨거워진다. 화두를 암송하니 그 열기가 강해지지 않는다. 다시 잡념이 떠오른다. '무념, 무위삼매'를 암송하며 있는데 '무위자연'이라는 문구가 저절로 함께 암송되기도 한다.

부엌 싱크대에 한 박스 분량의 홍당무가 쌓여 있다. 씻어 달라는 건가? 6시부터 의수단전을 의식하며 봉사정신으로 열심히 씻으니 40분밖에 안 걸린다. 다시 와공. 단전의 뜨거움이 복부 전체로 확산된다.

출근하는 지하철에서 『감정수업』을 읽기 시작했다. 독서 중 단전이 뜨거워진다. 직장에서도 이 뜨거움은 간간히 통증처럼 느껴졌다. 퇴근길에서도 독서를 하며, 저자의 재능과 노력에 감탄한다. 저녁 시간. 거울을 보니 눈꼬리 주름살이 많이 보인다. 체중이 줄면서 얼굴의 살이 빠지며 달갑지 않은 이런 부작용이 나타났다. 크게 웃지 말고 가볍게 웃으면 괜찮아. 비가 오는 밤, 덥고 습기가 높아 서재 에어컨을 처음 가동하고, 헬스장 가려던 생각도 접고 모처럼 휴식을 취한다.

7월 8일 토요일 〈삼공재 수련〉

6시 반쯤 기상. 인터넷 브라우징을 하고 느긋하게 명상음악 들으며 수련을 하는 둥 마는 둥 오전 시간을 보냈다. 헬스장 가서 운동하고 체중을 재니 76.1Kg. 많이 줄었다. 집에 오니 노곤하다.

2시에 삼공재로 출발한다. 강남구청역 개찰구를 나가 에스컬레이터 앞에서 운기현상이 일어난다. 만남의 광장으로 올라가니 수련생 2명과 조우하여 일행이 된다. 수박을 샀는데 일행에게 들고 가게 하니 미안하다. 삼공재에 에어컨이 새로 설치되었다. 여름날 삼공재의 수련은 더위 속에서 극기 훈련 같은 과정이기도 한데, 이렇게 시원하게 수련하는 게 한편으로는 낯설다. 수련생에게 시원한 환경을 제공하게 되어 기분이 좋으신 듯 얼굴이 환한 선생님, 리모컨의 온도 조절방법에 대해 물으신다.

화두 암송하며 입정에 든다. 머리가 진동하고, 약한 잡념이 지나간다. 이젠 지도령이 나타나도 좋다. 그런데 아무것도 안 나타난다. 자성에게 3단계 화두 계속 수련하랴? 물어도 소식이 없다. 머리만 진동할 뿐... 나중에 단전 위치에서 회반죽 같은 곳에서 회색의 작은 스파이더맨이 올라온다. 내가 연출하는 것인가 싶어 무시했는데 확실한 동작으로 계속 움직인다. 뭐라고 했는데(기억이 안 남), 그 수가 순식간에 증가한다. 순간 무서워 빙의령 천도를 시도했다. 이윽고 남은 스파이더맨의 얼굴을 보며 누구냐고 물었더니, 형체가 흐트러지며 상단전에 소크라테스 같은 사람의 얼굴이 보인다. 한 시간 반이 금방 지나갔다.

수련생 일동이 나가자, 선생님 옆으로 다가가 여쭸다.

"4단계 화두 받을까 합니다."

"3단계 끝났어?"

"거의 끝나가서요."

"4단계는 체조니까. 5단계를 알려 줄께. 이게 중요한 거야. 잘 넘겨야 해. "

다시 절을 하고 나오니 다른 수련생이 선생님께 질문하러 들어간다. 뒤풀이 참석하고 귀가하는데 급 피로하다. 지하철 타고 가는 동안 천도를 시도했다.

7월 10일 월요일 〈보호령〉

6시 반 기상. 거실에서 좌공하며 보호령을 부르니 온화한 기운이 감싸인다. 그런데 고양이가 야옹 거리며 안길 듯이 다가와 얼굴을 바라본다. 여러 번 그러기에 혹시 고양이가 보호령 역할을 하나? 순간 생각이 들기도 했다. 보호령을 계속 부르니 희미하게 형상이 비친 듯도 한데, 단전 부근에서 이부머리에 45도 방향으로 포즈를 취한 인물이 사진처럼 나타난다. 앞 얼굴을 보려 했으나 흐려진다.

밤에 서재에서 가볍게 몸을 풀고 수련에 임한다. 단전의 열기가 형성되어 복부 위로 올라가 위장 부위에 모인다. 위장이 안 좋은 듯해서 기치료를 하자는 심산이다. 암세포는 열에 약하니 뜨거운 기운으로 치료하는 게 최적이라는 생각이 든다.

7월 11일 화요일 〈천도〉

간만에 저녁 산책을 나가다. 강아지도 오랜만의 외출이라 그런지 쳐지지 않고 잘 따라 온다. 그런데 잡념이 끊임없이 떠올라 보공의 효과를 거두지 못했다. 귀가하여 서재에서 좌공을 하다. 호흡을 깊게 하면 부정맥 같은 현상이 생긴다. 요 며칠 그랬는데, 빙의령 때문에 단전호흡을 하면 심장이 압박된다는 그것인가? 그래서 천도를 시도하다.

7월 12일 수요일 〈네번째 화두〉

꿈을 꿨지만 유혹은 없었다. 아침 7시부터 거실에서 한 시간 동안 좌공하다. 시간이 금방 지나간다. 에어컨이 없어도 넓은 거실에서 수련하니 집중이 더 잘된다. 냉방 때문에 협소한 서재에서 수련했더니 효과가 미진했던 요 며칠이 아깝다. 이제부터 덥더라도 가급적 거실에서 수련해야겠다.

헬스장 갔다 와 거실에서 수련을 시작했지만 잡념에 시달린다. 상단전 무념, 중단전 무심, 하단전 의수단전으로 집중에 성공한 것이 자정 무렵이다. 30분 동안 별 반응이 없기에 4단계 수련으로 넘어갔다. 곧 몸이 크게 진동한다. 머리와 팔도 격렬하게... 그리고는 조용~ 높은 빌딩 중간에 가늘고 긴 구조물이 보이고, 이어서 건물 같은 큰 탑이 있는 고대의 신전이 스르르 지나가며 보인다. 좌공 1시간, 와공 30분, 다시 좌공 30분을 했지만 삼매지경까지 이른 것 같지 않다. 그런데 며칠 동안 수련 효과가 미미했던 이유는 세 번째 화두수련이 완료되어서였나 싶다.

7월 13일 목요일 〈무념처 삼매〉

아침 6시. 졸리긴 하지만 좌공을 시작했다. 중간에 강아지 변기 교체하고 8시까지 계속 수련하는데 직장일 관련한 잡념이 자꾸 떠오른다. 요즘 나의 공적인 우선순위가 직장일이다 보니...

무념은 아무런 감정이나 생각이 없는 무아의 경지에 이른 상태라고 하는데, 생각 즉 잡념은 기존의 관념 위에 형성되니 관념을 지우면 되지 않나? 그러면 드러나는 것은? 무념처. 네 번째 화두 수련의 11가지 호흡은 무념의 장소에 대해 깨닫는 과정에 동반한 신체적 반응에 불과할 듯싶다.

저녁으로 옥수수 두개, 과자 한 봉지를 다 먹었더니 과식이다. 후덥지근한 날씨 때문에 냉방이 되는 서재에서 움직이지 않다 보니 배가 꺼지지 않는다. 거기다 냉방 때문에 한기까지 스멀스멀 든다. 버티다가 나가기 싫은 발걸음을 헬스장으로 겨우 옮긴다.

자시수련. 수식관 100번으로 의수단전을 한 후 화두수련을 시작하다. 카페에서 '부동심, 평상심'이라는 제목의 글을 봤는데, 이 단어는 잡념이 뜰 때 암송하면 좋을 것 같다. 그래서 외어 보니 어떤 얼굴이 나타난다. 파피루스 같은 재질에 그려진 낡은 초상화 같다. 누구냐고 물었더니 반응이 없다. 어쩜 내가 캐치하지 못했는지도... 서재에서 쉴 때 들어 왔던 한기를 부르니 수수깡 인형처럼 생긴 존재가 나타났다. 조금 있다 합장하듯 절하고 사라진다.

7월 14일 금요일 〈컨디션 굴곡〉

6시 반. 눈을 뜨니 전날 와공하던 자리다. 좌공으로 아침 수련을 시작했는데, 밤보다 집중이 잘된다. 입정에 들면 시간이 빨리 지나간다. 사무실에서는 수면 부족인지 컨디션이 좋지 않아 박카스를 마셨다. 저녁에 헬스장 가서 근력운동과 유산소운동을 했는데, 기운이 회복되니 기분도 좋아졌다. 밤에는 좌공하면서 화두수련보다는 단전호흡에 집중했다. 화두수련을 하면 아무래도 단전에 기운이 덜 모이니 4단계에서 이를 보완하는 의미가 있는 듯하다.

7월 15일 토요일 〈삼공재 수련〉

아침에 폭우가 쏟아진다. 계속 오면 삼공재 안 간다!! 그런데 오후가 되니 비가 그친다. 땡땡이 치고 싶은 생각을 반성하며, 오늘 가면 네 번째 화두에 대해 확인해 보려 한다. 지난주에 혹 충분히 듣지 못했나 싶어서...

삼공재, 선생님께 일배하고 옆으로 다가가 질문했다.

"현묘지도 4번째 수련은 무념처삼매인데, 화두는 없는지요?"

"응 없어."

"알겠습니다."

"어떻게 하는지 알아?"

"네. 알고 있습니다."

자리로 돌아가 앉자마자 바로 입정에 든다. 중단 위치에서 '一'자로 따듯한 기운이 형성된다. 그래, 중단전을 트는 날인가 보다. 전반에는 반입정 상태에서 가벼운 잡념이 이어졌고, 후반에는 기운의 흐름에 몸을 맡기니 머리와 팔이 진동을 하고 몸이 좌우로 비틀어지며 움직인다. 뭔가 뚜렷한 효과는 없었지만 괜히 만족스럽다. 그래, 오늘 오길 잘했어. 수련시간이 종료되자 일행이 함께 인사한다. 선생님께서 나를 불러 4단계 수련 내용에 대해 아는지 다시 여쭈신다.

7월 16일 일요일 〈4단계 한바탕〉

5시 기상. 거실로 나가 좌공을 하다. 우주선에서 보는 땅의 모습이 보이고, 어떤 사람에게서 갑자기 독수리가 날라 온다. 단전의 이물질감이 거친 붉은 암석처럼 보인다. 요통을 느껴 와공으로 전환. 호흡을 하는데 배가 굴럭굴럭 거린다. 비몽사몽... 조선시대 선조 왕이 보였고, 직장에서 직무교육 시간인데 퇴직한 사람이 왜 나왔나? 발표를 제대로 못하고 담배를 피우고 있으니 참다못한 내가 단상에 올라가 화를 낸다. 그런데 좌석을 둘러보니 사람이 거의 없다. 어디를 가는데 거북선이 들어가 있는 묘당 같은 건물이 보인다. 입정 상태의 영상과 꿈이 섞인 듯하다.

오후에 헬스장 가서 체중계에 오르니 76.1kg. 스윙연습, 데드리프트, 어깨 근력운동, 자전거 타기 20분. 운동 끝나고 샤워 후 체중을 재니 75.5kg. 귀가를 하는데 심장 박동이 이상해 천도를 시도했다. 집 근처에서 얼굴 부위에 역으로 기운이 올라가니, 천도가 된 듯하다. 이후 박동이 정상으로 돌아 왔다.

저녁에 서재에서 현묘지도 4단계 호흡수련을 의식적으로 해 보니 그 효과가 컸다. 여러 형태의 격렬한 진동과 움직임을 하니 더워져 에어컨을 틀 수밖에 없다. 밸리 댄스에서 하는 온몸 흔들기 같은 진동을 포함, 한바탕 하고 나니 몸도 정신도 개운하다. 단전의 열감이 올라가 위장을 감싼다. 아하! 4단계는 3단계까지의 화두

수련을 하는 동안 정체된 기운을 유통시켜 다음 단계에 임하는 과정이구나. 이 과정에서 지병도 고쳐 건강한 몸을 만드나 보다. 이 4단계의 다양한 호흡은 3단계와 5단계 사이에서 꼭 해야 하기보다 수시로 하면 좋을 듯하다. 그래서 선생님께서도 4단계를 가볍게 여기신 듯하다. 이제 5단계로 나가도 되겠다는 판단이 든다.

입정 중에 외국 여자를 포함한 여러 얼굴이 차례로 보인다. 여자 얼굴은 잘 안 나타났었는데... 저녁에 〈컬러 오브 나이트〉 영화를 중간까지 봐서 그런가? 이 영화는 〈연인〉을 보고 제인 마치의 매력 때문에 고른 것인데, 정사 장면을 보면서 꿈에서 또 유혹받으면 어쩌나? 하는 염려와 함께 그래 한번 또 받아 보지 뭐... 하는 무덤덤한 생각이 함께했다. (다음날 아무 일도 생기지 않았다.) 자정 넘어 거실로 가 와공을 하다가 잠들었다.

7월 17일 월요일 〈독수리〉

새벽에 잠을 깼다. 수련할까, US오픈 LPGA 파이널 TV 중계를 볼까 망설이다가 잠을 선택했다. 그러다 또 깬다. TV를 켜고는 볼륨을 줄이고 단전에 집중하며 시청했다. 그런데 한국 선수가 우승하는 과정에 정신을 빼앗겨 출근할 때까지 수련을 못 했다. 그리곤 오전 회의가 있어 든든히 먹고 출근했건만, 목소리에 힘이 없고 졸음에 시달린다.

퇴근길, 전철역에서 나와 걸으며 어제 본 독수리를 떠올린다. 예사 독수리가 아니다. 엄청난 기운이 들어온다. 저녁 식사 후 잠시 휴식을 취한 후 강아지를 데리고 산책 나갈 준비를 한다. 옆으로 약간, 아주 약간 구부렸는데 순간 왼쪽 광배근이 경직되기 시작한다. 이어서 오른쪽도, 왼발 다리도, 목 뒤쪽, 머리 뒤쪽, 오른팔도 경직되려고 한다. 강력한 빙의령이다. 산책하면서 내내 천도를 시도했다. 한참 걷다 보니 몸 뒤쪽에서 기운이 올라간다. 그래도 곳곳의 강직된 그 느낌이 약하게 남아 있고 왼쪽 종아리에는 열감이 있다. 계속 천도를 시도하니 약한 기운이 뒤로 또 올라간다.

7월 18일 화요일 〈5단계 화두수련〉

5시 50분 좌공 자세로 수련을 시작하다. 수식관 100번으로 하단전을 달구고, 50번으로 중단전에 집중했다. 화두수련을 하니 '이 뭐꼬'가 자꾸 떠오른다.

출근길, 지하철역을 향해 걸으며 보공. 좌석에 앉아 화두수련. 1초라도 나의 실상을 보고 싶은 간절함으로 임했다. 상단전과 하단전이 상응하며 열감이 생기고, 찌릿찌릿 운기가 된다. 입정에 들자 내가 몸 뒤쪽으로 물러나와 지켜본다. 이제 모든 두려움과 걱정으로부터 초월했다는 생각이 든다. 상부에서부터 아래로 찢어지는 느낌이 든다. 역에서 나와 걷는 동안 그 찢어진 틈이 벌어지고 순수한 하얀색의 알맹이가 나온다. 뱀이 허물을 벗듯이... 새로운 나에게 엄청난 기운이 형성된다. 사무실에 들어가기까지 천천히 걷는 동안 그 기운이 계속 느껴지며 헤일로처럼 감싼다. 처음 경험하는 신비로움이다. 다시 모든 두려움과 걱정에서 해방된 느낌이 든다.

　퇴근길, 아침에 기운이 들어 왔던 곳을 걸으니 운기가 된다. 지하철에서 수련을 하는데 괜히 엄숙해진다. 저녁 식사 후 시원한 서재에서 영화를 보고 가벼운 수련을 하며 휴식을 취했다. 자시수련. 거실로 나오니 후덥지근하다. 좌공 시작, 1시간이 금방 지난다. 수식관으로 하단전 집중, 회음과 미려 쪽으로도 열감이 뜨겁게 형성된다. 하단전이 강화되니 상단이 감응한다. 머리 진동 한차례, 화두 암송하니 머리에 왕관처럼 기운이 형성되며 기운이 내려온다. 옛날 전통 의상을 입은, 관리같이 보이는 서양인 남자가 춤을 춘다. 다른 사람들도 차례로 보인다. 영화 같은 여러 장면에 제목 같은 문구가 두 번 보였다 사라진다. 백회로 뭔가 싹처럼 뚫고 나와 고무장갑처럼 커지더니 움직인다. 순간 겁이 나서 이 장면을 지웠다.

7월 19일 수요일 〈행운〉

폭염주의보가 내려진 날, 이 무더위에 골프 치러 갔지만 생각만큼 힘들지는 않았다. 전반 3번째 홀, 145m 거리에서 일행의 홀인원이 나왔다. 내가 이 홀에서 버디를 했지만 홀인원의 환희에 묻혔다. 홀인원 보험을 해약한 지 얼마 안 되어 이런 일이 생겼다고 하니, 세상사 알다 모를 일이다. 동반자에게는 1년간 행운이 있다는 속설이 있는데, 나에게 어떤 좋은 일이 생길까?

늦은 저녁 식사를 딸기 스무디와 계란 한 개로 때우고, 휴식을 취한 후 수련을 시작했다. 좌공 한 시간. 수식관으로 단전 축기를 먼저 하고 화두수련을 하다. 복부가 흔들린다. 주걱으로 배를 휘젓는 게 이것인가 보다... 와공하다가 잠이 든다. 중간에 깨니 양물이 빵빵하다. 요즘 단전 축기를 먼저 하고 화두수련을 해서 이런 현상이 생기나? 연정화기가 이루어져 잠잠해진 줄 알았는데... 그렇다면 화두수련 하느라 단전 축기가 소홀해진 영향이었단 말인가? 더 관찰해 봐야겠다.

7월 20일 목요일 〈쥐젖 제거〉

아침 수련을 못 했다. 어제 폭염에 운동한 여파인지 기상하는데 몸이 무거웠기 때문이다. 출근길 역사 매점에서 박카스 한병 사 마시고, 지하철에서 입공을 하다가 빈자리가 생겨 좌공을 하게 되었는데, 지하철 수련이 의외로 잘된다.

며칠 전 오른쪽 쇄골 부위에 작고 긴 혹이 생겨 손톱으로 긁으니 상처가 났는지 건드리면 아팠다. 전날 수련 중에 혹이 없어지길 바랬다. 오후에 문득 손을 대니 딱지가 떨어지면서 사라졌다. 그리고 요즘 부정맥이 발생한다. 빙의령? 심장을 관하며 있자니 따듯해지며 그 현상이 사라진다. 그러다 재발하니 잘 살펴봐야겠다.

7월 21일 금요일 〈감정의 분리〉

거실에서 자다가 5시 넘어 기상. 와공, 좌공을 각각 1시간씩 하고 출근했다. 지하철에서도 수련을 하려 했으나 지인을 만나는 바람에 하지 못해 아쉽다. 그는 성격과 사회성이 좋아 직장에서 무난히 정년퇴직하고, 자식 농사도 잘한, 부러움의 대상이다.

카페 글에서 '자신의 감정을 이성으로 분리할 수 있는 경지에 이르면 자연 업(빙의령)을 녹일 수 있는 우위를 점하게 된다'는 글을 보자, 그 경지에 이르는 순간 깨달음을 얻는 것으로 이해되면서 영묘한 시간을 잠깐 경험했다.

부정맥이 계속 발생한다. 하단전과 상단전에 비해 중단전이 덜 활성화되어 균형을 이루지 못해 그런가? 중단전에 집중을 하니 효과가 있다. 밤에 헬스장 가서 운동을 심하게 한 탓인지 자시수련에 지장을 준다.

7월 22일 토요일 〈토요일의 여유〉

토요일의 느긋함이 좋다. 간만에 늦잠을 잤다. 꿈을 꿨는데 앞뒤 스토리는 짤리고 엄청 야한 장면만 생각난다. 전에는 꿈에서 야한 장면이 나타나면 시험에 떨어질까 두렵기도 했는데, 이제는 즐기는 수준이 된 것 같다.

오전에 명상 음악을 들으며 카페 글을 보며 가벼운 수련을 했다. 오후에 삼공재로 출근. 자주 온다고 선생님께서 흐뭇해하신다. 오늘 수련생이 11명이나 왔으니 번성했던 논현동 시절로 돌아간 듯하다. 반입정 상태에서 수식관을 한 후 화두수련을 하니 가벼운 진동이 인다. 상완혈 부근의 진동은 처음이다. 아무것도 안 보이더니 막판에 여러 얼굴이 사진첩 넘기듯 교체되며 나타난다. 자세가 불편해 조금씩 움직이며 버텼더니 피곤하다.

냉면집에 10명의 도인이 모였지만 분위기가 조용하다. 내가 삼공재에 한참 나오다 나타나지 않아 한소식 한 줄 알았다는 얘기를 듣고 내심 부끄러웠다. 수련에 별다른 진전이 없는 가운데 공사다

망, 부상을 핑계로 소홀했던 시기가 있었는데, 아깝긴 하지만 다 지난 일이다. 지금부터 매일 매일 충실하게 임하면 된다.

귀가하면서 빙의령을 천도했다. 밤에 수련할 때 전투기 조종사가 괴로워하는 영상이 보였다. 저격당한 듯, 곧 격추되기 직전이다... 슬프다.

7월 23일 일요일 〈마음 따로 몸 따로〉

오전에 가볍게 수련을 하고, 오후에 헬스장에 갔다. 밤에는 좌공을 하다가 뻐근한 허리를 고려하여 와공 자세를 취했건만, 오래 못 버티고 잠의 여신 곁으로 가고 말았다. 주중에 모임이 두 차례가 있어 수련에 차질을 빚은 터에, 현묘지도 8단계 진입한 회원 소식에 동기부여가 되어 밤새도록 수련하고 싶었는데 아쉽다.

7월 24일 월요일 〈의수중단전〉

5시 반에 잠을 깨다. 거실에 나가 수련하려니 강아지 오줌 냄새가 심하다. 변기를 교체해야 하는데... 귀찮아 서재로 들어가 좌공, 와공을 했다. 이번에는 사람들 얼굴이 사진처럼 고정된 모습이 아니라 움직이는 모습으로 차례로 보였는데, 생생했던 모습이었건만 지금은 기억이 잘 안 난다.

차를 몰고 출근하니 편하다. 의수단전을 하니 단전 열감과 더불어 손등으로 찌릿하고 기운이 흐른다.

저녁시간 후덥지근하던 날씨가 나아져, 간만에 강아지 데리고 산책을 나갔다. 시원한 바람이 분다. 의수중단전을 하니 잔잔하게 기운이 들어오고 중단전에 축기되는 것이 느껴진다. 이윽고 하단전과 감응하며, 발목으로도 찌릿하고 기운이 흐른다.

10시부터 거실에서 좌공 자세로 화두수련을 바로 시작한다. 고양이가 야옹~하며 다가와 방해한다. 잠시 토닥거려 주고 다시 몰입. 그러면 곧 또 야옹~ 무한 반복이다. 한 시간 후 허리가 뻐근해져 와공으로 전환. 화면이 머리 우측으로 뭔가가 뜨다가 사라지더니 한 시간을 해도 변화가 없다. 갑자기 얼굴부터 물속 아니 젤 같은 곳으로 들어간다. 차원이 다른 곳이다. 또 한 시간 경과하면서 비몽사몽에 빠진다.

7월 25일 화요일 〈영상과 기억〉

잠을 깨니 6시가 넘었다. 좌공을 하다가 부엌 소음 때문에 안방으로 이동, 와공 자세로 3개의 단전 위치를 옮겨 가며 의수단전하며 화두수련을 하다. 외국 사람들, 바위에 부딪친 황새가 물가에서 힘들게 걷는 모습, 큰 누런 고양이(위에서 아래를 보는 각도)가 차례로 보인다. 세 군데 단전이 활성화되면서 삼매의 경지에서 영상이 선명하게 보이니 기분도 좋다.

밤 9시쯤 귀가하다. 서재로 들어가 에어컨 틀고 휴식을 취하는 둥 마는 둥 바로 수련을 시작하다. 와공으로 수식관 호흡 70번 정도 하는데 중간에 막히며 잘 내려가지 않는다. 천도를 하고 다시 호흡을 하니 쭈~욱 내려간다. 좌공하며 수식관 호흡 100번 하다. 그런데 단전의 이물감이 실종된 듯하다. 별세한 직장 선배, 영화장면, 오늘 본 영양실조 아이 등이 떠오른다. 좌공 수식관 100번 더 하고 시계를 보니 0시 30분. 계속 수련을 하니 진동이 일고 상단전이 감응한다. 뇌세포가 활성화되는 듯 여러 기억의 단편이 불쑥불쑥 튀어나온다. 하단전의 열감이 느껴지기 시작한다. 와공 수식관으로 전환한 이후는 기억이 안 난다. 3시간 넘게 수련했는데도 큰 효과가 없다.

7월 26일 수요일 〈모임〉

서재 침대에서 눈을 뜨니 밖이 밝다. 누운 채 화두수련을 하니 중단이 상단과 감응하며 하나가 된다. 중단전으로 흰빛이 내려온다. 하얀 옷 입은 흑인을 비롯, 여러 얼굴이 보인다.

지하철에 앉아 수련하며 출근하다. 퇴근 후 모임에서 고량주를 여러 잔 마셨지만 취하지 않았다. 2차는 사양하고, 귀가 지하철에서 의수단전하다. 밤에 거실에서 와공 자세로 수련을 시작했는데, 이후 기억이 안 난다.

7월 27일 목요일 〈생각 금지〉

5시 기상. 비몽사몽으로 있다가 6시부터 본격적으로 수련. 7시 넘어 안방으로 이동하여 와공을 계속하다. 잔잔한 기운이 들어오고 상서로운 오로라가 형성되는 듯했다. 수련 중 짧은 영상이 보였지만 생각이 방해를 한다. 어떤 징조가 있으면 생각이 이후 상황을 연출하는 듯해서 자제했다. 출근 준비를 하는데 밖에서 까마귀 소리가 한동안 시끄러울 정도로 들렸다.

중단전 부위에 통증이 느껴진다. 퇴근 후 산책, 헬스장, 수련의 순으로 진행할 작정이었다. 그런데 산책 중 무릎 주변이 불편하고 강아지도 헉헉하며 뒤뚱거리기에 일찍 귀가했다. 9시부터 수련에 들어갔다. 4시간이나 수련할 수 있다는 기대감과 함께. 그런데 카페 글과 댄스 동영상을 보다 보니 시간이 훌쩍 지났다. 자정 가까운 시간, 거실로 나가 수련을 다시 시작, 와공을 하는데 금방 2시가 되었다. 밤을 세워도 좋다. 그런데 좀 춥네... 안방으로 이동, 이불을 덮고 수련을 계속했다.

7월 28일 금요일 〈시련〉

출근하기 전, 안방에서 좌공을 한다. 화두를 암송하니 기운이 솔솔~ 들어온다. 요 며칠 큰 변화가 없어 이제 여기까지인가? 아직 미흡한데도 다음 단계로 넘어가야 하나? 고민했었는데, 이렇게 기운이 들어오니 계속할 수밖에 없다.

이번 단계는 한동안 몰두했던 이슈이기도 하다. 내가 감정에서 분리되는 순간 혹은 나의 실체를 깨닫는 순간, 듣거나 보는 것과 내가 일체가 되는 순간 부처가 된다고 보고 나름 수련했던 적이 있다. 거의 건너갈 뻔했는데 편견, 아집이 너무 강해서, 어쩌면 때가 아니었을지도.... 이런 경험에서 이번 화두 수련에 비중을 두고 있다.

한편으로 하찮은 일, 일시적인 상황을 가지고 전체를 해석하는 오류를 범하기 쉬운데, 수련할 때 이런 일이 반추되면 지장을 받는다. 더구나 반추되던 그 일이 나중에 그리 대수롭지 않거나 쉽게 해결되면 내 자신이 한심하고 허탈하기까지 하다. 근래 직장의 하찮은 일에 생각이 꿰어 수련에 지장을 받았으니 마음공부가 덜 된 증거이다. 어쩜 공처 수련 과정에서 겪는 시련이라고 생각하는 순간 기운이 돈다.

7월 29일 토요일 〈호사다마〉

주말이다. 우선 주중의 피로를 풀 겸 늦잠 자고, 오전 늦게 거실에서 좌공을 시작하다. 큰 찐빵, 비행선 모양의 덩어리가 머리 위에 붙어 있으면서 머리 안으로 내려오려 한다. 조금 있다가 더위에 서재로 이동, 에어컨 틀고 침대에 누워 와공하다가 비몽사몽... 2시에 일어나 삼공재 가려고 옷을 입는데 허리가 불편해 다시 누웠다. 안 가는 대신 4~5시간 수련을 찐하게 해야지. 그러나 와공은 잠의 여신의 유혹에 약하다. 저녁 산책 시 기운이 오랜만에 들어왔다.

7월 30일 일요일 〈과욕불급〉

수련에 대한 의지에도 불구하고 집중을 못 하고, 허리 때문에 와공만 한다. 또 비몽사몽... "마지막~" 소리가 크게 들리고, 카페 회원들과 함께 수련하는 영상이 보인다. 꿈같다. 오래 누워 있다 보니 근육이 다 풀리는 듯하다. 일주일 만에 헬스장 가서 운동했으나 등쪽 근육에 무리가 가해졌다.

저녁에 산책을 하는데 걸을수록 더워져 보공의 효과를 거두지 못했다. 밤에 명상음악을 들으며 와공을 했지만 비몽사몽에 빠졌다. 새벽에 거실로 이동, 와공 중 금방 잠에 빠졌고 추워서 여러 번 깼으나 몸을 움직이지 못했다.

시간이 많다고, 수련을 많이 한다고 반드시 결과가 좋은 것은 아니다. 이번 주말 내내 수련하려고 욕심 부린 게 도리어 부작용을 초래한 것 같다. 수련 중 쓸데없는 생각이 내내 머리에 떠오른다거나, 신비한 어떤 현상이 생기면 다음 과정을 미리 유추하는 바람에 식게 만들거나, 수련 조금하다 곧 딴짓한다거나, 몸에 이상이 생긴다거나 해서 뭔가가 방해하여 수련의 정체를 겪었다. 이제 빙의령을 관하고, 와공 대신 좌공으로 짧은 시간이나마 집중해서 해야겠다.

7월 31일 월요일 〈입정 즐기기〉

어제 LPGA 경기 결과를 보니, 선두에 있던 선수가 자멸하는 동안 6타나 뒤져 있던 한국 선수가 쫓아와 기적같이 우승했다. 앞에서 잘하는 것보다 나중에 잘하는 게 중요하다는 교훈. 그리고 우승은 선수가 잘하는 것은 기본이고 여기에 신의 도움이 있어야 가능함을 다시 증명했다. 수련도 일단 내가 열심히 해야 신명의 도움을 받는다고 하니 세상사 이치가 똑 같나 보다. 감기 기운이 들어 온 것 같은데, 발현되지 않고 잠복하기에 천도를 시도했다. 이전처럼 실체가 눈에 보이지는 않는다. 저녁 산책하면서 축기를 하고, 간만에 오랫동안 깨어 있는 와공을 새벽 1시까지 했다. 상중하 단전이 상응하며 하나가 되고, 의식을 놓치지 않고 입정 상태를 즐겼다.

8월 1일 화요일 〈당일 여행〉

아침에 제2 영동고속도로를 타고 아내와 강릉을 가다. 순두부집에서 번호표를 받고 대기하다가 입실. 주인은 신의 손을 가졌나 보다. 반찬까지 다 맛있다. 양양 방면으로 가던 중 커피 전문점에 들르다. 넓은 주차장에 차가 가득하고 손님이 줄을 서서 주문을 기다린다. 야외에서 커피를 마시며 전원 경치를 보며 시간을 보내다. 이럴 때는 무념무상이 잘되네...

바다를 오른쪽으로 바라보며 국도 드라이빙. 저 끝이 육지보다 더 높아 보여 무섭기도 하다. 하평 해수욕장에서 바닷물에 발을 담그고, 모래사장을 걷고 해수욕객의 즐거운 물놀이를 구경한다. 먼 바다를 보며 잡념에서 해방된다. 연곡 해수욕장 소나무 숲에서 바람을 쐬며 명상을 하다. 양양의 막국수 맛집에서 노릇노릇한 감자전, 순수한 맛의 막국수... 정성과 내공을 흠미하다.

오늘 방문한 음식점들은 주인이 성공하기까지의 노력이 있었기에 떼돈이라는 보상이 주어졌을 터, 이들이 수련의 길을 택했다면 한소식 했음이 틀림없다. 노력은 영역을 가리지 않기 때문이다. 춘천양양고속도로를 처음 달려 귀가. 하루 종일 운전했지만 의수단전으로 일관하였더니 피곤하지 않다. 남춘천 IC에서 국도에 접어들었을 때 도로에 파인 곳이 있어 피하려고 핸들을 돌렸건만 바퀴가 빠져 크게 덜컹거렸다. 핸들을 돌리지 않고 그냥 갔으면 괜찮았을 터, 아내가 운전하다 그랬으면 내가 뭐라 했을까?

집에 도착하자 강아지가 반갑다고 달려든다. 보답으로 안아서 거실을 배회하니 고양이가 등 뒤에서 어깨로 뛰어 올라 온다. 놀라서 몸을 트니 고양이가 떨어져 도망간다. 이 과정에서 등과 종아리에 할퀸 상처가 났다. 고양이의 질투심인가? 조금 있다가 고양이를 안아 달래며 발톱을 깎았다. 아픈 상처에도 불구하고 화가 나거나 밉거나 하지 않으니 스스로가 이상하다.

8월 2일 수요일 〈아침 좌공〉

눈을 뜨니 해가 뜰 무렵이다. 누워서 비몽사몽으로 있다가 7시 알람소리를 듣고 거실로 나가 좌공을 시작했다. 처음부터 보호령을 불렀다. 뇌파가 떨어지는 것인지 기묘한 차원으로 변한다. 아름다운 병아리색의 공간, 막 같은 것이 줄어들며 단전으로 들어간다. 모르는 얼굴들이 희미하게 보였다 사라졌다. 보이는 것을 나름 해석하거나 짐작하지 않고 그대로 두니 더욱 심묘해진다.

　지금껏 수련기에 기록하려고 관찰자의 입장을 취했었는데, 이제 기록은 잊고 당장의 현상에 몰입하기로 한다. 영화 인터스텔라의 후반 서재 장면에서의 두툼하고 정지된 공간. 내가 묻는 것이 글자로 변해 공간에 그대로 새겨진다. 보호령을 본들, 안 본들 아무런 의미가 없다. 이대로 마냥 있고 싶다... 고양이가 야옹 하며 건들기에 시계를 보니 한 시간이 훨씬 지났다.

8월 3일 목요일 〈전생〉

　안방에서 아침 좌공. 지도령을 불렀다. 젊은 남자인데 모르는 얼굴이 보인다. 옛날 복장의 일본인 둘이 대화를 한다. 극단 사람 같다. 큰 개가 걷는 장면도 보인다. 내가 일본이 친숙하고, 개를 좋아하는 이유와 연결되는 듯... 좌공에 이어 잠깐 와공. 끝날 무렵 나도 모르게 두 손과 발을 올리는 자세를 취한다. 허리에 좋다는 생각이 들어 한 번 더 했는데, 자주 해야겠다. 단전의 이물감이 그물망처럼 느껴진다.

8월 5일 토요일 〈삼공재 수련〉

삼공재 방문. 반입정 상태에서 상단전과 하단전이 감응한다. 상단전의 경우 바람이 회오리치는 듯한 신묘한 변화가 인다. 잡념이 일면 의수단전 위치를 바꾼다. 아들 얼굴이 떠오르는 순간 머리 뒤쪽 두개골과 피부 사이에 칼이 꽂히는 듯 뻑뻑하면서 아프다. 심각하네... 전체적으로 수련이 잘된 듯 시간이 빨리 간다. 더 깊은 입정으로 접어들 찰라 수박이 들어온다. 현묘지도 수련을 마친 분이 제공한 것이니 일부러 많이 먹었다. 잘 버텨준 허리에게도 감사!

귀갓길, 아들의 빙의령 천도를 시도하다. 밤에 확인해 보니 천도된 듯하다. 등과 허리 근육이 뻐근하여 어제와 마찬가지로 서재 침대에 누웠다. 단전 부위를 두드리니 먼지가 일듯 기운이 인다.

8월 7일 월요일 〈수련 몰입〉

저녁 시간. 집에 아무도 없다. 생식하려다 옥수수 복숭아 과자로 배를 채우고 카페에 들어가 가벼운 수련을 한다. 8시 반부터 거실에서 좌공을 하니 엄청난 기운이 쏟아지고 하단전이 뜨거워 화상을 입을 것 같다. 몸이 더워져 시원한 서재로 이동. 강아지가 따라 들어오기에 무릎에 앉힌 채 수련을 계속한다. 잡념이 일거나 하면

의자에서 침대로, 다시 의자로 이동하며 수련한다. 상중하 삼단전
이 상응한다.

아들이 기숙사 동료를 친구로 하기로 했다는 소식을 전하니 안
심이 된다. 새 직장에서 터전을 잡으려나… 이 참에 아들의 빙의령
을 점검하니 이상 없다. 이번에는 미국에 있는 딸의 빙의령을 불러
본다. 소식이 없다. 계속 부른다. 오른쪽에서 기운이 일기 시작하
며 뭔가 변화가 인다. 이건…. 상서로운 기운이다. 이 따뜻한 기운
이 퍼져 나를 감싼다. 빙의령이 아니다! 보호령 같다. 누구십니까?
조상이십니까? 애 할머니입니까? 고개가 끄떡끄떡 진동한다. 그 기
운에 감화되어 눈물이 난다. 보여 주십시오. 안 보인다. 계속 보여
달라고 요구했다. 그러자 90도 각도의 어깨 주변 모습, 그릇에 담
긴 맛있는 음식들이 보인다(딸을 키운 할머니가 음식을 잘하셨음).
눈물이 계속 난다. 고맙습니다. 애를 돌봐 주어 고맙습니다…. 한
동안 감격에 머물렀다. 이윽고 여기서 나오니 기운이 떨어졌다. 역
시 수련은 스태미나가 받쳐줘야 하는구나. 그런데 할머니 얼굴이
왜 안 보였을까? 할머니 사진이 침대 바로 위에 있어서인가? 다음
에 얼굴을 보여 달라고 해 봐야겠다. 이후 계속 수련했지만 앞의
감동에 묻혀서인지 다른 기억은 나지 않는다.

8월 8일 화요일 〈축기〉

새벽 공기가 시원하여 거실로 나갔으나 비몽사몽 시간을 보내고 말았다. 이렇게 하지 않으려 했건만 의지가 약한 증거다. 그런데 아침에 서재 침대 위에서 좌공을 하니 새삼스럽게 잘된다.

이번 주에 외부기관 회의 참석이 예정되었다. 회의비 지급을 위해 주민증, 통장 사본이 필요하다고 연락이 왔다. 회의에 가면 양식에 해당 정보를 기재하고 사인해 왔는데, 개인정보 보호시대에 과한 요구이고 손님에 대한 예우도 아닌 것 같아 불쾌한 마음이 들어 안 가기로 했다. 이것이 과민반응일까? 이런 반응도 지워야 할 관념의 하나일까?

저녁에는 수면 부족, 피로감으로 헬스장 안 가고 휴식을 취했다. 9시에 산책 나가 보공하던 중 마음의 눈으로 단전을 보니 축기되는 게 느껴진다. 이전보다 수준이 높아진 것 같다. 하단전 열감에 머리 뒤편 아래쪽이 감응한다. 10시 반 서재에서 좌공, 와공 수련. 잡념 때문에 입정에 들기 어렵다.

8월 9일 수요일 〈연정화기 확인〉

드디어 기다리던 19금 꿈을 꿨다. 남자A, B, 여자 C가 주인공이다. 세 사람은 친하다. 어디를 가서 한 방에서 자게 되었는데, B가 C를 원하지만 C는 A를 원한다. 하지만 A는 두 사람을 바라보기만 한다. 장면이 바뀌어, 어디 갔다가 비를 맞은 A와 C가 숙소를 찾아 들어가 젖은 옷을 벗다 보니 묘한 상황이 된다. A는 자신을 원하는 C를 하화중생의 심정으로 받아들이기로 했지만, 내심 원하고 있은 것 같기도 하다. 합궁했지만... There was nothing come out!!

자정 넘어 유튜브로 ⟨1.5Hz Isochronic Tones⟩을 들으며 수련하다. 곧 소리에 몰입되며 격한 진동을 일으킨다. 이런 경우 처음이다.

8월 10일 목요일 ⟨나⟩

저녁에 회식이 있어 지하철로 출근. 책을 읽으려고 했는데 자리에 앉는 바람에 수련을 하였다. 그저께 보공할 때처럼 마음의 눈으로 단전을 바라보니 호흡이 조정되며 축기가 된다. "나"를 화두로 삼아 보니 미세한 효과가 감지된다.

8월 13일 일요일 〈아리랑 환타지〉

오후에 헬스장 가다. 페달이 안장 아래에 있는 일반 자전거를 타려 했지만 빈자리가 없어 대신 페달이 앞에 있는 자전거를 타게 되었다. 할 수 없이 탔지만 오히려 허리가 펴져 의수단전하기에 좋았다. 45분 동안 28Km 달리며 땀을 흠뻑 뺐다.

저녁에 카페를 통해 아리랑 환타지 공연 동영상 음악을 들으니 뜻밖에도 기운이 들어오며 격하게 진동이 일어났다. 음악을 반복해서 들을 때마다 진동이 계속되었다. 그 이유를 매니저님에게 물어보니 수련으로 기감이 더 좋아져서 그런 듯하다는 답변을 들었다. 음... 다른 이유는 없을까나? 예를 들면 아리랑 곡에 깃들인 국민들의 염원? 나중엔 진동의 기운을 하단전으로 끌어 모았다.

좌공하며 중단전에 집중하니 하단전과 합일한다. 입정에 빠져든다. 마치 물속에 있는 듯 편안하고 잡념이 없어지거나 있더라도 천천히 지나간다. 자동차 기어가 변속되듯, 더 깊은 입정으로 들어가 화두수련을 하다.

8월 15일 화요일 〈기감 향상〉

밖에서 저녁식사를 하고 귀가하는 길, 배가 불러 의수중단을 하다. 중단의 열감이 최고조로 강화된다. 집에 도착하자 바로 PC를 켜고 카페에 들어간다. 매니저님이 올린 단군 사진과 글에서 큰 기운을 받고, 회원들의 글을 볼 때는 각각의 기운이 감지된다. 정말 기감이 향상되었나 보다. 자정 지나서 와공 자세를 취하다. 한참 한 것 같은데, 중단 하단으로 동시에 기운이 들어온다든가 외엔 특별히 기억나는 것이 없다.

8월 16일 수요일 〈하화중생〉

새벽 4시. 수련하다가 잠이 들었다. 어디서 일 주일 코스의 수업을 듣는 건지 강의를 하는 건지 확실치 않다. 열댓 명의 수강생 캐릭터가 독특하다. 그중 아는 사람도 있어 그들이 하는 일을 관찰했다. 수강생의 생일 선물을 사려고 상점에 들어갔다. 적당한 것을 골랐는데 돈이 모자라 주인과 협상하고 주머니에서 돈을 꺼내는데 뜻밖에 일본 동전이다. 환율 차이로 가격에 조금 부족하다. 그 때문에 또 주인을 설득하느라 애를 먹는다.

이제 집으로 가려고 큰 도로에 나섰는데 의외로 한산하다. 그 도로는 새로 건설된 것이고 그 길 아래 오래된 도로가 있어 차량과 사람들이 다닌다. 그리로 내려가 정류장을 찾아 갔다. 교통편이 마땅치 않아 중간에 갈아타기로 하고 버스에 탑승했다. 한참 가는데 좀 이상하다. 사람들이 멀미를 하는 바람에 나의 외투가 더러워졌다. 왜들 이러나? 알고 보니 죽으러 가는 사람들을 실은 버스다. 정류장에 멈추자 내려서 외투에 묻은 오물을 씻고 승객에게 내리라고 소리쳤다.

그 버스가 어느 지역에 도착해 모두 내렸다. 외국 같은 분위기.... 거기서 테니스 시합을 했다. 상대방은 알고 보니 20여 년전에 나에게 테니스를 가르쳐준 사람이다. 그를 이길 수 없지만 사력을 다했다. 그런데 그 지역 사람들의 모습이 이상하다. 아! 죽으려고 모여 사는 것이다. 그들에게 나가서 살라고 호소를 하여 탈출시킨다. 뛰어 달아나는 사람들의 몰골이 형편없다. 꿈의 의미를 찾자면.... 하화중생이 생각난다.

오전에 사무실에서 머리가 무겁기에 의식을 집중하여 빙의령을 확인코자 했지만 보이지 않았다. 그래도 컨디션이 좋아진 효과를 보았다. 저녁에는 보공 좌공 와공의 순으로 수련했는데 며칠째 별다른 변화가 없으니 토요일에 다음 화두를 받을까 싶다.

8월 17일 목요일 〈자전거 수련〉

기상을 하니 6시. 거실로 나가 한 시간쯤 좌공 수련을 하는데 고양이가 자꾸 추근거린다. 지하철에서 독서하며 출근하려다 운전하

며 의수단전하기로 결정. 그런데 오늘따라 유난히 앞차마다 교통
흐름을 막기에 조급증, 짜증이 난다. 운전과 너그러운 마음은 별개
인가?

저녁에 헬스장 행. 의수단전하며 자전거를 50분 32Km 타다. 5분
마다 레벨을 올렸다가 내리는 방법으로 오늘은 6레벨까지 갔다. 많
은 땀은 물론 힘이 부치고 좌골신경통 증세, 현기증이 염려될 정도
였지만 몸이 정화되는 기분이 든다. 밤에는 거실에서 자시수련. 상
중하 단전에 화두를 고정시켜 암송했지만 별다른 반응이 없다.

8월 19일 토요일 〈6단계 화두〉

간밤에 거실에서 자시수련을 했는데, 새벽 1시 반에 서재로 이동
하여 수면에 들었다. 지난주 꿈에 나왔던 지인이 사망하여 경찰이
조사하는 스토리의 꿈을 꾸다. 약한 감기 기운이 느껴지다. 오전에
드라마 왕좌의 게임 5, 6편을 보며 시간을 보내다.

삼공재 방문, 선생님께 여섯 번째 화두를 청했다. 자리에 앉자마
자 새 화두의 기운이 들어온다. 화두를 받고 감사의 예를 올렸어야
하는데 그냥 앉아 죄송하다. 수련 중 오전에 본 드라마 장면이 잡
념으로 떠올라 방해가 되니 앞으로 삼공재 오기 전에는 근신해야
겠다. 특별한 변화는 없지만 시간이 빨리 경과한 것으로 보아 수련

이 잘된 듯하다.

수련 후 뒤풀이 시간이 즐겁다. 현묘지도 수련 완료 기념으로 저녁 쏘시고, 판단이 잘 안서면 자성에게 물어 보라고 가르쳐 주신 이원호 님, 수박과 2차를 사신 회원님, 근래 나의 기운이 강해졌다고 평해 주신 회원님… 모두 감사하고, 덕분에 위로와 자극을 받는다.

그런데 꿈 내용이 의식되어 스마트폰의 카톡친구 명단과 전화 연락처를 찾아 봤다. 이전에 있었는데 지금은 없다. 이 어찌된 일인가? 몇달 전 부재중 전화 온 적도 있는데... 수소문해 볼까도 싶지만, 사실인들 아닌들 내가 할 게 없으니 슬픔과 초연함이 함께한다.

귀가하니 한기는 사라졌지만 피곤하여 잠을 잤다. 10시 반, 거실에서 와공 수련을 하니 기운이 간간이 들어오고 머리가 진동한다. 생생한 아시아 사람 얼굴이 보이는데 장승처럼 고정되어 있다. 다른 얼굴은 흐릿하게 보였다 사라진다. 자가치유를 하는 듯 손이 저절로 중단 중완을 두드린다. 비가 많이 오니 추워져 티를 입고 계속 수련한다. 장막이 걷히면서 검은 하늘과 별이 보이고, 검은 물체가 위로 오른다. 황량한 낮은 산악지역, 갑자기 눈앞에 어느 도시가 환하게 보인다. 시선을 돌리니 그곳도 환하게 보인다. 이 마지막 부분은 비몽사몽 꿈일 수도 있다. 더 추워져 서재로 이동했다.

8월 20일 일요일 〈고향별〉

오후에 페달이 아래에 있는 자전거를 1시간 타다. 의수단전으로 열감이 느껴진다. 레벨 7까지 올리니 너무 힘들어 왜 스스로 도전하며 고생하는지 자문하고 이것도 수련의 일환이라고 자답하다.

카페 글과 링크된 글을 보는 한편, 외국 오디션 유튜브를 감상하다. 출연자의 부모 특히 모친의 경우 자식의 경연을 보며 눈물을 짓는다. 한국이나 외국이나 부모 마음은 같나 보다. 그런데 나도 덩달아 눈물이 난다.

콜라겐 부스터 사운드 테라피 유튜브를 들으니 격하게 진동한다. 소리도 에너지파이니 그것에 감응해서 그런가? 9시 반, 수련하며 빗소리를 들으니 기운이 들어오며 진동이 인다. 계속 진동하기에 하단전으로 기운을 모으니 멈춘다. 그런데 몇몇 얼굴이 비쳤다. 빙의령이 함께 들어온 듯하다.

10시 반. 거실로 옮겨 좌공 자세로 빗소리 수련 지속. 양쪽 귀로 들어온 소리가 인당 안쪽에서 백회로 들어 온 기운과 합쳐 강하게 반응한다. 비가 그치자 화두수련. 어제처럼 아시아인 얼굴 외에 여러 얼굴이 보였다. 오른쪽 위로 도인 같은 분이 얼핏 보였다가 조금씩 커진다. 지도령인지 묻고 합장하고 앉은 채 절을 했다. 고향별을 찾았다. 우선 가까운 수금상화목토 순서대로 떠올리니 수성에서만 진동한다. 수성이 맞냐고 물으니 진동으로 답이 온다. 중단에

142

서 검고 둥근 수성이 점점 커지며 접근한다.

8월 21일 월요일 〈문상〉

7시 알람 소리. 누워서 뭉기고 있는데 퇴직한 직장동료가 나타나 얼른 일어나라고 한다. 이상도 하다. 살아 있는 사람인데.... 지하철에서 스마트폰으로 카페 글을 보며 출근. 사무실에서 머리가 무겁고 약간 어지러워 빙의령 천도 시도.

퇴근 후 문상을 가다. 이전부터 문상은 가능한 한 가지 않고, 가더라도 음식 안 먹고 신속히 나오고, 귀가 전에 사우나에 먼저 가거나 현관에서 소금을 뿌리게 했다. 그런데 오늘은 아무렇지 않게 다른 문상객처럼 음식을 먹고 얘기하다가 함께 나왔고, 사우나에 들르거나 소금 샤워를 하지 않았다. 아내가 묻기에 수련을 하고 있어서 괜찮다고 대답했다.

헬스장 갔어야 했는데... 어제 보던 오디션 유튜브 시리즈를 보면서 재미와 감격, 눈물의 시간을 보낸 후 수련에 임하니 집중이 안된다. 귀차니즘과 순간의 작은 행복을 선택한 대가가 크다.

8월 22일 화요일 〈수성〉

집에 다른 사람이 억지로 들어와 살면서 구조를 변경하였기에 이를 되돌리느라 한참 고생하고, 대학에서 수강 신청하고 교실을 찾아다니는 등 꿈에서 고생을 해서인지 아니면 어제 문상 때문인지 아침에 컨디션이 안 좋다. 강한 빙의령... 차를 몰고 출근하는 동안에도 사무실에 와서도 계속 천도를 시도했다.

저녁 식사 간단히 하고 헬스장 가다. 자전거 타고 65분 38Km 달리다. 페달이 앞에 있어 편한 자전거라 7단계까지 올라갔다 내려와도 지난번처럼 힘들지 않았다.

9시 반부터 카페 글 보며 수련 준비하다가 10시 반 거실로 나가 와공 좌공 와공 순으로 진행. 이틀 동안 보였던 생생한 얼굴이 더 이상 보이지 않는다. 다 천도되었나? 화두를 암송하다가 반응이 없어 '수성'을 불렀다. 기운이 들어오고 온몸에 진동이 인다. 직장일 관련한 잡념이 계속 들면서 해결책도 떠오른다.

8월 23일 수요일 〈꿈과 요통〉

몸을 못 움직여 휠체어를 타고 있다. 어머니가 그런 나를 보살펴주신다. 직장은 휴직, 그런 와중에 학업 걱정을 한다. 이런 꿈을 꿔서 그런지 허리가 찌리릿하며 아프다.

지하철 출근 중 입공 수련하다. 저녁 회식, 과식과 소주 몇 잔. 2차 안 가고 귀가하였다. 습도가 높아서인지 너무 덥다. 에어컨을 약하게 틀고 와공하던 중 잠이 들었는데 다음날 목 상태가 안 좋아진다.

8월 24일 목요일 〈편두통〉

익히 아는 장소인데 상가가 만들어지고 건축자재상이 들어선다. 운전을 하다가 차에 문제가 있기에 숙소에 들어가 휴식을 취한다. 방안에 아는 사람들이 많은데 한 이불 속에서 특정인과 반대쪽으로 누웠다. 발이 그의 은밀한 부분에 닿는데도 그녀는 피하지 않고 모르는 척, 잠자는 척한다. 후배와 일본 유곽에 가서 질펀하게 시간을 보낸다. 오늘도 이렇게 야한 꿈으로 시련을 당했지만 끄떡없다. 실제로 유혹에 접해도 넘어가지 않을 것 같다.

새벽 3시에 깨어, 아픈 목을 치료하는 음악을 들으며 수련을 하는 둥 마는 둥 시간을 보내다. 5시쯤 의식으로 소주천 경로를 훑으니 기운이 토성의 고리처럼 몸을 도는 듯하다. 계속 수련하는 동안 업무 관련 잡념이 자꾸 떠오른다.

아침 10시쯤부터 눈의 초점이 안 잡히고 눈앞에 빛의 잔상이 나타나 시야를 가린다. 편두통 전조현상이다. 이어서 심한 두통과 구토증세가 생겨 몇 시간 동안 고생하게 되는 편두통은 원인이 불명인 난치병이다. 그런데 빙의령 때문인 경우도 분명히 있다. 오랜만에 발생한 편두통 증세지만, 빙의령을 천도한 효과인지 전조현상 후의 두통이 따르지 않았다.

저녁 회식에서 또 과식. 헬스장 가서 땀을 빼면 좋을 텐데... 술을 몇 잔 마신 핑계로 내일 가기로 했다. 대신 오래 수련을 했지만, 집중하지 못해서인지 효과가 미미하다.

8월 25일 금요일 〈뇌파 낮추기〉

아침 6시쯤 좌공에 들었다. 요 며칠간 입정에 잘 들지 못해 이번에는 뇌파를 낮추고 낮추고 또 낮추도록 의식하였다. 수련을 방해하고 색으로 유혹하는 게 빙의령인지 확인해 보니 모르는 얼굴들이 보인다. 또 생생하고 선명한 영상으로 사람(여자였던 듯)이 두 번 지나갔다. 특별히 기억에 남는 아는 얼굴이나 장면은 없다. 이들이 모두 빙의령은 아닌 듯하고 잡념처럼 떠오르는 현상 같기도 한데, 잡념이라면 아는 사람이 떠오르거늘… 모르는 사람이 나타나는 것은 어쩌면 꿈과 유사하지만 의식이 있는 상태 즉, 입정에 들어 그렇다는? 이때 나타나는 순간의 잔상은 사람마다 고유한 의식

프레임을 거쳐 각색되고, 이를 해석하는 것도 각자의 몫 아닐까?

8월 26일 토요일 〈다음 진도〉

긴 꿈인데 기억에 남는 문제의 장면이 있다. 여성과 함께 일 보러 어디 가다가 뒤에서 가슴을 한번 만졌다. 그런데 그녀는 놀라기는커녕 아무런 반응을 보이지 않기에 안심되는 한편으로 걱정한다. 조심하라는 계시인가?

아침에 PC를 보며 가볍게 수련하다. 영상 제작자이자 뮤지션, 명상가인 남편, 시각예술가이자 요기인 부인이 함께 제작한 〈Inner Worlds Outer Worlds〉를 유튜브로 시청하다. 구도자에게 도움이 되는 내용이 가득하다. 그런데 어느 순간 나레이션되는 영어가 그대로 다 들리고, 심지어 기운이 들어오며 진동까지 인다. 이 동영상을 활용하여 수련해도 좋을 듯하다. 침대로 이동, 앉아서 뇌파를 떨구니 금방 입정에 든다.

오후에 강남구청역, 나를 부르는 소리에 고개를 돌리니 멀리 지방에서 삼공재에 오는 분이다. 몸이 갑자기 안 좋아져 패를 끼칠까봐 그냥 돌아간다고.... 그와 나 사이에 안개 같은 기운이 퍼진다. 인사하고 돌아서는데 측은지심이 밀려온다.

삼공재 수련. 입정에 들어 화두를 1시간 정도 암송했지만 아무런 변화가 없기에 다음 진도를 나아가야 되겠다고 판단하니 하단전, 머리 부위가 진동하며 응답한다. 무릎과 고관절 통증이 심해져 우주의 기운, 자연의 기운, 치유의 기운, 사랑의 기운을 불러 치료한다. 조금 후 수피 복장의 터키인 같은데, 유리구슬 같은 약이 몇 줄 들어간 사각형의 용기를 넘겨준다. 이것을 받아 하단전에 넣는다. 약을 꺼내 통증 부위에 문지르고, 왼쪽 손목 통증 부위엔 약을 하나 꺼내 손목 관절 사이에 넣었더니 통증이 사라진다. 수련 후 7단계 화두를 받았다.

저녁에 강아지와 산책한 후, 보다 만 동영상을 마저 시청하고 수련에 들었다. 5단계 화두가 어렵다 해서 시간을 두고 임했건만, 이번 화두가 실재로 더 어렵다. 화두가 길기에 짧게 만든 버전으로 암송해 보기도 한다.

8월 28일 월요일 〈지감(止感)〉

새벽 4시 넘어 편두통 전조현상으로 전구의 필라멘트 잔광이 흔들리듯 보인다. 천도를 하여 크게 고통받지는 않았지만 미세한 두통이 남았다.

저녁에 PC 앞에서 휴식을 많이 취했고, 커피도 마셨기에 잠이 안 올 것이고, 그럼 수련을 많이 하겠지? 그런 기대에도 불구하고 한참 끙끙거리다 이윽고 집중이 되나 싶더니 곧 잠에 빠지고 말았다. 휴식을 취하면서 TV든 PC든 너무 자극적인 장면을 보지 말아야겠다. 그로 인해 예민해지고 흥분되거나, 기억에 남는 장면이 반추되어 집중이 안되기 때문이다. 그래서 지감을 강조하는 이유를 깨달았다.

8월 30일 수요일 〈인연〉

갈증이 나 새벽에 여러 번 잠에서 깼다. 아침 일찍 기상한 김에 화두수련을 시작하다. 목이 아프기에 운전하면서 천돌혈에 집중하니 하단전이 상응한다.

오전에 신입직원 선발 면접을 봤다. 원하는 사람을 찾지 못해 세 번째 모집 공고를 낸 것인데, 마음에 드는 사람이 여럿 왔다. 이들 중 누구든 지난 공고에 왔다면 지금 채용되어 있을 텐데... 이들 중 한 사람을 선발하는 게 미안하고, 뒤에서 작용하는 인연이 무섭다.

저녁에 헬스장 가려 했건만 어제의 음주의 영향인지 피곤기가 발목을 잡는다. 거실에서 무음으로 TV 야구중계를 틀어 놓고 단전에 집중하며 휴식하는 중 깜빡 잠이 들었는지 시간이 점프했다. 서재 침대 위에서 좌공 와공 순으로 수련했으나 효과는 미미하다.

8월 31일 목요일 〈신기록〉

5시 반에 기상, 수련하다. 점심은 행사 때 수고한 직원들과 같이 했는데 그만 과식하고 말았다. 저녁은 과자 한 봉지와 드링킹 요구르트.

헬스장 가려는데 마음이 불편하다. 단식원 갔다 귀가 중인 아내에게 연락하여 어디 오는지 확인, 시외버스 터미널로 픽업하러 갔다 왔다. 이로써 숙제를 마친 듯 마음이 편해진다. 헬스장 가서 레저형 자전거 70분, 42Km 타다. 처음엔 머리가 무겁고 피곤했는데 페달 밟으며 빙의령을 천도하니 컨디션이 좋아져 거뜬히 신기록을 세웠다.

9월 1일 금요일 〈빙의령〉

알람 소리가 들려도 몸을 일으키기 어렵다. 잠깐 누워 있었는데도 시간이 훌쩍 지났다. 거울을 보니 눈이 벌겋다. 지하철에서 빙의령을 천도하니 몸이 가벼워지고 머리도 맑아진다.

저녁 식사로 도너츠 3개, 만두 3개를 먹었다. 헬스장 가려다 피로해서 휴식을 선택, 피시 앞에서 가볍게 수련했다. 침대에 누워 화두수련하니 영상이 생생하게 보였지만, 시간이 지나 기록하려니 기억나지 않는다.

9월 2일 토요일 〈삼공재〉

새벽 이른 시간, 밖에서 싸우는 소리에 잠이 깼다. 신고할까 망설이는 동안 경찰차가 도착하니 금방 조용해진다. 그런데 스마트폰 글자를 보는데 초점이 안 잡힌다. 편두통 전조현상이다. 요 며칠 사이에 계속 발생하니 이상하다. 빙의령은 안 보이지만 천도를 시도해 본다.

오후에 삼공재 가다. 호보 선생과 처음 인사했는데 호감이 간다. 오전에 헬스장 운동으로 노곤했음에도 수련 중 졸지 않고 입정 상태가 유지되었다. 그동안 전생은 누차 봤으니 이번 단계에서 뭔가 대단한 것을 기대하고 있었다. 그게 오히려 수련을 방해한 듯하다. 7단계 이름이 무소유처이니, 모든 걸 놓고 임하기로 했다. 그러자 하단전 부위, 등 쪽으로 크게 비워지고, 상단전에서 줄이 나와 하단 쪽으로 향한다. 몸이 기화되는 듯하다.

수련 끝날 때까지 아무도 말을 안 하니 적막감이 두텁다. 그래서 일부러 선생님께 현묘지도 수련 완료한 분의 도호를 여쭸다. 도선(道善). 멋지다! 나에게 어울릴 도호가 무얼지 한편으로 궁금하고 한편으로는 덤덤하다. 오늘은 의령에서 오신 분이 식사를 산다. 카폐 활동을 하며 매주 혹은 격주 토요일마다 함께 수련하고 도담을 나누다 보니 전우애 같은 감정이 든다. 이들을 내 마음에 담기로 하고, 처음으로 명함을 건넸다.

집으로 오는데 허리가 불편하다. 헬스장 운동 후 근육을 풀어 줬어야 하는데, 삼공재에서 좌공하느라 꼼짝 않고 있다 보니 허리에 부담이 더해진 듯하다. 집에서 오래 휴식을 취하며 가볍게 수련했다. 이집트와 인도에서 산행하는 꿈... 심장박동이 이상해져 빙의령을 천도했다. 중단전 부위가 아프다.

9월 4일 월요일 〈수련 가속〉

아침에 좌공, 지하철에서 김학인, 『선도(仙道)와 명상(瞑想)』 책을 마저 다 읽다. 이 책에서는 축기로 만든 기운을 단이라고 하고, 수련의 목표가 깨어 있기 위함이라고 한다. 영어의 awakening이 연상된다.

신입직원이 첫 출근했다. 인사 삼아 미팅을 하던 중 빙의령이 옮겨와 머리가 무거워지고 말이 어눌해진다. 저 해맑아 보이는 사람에게서 그런 게 옮겨 오다니... 화장실 간 김에 천도하니 머리가 금방 맑아진다.

독서모임에서 저녁을 과식하고, 커피를 석 잔째 마셨다. 카페인 때문에 밤에 잠을 못 잘 것 같으니 수련을 많이 할 수 있겠다는 기대감… 귀갓길, 몸에 오로라가 쳐지고 단전의 열감이 강하다. 원령공주에 나오는 신령스러운 사슴이 된 듯하다. 집에 오자 바로 서재 책상 앞에 앉아 카페 글 보며 가벼운 수련을 하다. 백회가 지글지글, 단전 열감이 지속된다. 좌공으로 화두수련, 입정에 들자 영상이 나타난다. 내용을 기록하려다 나중에 하기로 하고 수련을 계속했다. 몇 시인지도 모르겠다.

9월 5일 화요일 〈심각한 건망증〉

어젯밤 입정 중 본 것이 생각나지 않는다. 꿈처럼 하얗게 잊어버렸다. 잊어져도 아무렇지 않은, 하얀 것... 그게 나의 원래 모습인가? 망각을 통해 존재의 의미를 깨닫게 하는 것일까?

2학기 첫 강의, 에너지 넘치게 잘한 듯하니, 귀가하여 보상으로 과자를 먹었다. 먹다 보니 과식했다. 소화시킬 겸 늦게까지 수련하기로 했다. 그런데 얼마나 수련을 했는지 기억이 잘 안 난다. 건망증이 심하다 ㅠ

9월 6일 수요일 〈메모〉

지난달 21일 아침에 나타나 나를 깨웠던, 퇴직한 직원이 꿈에서 직장일을 염려하며 나와 술을 마시다 취해 엎어진다. 무슨 일이 있나? 간밤에 먹은 간식 때문에 속이 더부룩하다. 중간에 배탈이 날지도 몰라 차를 몰고 출근했다.

귀가하니 피곤하여 식사도 안 하고 수면에 들었다. 2시간쯤 자니 피로가 풀린다. 9시 반쯤 요기를 하고 쓰레기 버리는 집안일 하고 PC 앞에 앉다. 카페 글 보고 법정스님 육성도 처음 듣다. 유튜브로 〈Sonic Geometry〉 동영상 1, 2편을 보다. 이와 관련 있는 〈432Hz 명상음악〉(2시간짜리)을 들으며, 철야 수련의 각오로 임했다. 강아지를 가운데 앉힌 채 좌공. 긴 머리의 젊은 여자 상반신이 오랫동안 보인다. 황량한 언덕 위에 천문대 같은 오래된 돌건물이 보인다. 다음날 잊어버릴까 봐 즉시 메모했다. 새벽 1시반. 메모하느라 수련의 흐름이 끊긴 듯도 하다.

9월 7일 목요일 〈꿈, 신기록, 수련〉

오피스텔 같은 공간에 여러 지인들이 번갈아 온다. 알고 보니 친구 소유다. (그는 사회성이 뛰어났던 친구인데 지금은 사람을 피하고 스스로 고립되어 살고 있다. 주변에서 걱정하는데 원인은 심한 빙의 때문인 듯하다. 적당한 시기에 도와줘야겠다.) 아는 여성이 내 옆에 누워 있다. 서로 몸을 건들지 않고 있는데, 그녀가 먼저 나에게 손을 망설이듯 뻗는다.... 이어서, 오래 전에 과부가 된 지인이 재혼한다. 상대는 내가 아는 남자다. 초혼도 내가 아는 남자랑 하더니.... 그녀는 오랜만에, 30년 이상 꿈에 계속 나타난다. 실제로 재혼했을까? 재혼한들 안 한들 내가 어쩌란 말인가?

오늘 아침도 강한 빙의령... 출근 중 천도를 시작했는데 오래 걸렸다. 서재 침대에 누워 잠시 쉬다가 깜빡 잠이 들었다. 벨 소리에 잠이 깨어 시간을 보니 7시. 아침 출근시간으로 잠시 착각했다. 생식을 먹고 헬스장으로 간다. 도중에 출판사에 연락해『선도체험기』115권에 대해 물었더니 교열지를 금일 보냈단다. 자전거 운동 75분, 45Km. 땀범벅이 되었지만 신기록 달성의 성취감!! 단계별로 5분씩, 8단계까지 올라갈 때 RPM 80, 내려 갈 때 RPM을 점차 늘리며 페이스를 조절했고, 야구 중계 시청 덕에 체력저하와 지루함을 극복한 듯하다.

자시수련. 어제와 같은 명상음악을 틀고 수련하다. 잔잔한 기운이 내내 들어오고 팔과 머리에 진동이 일었다. 직사각형의 띠들이 사람들처럼 교차로를 걷기에 조심해 지나간다. 고양이가 럭비공처럼 웅크리고 있는 모습이 보인다. 이런 장면들이 나와 무슨 관련이 있을까? 2시간이 금방 지나간다.

9월 8일 금요일 〈『선도체험기』 115권〉

전날 신기록의 여파인지 피로감이 있지만 몸은 가볍고 기분도 좋다. 그런데 지하철에서 책을 읽는데 집중이 잘 안된다. 옆에 선 외국인의 체취를 피해 안으로 들어가니 이번엔 통화 소음, 지나가다 부딪치는 사람의 원성.... 차라리 방해 안 받고 의수단전하며 차를 몰고 출근하는 것도 좋겠다. 한편으로 지하철에서 의수단전에 집중하지 못한 것은 마음이 산만해져서 그렇다는 생각도 든다.

『선도체험기』 115권 초교지를 받았다. 보고 싶은 내용이 있어서 기다리고 있었기에 반가웠다. 대략 90쪽까지는 시사 논평이다. 그런데... 헉! 대화의 시작과 끝을 표시하는 큰따옴표가 없다. 이런 적이 없었는데... 대화의 흐름을 파악해서 표시하느라 신경이 곤두선다. 다음은 김우진 님의 현묘지도 수련기. 지난 114권에 이어 이번에도 문단 편집에 공을 들였다. 그런데 현묘지도 수련에 성공해서 세상에 큰 도움이 되겠다는 의미에서 도호를 大奉(봉 : 받든다, 기른다, 이바지하다)으로 했으니 존경스럽다.

9월 9일 토요일 〈삼공재〉

미국 프로야구 중계를 잠시 보다. 일본인 투수와 한국인 타자 간의 대결이 흥미롭다. 그런데 일본인 투수의 생김새는 한국사람 같다. 갑자기 이런 생각이 든다. 임진왜란, 정유재란 때 조선 사람들이 일본에 많이 끌려가 후손을 만들었을 것이고, 그 기간 일본인들이 조선 땅에 씨를 많이 뿌렸을 것이니… 지금 한국인과 일본인을 구별하는 것 자체가 의미가 있나? 부산의 이모부가 눈썹이 짙고 괄괄스러운 게 완전 일본인 상인데… 그러자 야구 경기가 재미없어진다. 너와 내가 하나라는 진리도 생각난다.

교열 보는 동안 공명 운기가 되자 수련하고 싶은 충동이 인다. 또 찔리는 게 있어 지난 화두를 암송해 보았는데 반응이 없다. 다행이다 싶기도 하지만 나중에 다시 집중하여 확인해야겠다.

도선님 현묘지도 수련기, 첫장 보는데 눈물이 주루룩 난다. 나가서 세수를 하고 마음을 달래고 들어 왔다. 도선님의 메일까지 다 보는 동안 두어 번 또 울컥한다. 글에서 풍기는 도선님의 기운이 대봉님 것과 달리 여성스럽다.

오후 1시 반쯤 허리 휴식 차 침대에 누워 있다가 깜빡 잠이 들었다. 2시쯤 눈을 뜨니 몸이 좀 무겁다. 외출 준비를 하는데 가지 말라는 유혹을 뿌리치고 나간다. 지하철 앞에 남녀 3쌍이 몸을 밀착하고 앉아 있는 모습에 부러움을 느낀다. 아~ 아직 초연하지 못

하구나. 어쩜 아직 청춘이라는 증거인가? 그런데 이런 느낌, 생각은 하차하면서 다 사라졌다.

삼공재. 선생님께 인사드리고 바로 접근하여 여쭌다. 현묘지도 1단계 이름이 천지인삼재와 천지인삼매 중 어느 것이 맞는지 또한 천지인과 삼재 간에 띄어쓰기 하는지? 선생님은 삼재가 맞고, 띄어쓰기는 아무래도 상관없다고 하신다. 띄어쓰기는 일관성 때문이라고 하니 붙이자고 하신다.

자리를 잡고 수련 시작. 먼저 빙의령을 천도하고 의수단전 점화. 순간 단전에 빨갛게 불이 들어온다. 호흡에 맞춰 1단계 2단계... 25단계에서 입정에 든다. 화두 암송. 떠오르는 얼굴이 선명하지만 모르는 사람이다. 계속 떠오르는 얼굴, 아는 사람이지만 지운다. 잡념도 관념도 지운다. 닫혀 있는 나를 열고 전에 봤던 본성도 지운다. 아무것도 없다... 하단전 집중하는데 상단전과 통합되었다가 그 집중이 상단으로 이동한다. 오늘은 무릎 통증이 조금, 고관절은 안 아프다.

귀가하여 교열을 시작하자 백회 주변에 산탄총 맞은 듯 자극이 온다. 교열을 수행의 일환으로 삼고, 명상음악 들으며 밤 늦도록 했다.

9월 10일 일요일 〈교열 완료〉

교열 시 본문은 문단까지 챙기지만, 메일의 경우 작성자의 스타일을 살리면서 맞춤법, 띄어쓰기를 위주로 본다. 오후에 교열 끝내고 헬스장 갔다. 자전거 운동. 9단계까지 올랐다가 내려오는데 너무 힘이 들어 중간에 그만 내렸다. 기몸살과 진짜 몸살이 섞인 듯하다. 땀이 그렇게 많이 빠졌건만 물이 먹히지 않아 배를 한 개 다 먹었다.

도선님한테 현묘지도 수련 진도를 서둘지 말고 천천히 가라고 누차 들었는데, 이제사 확실히 이해가 된다. 요즘 대학생이 취업준비를 위해 졸업을 늦추듯, 수련 완료를 서둘지 않기로 했다. 학점 60점 받아도 과목 이수하지만, 기왕이면 90점 받으려 하는 마음이랄까?

저녁 식후 강아지와 산책 나갔다. 보공으로 단전에 열감이 형성되고 백회가 상응한다. 비가 내리기 시작하기에 귀가, PC 앞에 앉아 가볍게 수련, 〈I Am, The I Am〉이라는 수련 관련 동영상을 시청하다가 침대로 이동하여 계속 듣던 중 잠이 들고 말았다. 자전거 운동의 후유증인가 보다.

9월 11일 월요일 〈원고 발송〉

새벽 2시 넘어 눈을 뜨다. 거실에 나가 소파 위에 누워 와공하다가 잠이 든다. 4시 넘어 잠에 깨자 서재로 돌아가 좌공, 컨디션이 안 좋아 침대에 눕는다. 꿈을 꿨지만 특별히 기록할 만하지 않아 생략. 6시 반쯤 최종 기상.

사무실에 도착, 생식으로 요기를 하고 수련기 정리. 초교 보내기 전, 김우진 님의 메일 부분을 다시 체크하고 택배 접수를 시켰다. 택배비는 수신자 부담으로 하지 않고 출판사에 고마움의 표시로 내가 매번 지불한다.

저녁 보공 중 기운이 적게 들어온다. 카페 놀이하며 명상음악과 Sound Therapy 유튜트를 시청하며 가볍게 수련했다. 반입정 상태에서 화두수련. 터키의 사냥꾼 세 사람이 나타나기에 의아했다. 다른 것도 보였지만 지금 기억이 안 난다.

9월 12일 화요일 〈아직 먼 마음 공부〉

5시 기상. 명상음악 들으며 좌공 수련하다. 입정과 반입정 상태가 2시간 내내 반복된 듯하다. 중간에 끊기지 않고 지속되니 은근 만족스럽다.

야간 강의. 잠 부족 때문인지 뭔가 허전하지만, 단전을 믿고 임하다. 1교시 무사 통과, 2교시에서 걸렸다. 학생 모두 수업 태도가 좋을 리 없다. 사람들마다 성격과 반응이 다 다르기에 그러려니 하고 넘어왔는데, 전주부터 유독 눈에 띄는 학생이 있다. 수업을 발표 방식으로 진행하는데, 그 학생이 횟수에 불만을 토로한다. 비교는 불행의 씨앗, 경향성의 법칙, 자기 복은 스스로 불러 온다는 진실 등을 이 학생이 깨달으면 좋겠다. 웃으며 유하게 넘어가도 될 것을, 감정을 실어 대답한 나 자신을 계속 관한다. 그런데 그것이 과하여 귀가해서 수련을 방해할 정도로 반추된다.

9월 13일 수요일 〈또 시련〉

꿈에 강하고 길게 색계의 유혹을 받았다. 내용이 잊혀지는 가운데 그 느낌은 늦게까지 남아 있다가 서서히 사라진다. 유혹의 강도가 강해지는 만큼 수련 수준이 높아진 증거로 보고, 연정화기를 확인한 셈치면 될 것 같다. 저녁 수련을 많이 했는데도 별다른 효과가 없다. 7단계 수련 끝난 것인가? 하는 생각이 들기 시작한다.

9월 14일 목요일 〈쿤달리니〉

꿈. 지난달에 사망한 것으로 나왔던 지인이 나타났다. 그의 친척이 결혼하는지 축의금을 전달하려고 하는데 수월하지 않다. 실재로 사망하지 않았나? 그럼 다행이지...

오후에 방문자를 응대, 안내하고 시설을 시찰하다가 사람들이 모여 있는 현장을 발견했다. 무슨 촬영을 하나? 가보니 군중 가운데 경찰이 있고 직원도 보인다. 시설을 과하게 무단 이용하는 사람이 있어 신고가 들어왔다고 하는데, 피의자가 검문에 반발하고, 여경이 없어 손을 못 대는 바람에 시간이 지체되다가 결국 업무방해죄로 체포되어 연행된다. 저 사람… 정상이 아니다. 자신이 무슨 말을 하는지 알기나 할까? 나중엔 불쌍해져 눈물이 핑 났다. 그런데 탁! 소리가 나며 빙의령이 들어온다. 강하다. 금방 냄새가 나고 피로감이 심해지며 고통스럽다. 사무실에서, 퇴근길에 천도 시도. 저녁에 휴식하며 빙의령을 찾다가 산책 나가 보공하며 빙의령을 계속 부르지만 꿈쩍 안 한다. 할 수 없다. 파장금지 해원상생 극락왕생 암송할 수밖에... 이윽고 허벅지부터 뒤통수에 이르는 범위로 기운이 인다. 기분 나쁜 기운이 아니라서 이상하다. 이후 의수단전으로 열감이 생긴다.

귀가하여 유튜브로 명상음악을 듣는데 집중이 안된다. 그럼 다른 거! 〈11 Definite Signs of Kundalini Awaken〉을 시청하는 동안 운기가 된다. 쿤달리니가 각성되면 11가지 변화가 일어난다. 명현반응, 바보가 됨, 영혼의 정화, 노화 중지, 지능 향상, 체력 증진, 동점심과 공감, 유감, 영험한 성적 능력 향상, 우주적인 이해, 운명과 영혼의 목표 발견 등인데, 나한테 거의 다 해당되는 듯하다.

국회에서 대정부 질의에 응하는 이낙연 총리의 답변을 동영상으로 보니 교훈이 된다. 1시간 반 동안 좌공 수련하다. 더 이상 큰 변화가 없으니 알게 모르게 7단계 화두가 통과된 건가? 하는 생각이 계속 든다.

9월 15일 금요일 〈특별한 시련〉

꿈. 비행기에서 스페셜 서비스를 받다. 동행자는 그런 서비스에 익숙해서 내가 당황하지 않게 안심시킨다. (꿈을 깨고 생각하니 그가 누군지 모르겠다) 하여간, 비행기를 3회 연속 타는데 같은 여성이 다가와 성적인 만족감을 제공한다. 요정처럼 예쁘다. 처음엔 가볍게 나중엔 진하게... 그러다 그녀에게 연민의 정이 들어 따로 찾게 된다. 어린 시절 초동에서 살던 집 같다. 방에서 그녀를 기다리니 나타나 진하게 해주고 사라진다. 가장 큰 시련 같다. 연기화신 단계로 넘어가기 전에 지감 금촉에 대한 시험을 받는 것인가? 한편으론 절제하며 수련하는 데에 대한 보상인가? 재미있다.

저녁 식사 후 책상 앞에서 휴식하며 카페놀이, 인터넷 하는 중 하단전이 뜨거워진다. 유튜브〈how to access superconsciousness〉 2부 시청하며 수련하니 운기현상이 계속된다. 이 동영상은 (요가) 명상법에 대하여 설명한 내용인데, 선도수련과 공통부분이 있는 것은 명상 자체가 갖는 보편성 때문이리라.

9월 16일 토요일 〈8단계〉

현묘지도 8번째 수련 들어갈 생각을 하니 상서로운 기운이 돈다. 삼공재를 향해 가는데도 그러했다. 오늘은 10명의 수련생이 모였다. 선생님께 일배하고 이어서 8단계 화두를 받았다.

화두 문장이 길어서인지 헷갈린다. 그래도 수련 중 대략 암송하니 엄청난 기운이 들어온다. 걸쭉하고 강한 기운이 머리에서 들어와 내려간다. 수련 내내 기운이 들어온다. 2시간의 시간이 금방 지나갔다.

선생님께 『선도체험기』 115권 초교 끝내고 출판사 보냈다고 말씀드리니 미소를 지으신다. 이어서 화면 우측 상단의 보턴 조작법을 알려 드리고, 다른 Sound Therapy 유튜브를 화면에 바로가기로 깔아드렸다. 그리고 8단계 화두를 다시 확인했는데, 시간이 지나니 또 긴가민가해진다.

9월 17일 일요일 〈빙의〉

아침 5시 반 운동하러 나가 오후 5시 다 되어 귀가했다. 점심을 늦게 먹었기에 저녁은 생략. 저녁 6시쯤, 학생들이 보낸 과제 확인하고 일일이 회신하고 있던 중 눈앞에 전구불의 잔광 현상이 강하게 인다. 빙의령이 옮겨 온 것인가? 나중에는 심장 통증도 동반한다. 강하다! 빙의령을 불러내려 했지만 보이지 않는다. 그래도 집중을 하니 천도되는 듯하다. 혹시 싶어 천도 암송도 하였다. 천도의 효과인지 두통이나 복통은 따르지 않았다.

수련이 진전됨에 따라 빙의에 의한 편두통이 이렇게 자주 발생하고 있지만 담담하게 넘기고 있다. 요즘 천도 암송 시 "해원상생" 대신 "하화중생"이 불쑥 튀어나오기도 한다.

유튜브 〈내면의 세계, 외부의 세계〉 1부 공(空, Akasha)을 시청하며 수련하다. 아카샤는 공간 그 자체이다. 다른 요소들로 채워져 있는 공간이자, 진동과 함께 존재하는 공간이다. 성경의 "태초에 말씀이 계시니라..."라는 문장에서 "말씀"은 원전에서 "로고스"라고 한다. 그 로고스에 Akasha의 의미가 있으며, 이 로고스를 잘못 번역하면서 원래의 뜻이 크게 와전되고 말았다. 불교에서는 자신 안에 있는 로고스, 파동의 장을 직접 인식하라고 한다. 그 방법이 선, 명상, 수련이다.

9월 18일 월요일 〈나선〉

어제 운동했음에도 피곤하지 않다. 일찍 깨 모닝콜이 울릴 때까지 누운 채로 화두 암송, 출근 지하철에서도 앉아서 암송하니 기운이 인다.

독서회 모임 갔다가 귀가하여 〈내면의 세계, 외부의 세계〉 2부, 나선(The Spiral)을 시청하다. 아카샤는 나선의 모양으로 외부로 나타난다. 나선형의 힘을 주시하는 의식의 고요함에 균형을 맞추면 완전한 진화의 잠재력을 대하게 된다. 생각, 즉 외부에 고정된 이기적인 마음으로 인해 진정한 내면, 진동하는 자연을 알지 못한다. 의식을 내면으로 향하게 하면 햇빛을 받고 연꽃이 자라기 시작한다. 결론적으로 이 나선이 우리의 내면과 외부를 연결하는 고리가 되는 셈이다.

9월 19일 화요일 〈뱀과 연꽃〉

6시 기상, 와공과 좌공을 하며 화두수련을 하다. 좌공 시 기운이 약하게 시작하여 점점 강해지면서 들어온다. 잠시 입정에 들었다가 출근 준비를 하다.

야간 강의. 학생들의 눈과 얼굴을 일일이 보며 열정적으로 진행

했다. 반응도 좋다. 문제 학생은 내가 더 이상 그렇게 인식하지 않고 미소를 띤 눈길을 준다. 이런 긍정적인 모습은 수련의 효과일 수밖에 없다. 귀가 중 하단전이 뜨겁다.

귀가하여 〈내면의 세계, 외부의 세계〉 3부, 뱀과 연꽃(The Serpent and the Lotus)을 시청하며 수련하려는데, 집중이 안 되고 꾸벅꾸벅 존다. 피곤한가 보다... 뱀은 나선형으로 세상의 진화 에너지를 상징하며, 연꽃은 차크라인데 특히 인당, 백회에 핀 오로라를 상징한다. 내면으로 의식을 돌려 집중하면 뱀, 즉 쿤달리니가 연꽃을 뚫고 송과선(상단전)을 지나 백회로 도달한다.

9월 20일 수요일 〈乘遊至氣〉

저녁에 유튜브 음악 크리에이터의 공연 행사를 보러 갔다. 재야의 뛰어난 피아노 연주가인 허니또, 이정환은 악보도 안 보고 실수도 없이 어째 여러 곡을 완주할 수 있을까? 몰입되어 즐기는 듯 미소까지 띤다. 명상도 그것에 몰입하는 것이니 뭔가 유사한 듯하다. 그런데 연주곡에 따라 상단, 상단과 중단, 하단 주변으로 기운이 춤추듯이 움직인다. 기운을 타고 몸이 움직이게 뒀으면 어쨌을까? 공공장소라 앉은 채 몸에서 도는 기운을 즐길 수밖에. 이 또한 지극한 기운을 타고 노니는 승유지기렸다.

9월 21일 목요일 〈사고를 넘어〉

6시 기상, 와공수련. 출근 시 운전하며 '의수단전 일, 의수단전 이, 의수단전 삼…' 이런 식으로 수식관을 하니 효과가 있다. 오전에 『선도체험기』 115권 2차 교열지가 택배로 사무실로 왔다.

〈내면의 세계, 외부의 세계〉 4부, 사고를 넘어(Beyond Thinking)의 개요 : 외부의 기준으로 비교하거나 생각하기 때문에 문제가 발생한다. 따라서 내면 의식의 관점으로 돌려야 한다. 바깥의 편견에 물들지 않고 깨어 있는 것, 그 상태가 열반, 모크샤 등으로 불린다. 편견을 놓아버림으로써 실재를 있는 그대로 받아들이고, 모든 것은 흩어지고 변한다는 것을 안다. 고요한 마음은 깨달음의 관문이다. 환희는 고요함에 반응하는 에너지다. 이 에너지의 내용이 의식, 존재하는 모든 것에 연결된 의식이다.

9월 22일 금요일 〈원고 2차 교열〉

4시 기상. 교열작업을 하며 수련했다. 6시 좌공 시작. 땅이 갈라진 절개지가 보인다. 와공 중 비몽사몽, 꿈을 꾼 듯하다. 국민의 개인 수준에서 발생한 사고를 대통령이 방지 못했다고 비난하기에 나는 어찌 모든 국민을 대통령이 다 지켜 볼 수 있느냐고 항변한다.

저녁에 수련하는 기분으로 교열작업을 하니 기운이 인다. 반 분량 교열 끝내고 취침에 들다.

9월 23일 토요일 〈8단계 수련 완료〉

오전 8시 화두수련 중 굴의 벽면이 선명히 보인다. 어제 아침에는 절개지가 보이더니만 수련과 무슨 관련이 있을까? 화두를 계속 암송하는데, "○이다 ○이다 ○○○"이라는 말이 들렸다. 그토록 꼼짝 않던 화두가 한순간에 깨진 것이다. 수련을 계속하는 동안 기운이 들어오며, 울컥하기도 했다. 그리고 내 몸이 빛으로 화하는 듯한 느낌이 들었다. 이로써 14주간의 현묘지도 수련이 끝났다.

이제 삼공재 갈 시간이다. 지하철역 방향으로 걷고 있는데 기운이 돌며 오로라가 감싸며 눈물이 나오려 한다. 선생님 댁 근처에서 수련생을 만났는데, 현묘지도 수련 끝냈냐 묻기에 끝났다고 겸손하게 대답했다. 나를 포함 3인의 수련생이 입실한다. 현묘지도 8단계 끝났다고 보고드리려다 눈물이 나올 것 같고, 점검할 것도 있고 해서 차마 말씀 못 드렸다. 어차피 수련기 보내드리면 이를 검토한 후 통과 여부를 최종 결정하실터...

내내 반입정 상태에서 암송하며 집중한다. 수련 끝나고 몸짱 수련생과 전철 탈 때까지 걸으며 대화한다. 8단계 끝났냐고 묻기에 또 조심스럽게 대답했다. 현묘지도 카페 회원은 진도가 빠르다고, 카페의 효과가 큰 것 같다고 평하기에 동감했다.

수련 점검과 마침

화두가 이번 8단계처럼 확실하게 깨진 것은 처음이다. 지난 7개의 화두의 경우 기적인 변화가 더 이상 일어나지 않고 기운이 안 들어 오는 것으로 판단했었다. 그나저나 현묘지도 수련을 통하여 크게 발전한 것은 틀림없는데, 어떤 변화가 일어났는지 확인해 보고 싶어졌다.

그래서 유튜브 동영상 〈Signs of Spiritual Awakening : Do you have Them ?〉을 시청했다. spiritual awakening을 직역하면 영적인 각성인데, 의역하면 깨달음이 아닐까? 영적으로 각성한 사람은 대략 다음과 같은 변화가 온다고 한다 : 수면 패턴 변화, 백회의 활성화, 정서의 변화, 체중 변화, 감각이 민감해짐, 명상 시 변화, 에너지(기운) 들어옴, 젊어 보임, 생생한 꿈, 일상 탈피 욕구, 내면을 중시하면서 바깥 활동에 무관심해짐, 창의성 고조, 무엇인가 곧 일어날 것 같은 임박감, 참을 수 없음, 영적인 갈망, 내가 다르다는 느낌, 영적인 여행을 돕는 스승의 출현, 보이지 않는 존재 인식, 전조 환상 숫자 상징의 인식, 진실성 고조, 직관 향상, 의식 상태 변화, 정신과의 대화, 동식물과의 교감, 다른 차원의 존재에 대한 인식, 전생 혹은 평행생, 현기증, 낙상 사고 골절, 심계항진, 영혼의 동반자를 찾고 싶은 욕구, 돌발적인 기억 출현....

위의 내용이 많아서 좀 간단한 것을 찾았다. 〈10 Signs of a Spiritual Awakening MUST SEE〉 : (1) 수면 패턴 변화, (2) 백회의 활동, (3) 감정의 물결, (4) 오래된 일 반추, (5) 몸의 변화, (6) 감각 발달, (7) 새로운 세상을 보기 시작하고 새로운 것을 알게 됨, (8) 모든 것에 연민과 사랑을 느낌, (9) 습관 탈피 욕구, (10) 동시성 증가

위 동영상을 통해 나의 상황을 확인해 보니 대부분 해당된다. 한편, 현묘지도 수련은 자성을 수련하는 효과가 있다고도 하는데, 나의 경우 썩 그러지 못한 것 같아 일주일 동안 점검수련을 했다.

먼저 1단계 화두를 암송하니 기운이 조금 들어오며 진동이 인다. 화두를 하단전에 두고 암송하는 동안 입정에 든다. 별 의미 없는 화면들이 빨리 지나간다. 하단전과 인당이 상응한다. 화두를 천지인삼재로 바꾸어 암송한다. 약간의 잡념이 지나고 마른 우물 같은 것이 보인다. 화두인 ○○○○을 보여달라 보여달라 하니 무엇인가 섞여 지나가다 매우 큰 조형물의 밑에 있는 7개의 돌이 상징으로 보인다. 이어서 ○○○○과 나의 관계는 무엇인지 계속 물었다. 시간이 경과된 후 작은 소리로 응답을 들었는데, 이 부분은 나중에

풀어야 할 숙제로 삼았다.

2단계 점검 시 별무 반응. 3단계 점검 시 하단전을 의식하며 화두 암송하니 가벼운 기운이 들어온다. 입정 상태에서 하단전이 뜨겁고 성기 주변이 타는 듯하다. 하단전을 내내 바라보는데 몸이 작아지면서 공처럼 된다. 다음날 보공 중 머리에 기운이 일더니 어깨 팔 허벅지까지 확대된다. 기운이 들어오는 게 아니라 자체적으로 지글지글 거리며 오로라가 형성되고는 점점 강해진다. 머리 부위는 지릿지릿하며 크게 일어난다. 빛으로 변하는 건가... 하단전 부위가 가마솥 끓듯 뜨겁다.

4, 5, 6단계 점검 시 별무 반응. 7단계 점검하기로 한 9월 30일(토요일) 아침 7시쯤이다. 전날 밤 운동하고 늦게까지 수련해서 그런지 피곤기가 느껴진다. 누운 채 지난 화두를 암송하다가 7시 반부터 책상 앞에 앉아 입정에 들었다. 화두를 암송하니 잔잔한 기운이 들어온다. 그러다 이것이 집착 같다는 생각이 들어 입장을 바꾸어 현묘지도 수련을 마친 내가 누구인지 관을 하기로 했다. 그러자 오른쪽 아래에서 부처의 얼굴이 보인다. 익히 보던 반가좌부처상의 얼굴 같아서 그 상을 생각하니 갑자기 찬란한 금색의 그 부처상이 온전한 모습으로 탁 나타난다. 이것은 내가 불러 온 것으로 여기고 지웠다. 조금 후 지구인 같지 않은 어떤 남자가 나타나 손을 뻗어 나에게 화분을 주고 사라진다. 초록색 둥근 잎이 모인 짤막한 식물

172

이다. 그런데 그 화분에서 큰 기운이 나온다. 계속 입정... 아는 만큼 보인다고, 이전과 지금의 상황이 다르니 똑 같은 화두라도 반응하는 바가 다를 수밖에 없음을 깨닫고 이로써 점검하려는 생각을 놓았다.

오후에 삼공재 방문, 반입정 상태에서 오전의 상황을 관하니 황금 부처상에서 기운이 강하게 나온다. 그리고 그 부처상은 내가 부처가 되었음을 보여주기 위해 나타난 것으로 확인되니 감격스럽다. 증정받은 화분에 대해서는 앞으로 잘 키워야 한다는 책임감을 느꼈다. 이어서 현묘지도 수련이 확실히 완료되었다는 확신이 섰다. 이에 선생님께 현묘지도 수련이 끝났다고 고하고, 감사의 삼배를 하는데 눈물이 핑 돈다.

현묘지도 수련이 끝나니 당장 뭔가 크게 달라진 것 같지는 않다. 수련 과정에서 온갖 방해와 시련을 극복하며 큰일을 이미 많이 경험했기 때문이다. 그런 가운데 지금 여기 미묘하고 신령스러운 이 느낌… 그리고 수련을 통해 정화된 마음, 상승된 영적 수준과 기적인 능력, 증진된 건강이 앞으로 나의 수련과 일상생활에 크게 작용할 것은 틀림없다. 그것이 앞으로 어떻게 전개될지는 나 자신 기대가 크다. 그리고 수련 과정에서 미진했던 부분은 새로운 공부의 목표가 되었으니 이 또한 기대에 포함된다.

마지막으로, 많이 부족함에도 기꺼이 현묘지도 수련으로 이끌어

주신 삼공 선생님의 은혜는 평생 보답하리라 다짐한다. 또 수련하
는 동안 많은 격려와 응원을 해 주신 현묘지도 카페 회원님들과
삼공재 도우님들에게 깊은 감사의 뜻을 전한다. 그리고 여기까지
오는 길에 많은 우여곡절을 넘겼으니 그때마다 도와주신 보호령과
지도령, 선계의 스승님들께 감사의 절을 올린다.

【필자의 논평】

　방준필 씨가 논현동 삼공재에 나타난 것은 지금으로부터 23년
전인 1994년 5월 6일이었다. 그로부터 2007년 11월 18일까지 13년
동안 오행생식을 열심히 하면서 수행에 진력하더니 그 후로는 삼
공재에 나타나지도 않고 『선도체험기』를 비롯한 필자의 100여 권
의 저서들을 무상으로 다달이 도맡아 교정 또는 편집해주었고 지
금도 그 일을 꾸준히 맡아 하고 있다.

　『선도체험기』를 102권까지 출판하여 온 유림출판사가 부득이한
사정으로 출판을 못하게 되자 그가 글앤북 출판사를 주선해 주어
지금에 이르고 있다. 그동안 몇 해 만에 어쩌다가 불쑥 한번씩 들
리곤 하던 그가 본격적으로 다시 삼성동 삼공재에 적어도 1주일에
한번씩 나타난 것은 2017년 5월부터였다.

　독자 여러분들이 방금 읽은 그가 쓴 '현묘지도 수련기'는 그러니

까 지난 5개월 동안의 그의 수련 체험기인 것이다. 내용은 그저 평범하기 짝이 없는 직장 생활인의 일상생활을 지루할 정도로 꼼꼼하게 묘사해 내고 있다. 그의 주거인 아파트와 직장을 매일 오가는 지하철, 그가 들리는 헬스센터, 반려견을 앞세운 산보, 친구들과 만나는 모임, 가끔 자가용을 운전하는 일 사이사이 끈질기게 명상하고 운기조식하고 빙의령들과 끊임없이 싸우고, 실수하고 갈등하고 반성하는 것 등이다.

그러나 그러는 동안 비범한 구도자의 능력이 잠룡처럼 꾸준하게 성장하고 있었던 것을 이 글의 종말에 가까워지면서 예민한 독자는 알아차렸을 것이다. 그리고 구도자라면 누구나 감동시키지 않을 수 없는 범상치 않은 필력에 전율을 느꼈을 것이다.

이에 삼공재는 또 한 사람의 현묘지도 통과자를 30번째로 세상에 내보낸다. 도호는 조광(造光).

113권까지 읽었습니다

저는 2015년 1월부터 『선도체험기』를 수련의 지침서로서 구독하며 수련하고 있습니다. 저는 경북 경산에서 남편과 두 딸을 둔 47살의 가정주부 정정숙입니다.

제자로서 인사 올리기가 아직은 부끄럽지만 용기 내어 스승님께 문안인사 올립니다.

『선도체험기』와 인연은 서점에서 우연히 접하게 되었습니다. 인연된 순간부터 마치 오래전의 잃어버린 기억을 찾아가듯 구독하게 되어 지금까지 113권까지 읽었습니다.

『선도체험기』를 구독하면서 이미 어린 시절부터 느꼈었던 다양한 느낌들이 기운이 유통되는 흐름과 빙의현상이라는 것을 인식하게 되었습니다. 『선도체험기』를 구독하면서 삼공(몸, 기, 마음)수련을 기본으로 수련하고자 노력하고 있습니다.

몸공부, 기공부, 마음공부는 아직은 중3, 고2인 두 딸들과 직장에 다니는 남편을 내조하느라 2주에 1회 3시간 정도 등산과 매일 1km 달리기와 103배 절 수련과 도인체조와 아침, 저녁 1시간 정도 체험기 속 스승님의 가르침대로 의수단전하며 매 순간 인간관계 속에서 역지사지를 바탕으로 수련하고 있습니다.

음양식사법을 5년 전부터 실행해서 1일 2식을 과일과 채소, 발효식 위주로 하고 있으며, 1개월에 1일 완전단식을 하고 있습니다.

오행생식은 허락해주시면 스승님을 직접 찾아뵙고 체질점검을 받고서 시작하려고 합니다.

『선도체험기』를 서점에서 구입하여 구독하는 1권부터 형용할 수 없는 포근하고 상쾌한 기운과 열기를 몸으로 느꼈습니다.

『선도체험기』를 계속 읽어갈수록 다양한 느낌과 현상들을 겪었으며 어느 순간 몸 자체가 허공에 사라지고 이유를 알 수 없는 무한대의 환희지심 속에 황금빛으로 가득한 단전과 중단만 느껴지는 순간 속에서 인간은 그저 덧없이 때가 되면 자신의 존재의 의미도 모른 체 죽음을 맞이하는 어리석은 존재가 아니라는 것을 체득하기도 하였습니다.

때로는 정수리 전체가 박하사탕처럼 쏟아지는 기운으로 얼음을 끼얹은 듯 시릴 정도로 기운이 쏟아져 들어오고 한 호흡에 호흡기로만 숨을 들이쉬는 것이 아니라 단전과 온몸이 팽창과 수축을 반복하며 독맥인 척추 부위와 임맥이 자동으로 풍선처럼 부풀었다가 수축을 반복하고 열기가 오르내리고 단전, 중단, 인당이 자동으로 수축이완을 반복하기도 합니다.

단전에는 액체보다 더 단단히 응축된 형태의 주먹만한 공 모양의 뭔가가 자리를 잡고서 살아있는 생명체처럼 의수단전을 하면 회음부터 백회까지 원통형 파이프라인이 형성된 것같이 시계 방향으로 빠르게 회전하며 숨 쉴 때마다 상하로 오르내립니다.

『선도체험기』에서 말하는 상, 중, 하단전이 통합되는 삼합진공과 같은 현상이라 생각되어집니다.

『선도체험기』의 현묘지도 수련편에서 지금까지 27명의 선배들이 겪은 과정을 구독했습니다. 『선도체험기』 14권의 화두수련에 대한 부분을 접할 때마다 강력한 기운이 쏟아져 들어왔습니다. "천지인삼매"라는 화두로 선도체험기에는 적혀있는데, 제 중단으로 "○○○○"이라는 한자 하나하나가 중단으로 차례대로 들어오면서 단전으로 내려가서 빠르게 시계 방향으로 회전했습니다. 문자가 다양한 형태로 확장되고 변화되며 저의 의식이 단전으로 빨려들어가듯 끝없이 어디론가 향했습니다. 한순간 지극히 평온하고 고요함 속에 오로라처럼 아름다운 성단과 무수히 많은 은하계의 별들이 온몸으로 눈이 오듯 쏟아져 들어오며 무한한 법열 속에서 인간의 생로병사의 이치를 가슴으로 체감할 수 있었습니다.

『선도체험기』의 천지인삼매라는 화두가 왜 저에게는 ○○○○으로 인식되어 중단으로 단전으로 들어오며 그러한 현상들을 경험했는지 모르겠습니다. 그러나 그러한 순간에도 지금도 놀람보다는 원래부터 그러한 의미를 이미 알고 있었던 것처럼 느껴집니다. 그리고 현실과의 괴리감이나 어떠한 거부감도 없이 고요함 속에 여여히 수용하고 있는 자신을 바라볼 수 있었습니다.

호흡은 수련시나 평상시에도 거칠지 않고 지극히 부드러움 속에서 삼 단전이 자동으로 이완수축을 반복하며 "수련이 깊어질수록 자성의 소리가 더 크게 들릴 것이다"는 메시지가 어떠한 소리 형태나 문자가 아닌 그냥 느껴집니다.

단전, 중단, 인당, 백회가 호흡시마다 조여들 듯 수축되고 단전에서 시계 방향으로 기운이 빠르게 백회까지 상, 하로 회전하며 전신으로 빛살처럼 퍼져나갈 때 빙의령이 천도되어 나감을 느낍니다.

상대방과 만나거나 전화, 카톡, 메일로도 빙의령이 인연따라 왔다가 천도되어 나가는 흐름이 거의 매일 일상으로 정착되어가고 있습니다.

때론, 빙의된 존재가 어렴풋이 보일 때도 있지만 아직은 기운의 흐름과 느낌으로 인식하고 관하며 인과응보와 해원상생의 의미를 알려주며 스스로 깨우쳐서 자신의 본래자리로 돌아갈 수 있도록 관하고 있습니다.

아직은 빙의된 영기가 버겁고 괴로울 때가 많지만 모든 역할을 여여히 감당하시는 스승님을 생각하며 어차피 겪어야 됨을 알기에 일상처럼 바라보며 관하고 있습니다.

이 글을 스승님께 올리는 이 순간에도 중단으로 인연따라 슬그머니 들어온 영가를 관하고 있습니다.

○○○○이라는 화두를 체감한 이후의 변화는 세상사에 별로 크게 반응하지 않으며 범사에 감사하는 마음으로 일상을 살아가고 있습니다.

이번 주 수요일 오후 3시 방문을 허락해주신다면 찾아뵙고 체질 점검과 오행생식을 처방받고 대주천 인가도 점검받고 싶습니다.

스승님의 제자로서 수행자로서 삶속에서 구도중생의 길을 가도록 하겠습니다.

스승님과 사모님께 감사드립니다.

추신: 삼공재에서 삼성동 한솔아파트로 이사를 가셨다고 체험기에는 나오는데, 주소와 전화번호를 알려주시면 이번 주 수요일 오후 3시에 찾아뵙도록 하겠습니다.

생식은 오행생식을 바로 적응할 수 있으니 선공은 빼고 체질생식으로 처방해주셨으면 합니다.

2017년 10월 16일

정정숙 올림.

【회답】

정정숙 씨의 메일은 오늘 즉 10월 18일 오전 11시에 개봉되었습니다.(주소와 전화번호 생략) 출발 며칠 전에 시간 약속을 하고 생식 대금 30만원 정도를 현금으로 준비하시기 바랍니다.

현묘지도 수련일지

정 정 숙

2017년 10월 19일 삼공재를 방문하고 삼공 스승님으로부터 화두를 받고 19일부터 21일 새벽 5시 33분까지의 수련일지입니다.

자신의 본성을 찾아갈 수 있도록 안내해 주시는 선계의 스승님과 삼공 스승님에게 삼배를 올립니다.

2017년 10월 19일 오후 3시

삼공재를 방문하기 위해 아파트 입구에서 초인종을 누르기 전 삼공 스승님이 존재해 주심과, 부족한 제자의 방문을 허락해 주심에 감사드리며 저와 인연된 영가로 인해 스승님께 누를 끼쳐 드리는 것은 아닐지 죄송한 마음에 긴장되었다.

구도자는 항상 평상심과 부동심으로 여여해야 하는데 이 또한 하단전으로 내려 더 깊은 감사로 단전 안에서 용해될 수 있도록 호흡으로 마음을 다스려야겠구나 하는 생각이 일어 잠시 하단전에 집중하면서『대각경』을 3번 염송하였다.

지금의 감사함이 늘 한결같아야 하며 그 마음이 나날이 더 깊어져 간다면 스승님께서 안내해 주셨던 가르침대로 참 자신으로 살면서 하화중생할 수 있을 것이다. 그러나 기쁨이든 두려움이든 어느 조건이 되면 기쁨이 더 이상 기쁨이 되지 못하고 자신이 낸 마음으로 인해 또 아파하고 힘들어 하는 것이 될 것이다. 따라서 내 안에 있는 이러한 감정들조차도 단전 안에서 고요함 속에 더 깊은 감사로 승화시키고자 한 것이다.

태을주를 염송하면 저와 인연된 영가로 인한 기운의 작용이 한결 부드러워지며 편안해짐을 느끼고 호흡도 본래의 자연스러운 호흡으로 바뀜을 느꼈다.

『대각경』에는 본래 자신이 누군지를 밝히는 진리를 알고 그 깨달음으로 각성된 내가 허상의 마음에 휘둘리는 나를 알아차려, 본래 보아야 하고 행해야 하는 삶을 살도록 선택하게 하는 우주를 다스리는 법력이 깃들어 있다. 자신이 낸 마음으로 인하여 호흡이 흐트러질 때는 이『대각경』을 염송하면 즉각적으로 호흡이 단전으로 안정이 되면서 백회에서 단전까지 맑고 청아한 기운으로 마음이 고요해짐을 느낀다.

벨을 누르고 반갑게 맞아주시는 사모님을 뵙고 항상 뵙던 가족을 만난 듯 편안하고 낯설지가 않았다.

사모님께서 안내해 주신대로 삼공스승님께 인사를 올린 뒤, 메일로 문의를 드렸던 그동안 저의 삶 속에서 『선도체험기』를 구독하며 가르침대로 몸공부 마음공부 기공부를 해 온 것이 제대로 가고 있는 것인지 혼자 수련하며 체감했던 일들에 대해 점검받고, 제 몸 상태에 맞는 체질생식을 처방받아서 몸공부 중 하나인 섭생법에 대해서 항심으로 실행하고자 생식처방을 원한다고 말씀드렸다. 자신의 몸 상태를 정확히 알고 처방해 주시는 생식을 먹을 수 있다는 것이 얼마나 감사한 일인가! 마치 자신을 위해 먹는 생식 값을 드리면서 당연한 듯 수련 점검받고자 하는 구걸형 인간의 마음이 내 안에 없는지 자성의 나로서 바라보려 한다.

스승님을 한번도 뵙지는 않았지만 시공을 초월해서 선도체험기를 통해 가르침을 직접 전수받고 안내받고 있다는 느낌을 받았었는데 직접 뵈면서 중단에서 형용할 수 없는 환희지심이 피어오르며 편안하면서도 부드러운 자비심이 느껴졌다.

삼공 스승님에게서 느껴지는 기운 속에 나 또한 동화되어 하나된 느낌이었다. 너무 강하지도 않으면서 봄날 아지랑이같이 언 대지를 녹이는 따스함과, 끝없이 이어지는 시작도 끝도 없는 경계가 없어 모든 것을 다 담아내면서 꽉 차 있으나 비워져 있는 공의 느낌이랄까. 저의 부족한 언어로는 표현해 낼 수 없는 느낌이나 항상 이러한 상태라면 바라는 바도 부족함도 없는 완전한 상태가 이 느낌이 들었다.

삼공 스승님께서 화두를 주시겠다고 말씀하신 후 오행생식 처방을 위해 맥을 안정시켜야 하니 30분 동안 운기조식하라는 말씀을 따라 스승님을 바라볼 수 있는 정면에 앉아 결가부좌를 하고 호흡에 들었다.

1월부터 호흡에 들면 인위적인 호흡이 아닌 몸이 알아서 그때그때 호흡의 강약을 조율하며 들이쉬는 호흡보다 내쉬는 호흡이 더 길었다. 그런데도 숨이 차지 않는 흐름으로 호흡하는 나를 지켜보며 신기해하기도 했다.

그리고는 백회에서 용천까지 온몸이 마치 하나의 원통으로 연결된 듯 우주공간에 가득 찬 기운과 내가 하나된 느낌만이 존재하였다. 그리고 기운이 어디로 흐르고 하는 경계가 사라지고, 내 몸으로 인식하고 있는 모든 부위의 경계조차 없이 오직 단전만이 의식되며 호흡에 들어 있고 그것을 바라보고 있는 의식만이 존재했다.

삼공 스승님 앞에서 지금까지의 저의 수련 정도를 점검받는다는 생각에 긴장하고 있음을 인식하고 곧 하단전에 의념을 집중하고 호흡을 시작하였다. 평상시와 같이 호흡을 하면 느껴지는 직하방으로 전신이 기운 자체와 하나된 느낌만 있으나 상단전에 더욱 기운이 집중되면서 점차 나를 에워싸며 기운과 온전히 하나된 느낌이었다. 느꼈던 기운의 세기와 레벨이 두세 배 증폭되면서 안과 밖의 경계가 없는 상태로 확장됨이 느껴진다.

그 기운은 온화하고 따스하고 포근하나 치우침이 없다. 호흡하는 동안 기운이 자세를 바로 잡으니 어디에도 힘이 들어가지 않으며 우주기운이 발현하는 편안함과 따스함에 하나된 호흡을 이어가고 있다. 스승님이 제게 주시고자 화두를 준비하시는 듯한 소리와 함께 동시에 기운이 백회에서 중단전으로 연결되는 것이 마치 공이 터지기 직전의 최대한 부풀었을 때의 압력의 세기로 중단전에 갈무리되었으나 불편함은 없었다. 호흡이 자동으로 되면서 하단전 중단전 상단전이 모두 하나로 연결된 가운데 중단전에 어떤 빛무리가 장착된 것 같은 느낌이 들었다.

이 기운은 무엇이지? 평상시와는 다른 느낌의 기운인데 맑고 부드러우면서도 강한 응집된 기운이며 우주 성단의 빛을 다 모은 듯하나 아주 압축된 기운처럼 느껴졌다. 중단의 기운을 좀 더 관하자 화두는 잠궈진 문을 여는 열쇠처럼 우주 부호와 같은 느낌이 전해진다.

제게 주시고자 하셨던 화두가 단순히 활자인 글로만 전달하는 것이 아닌, 화두를 받은 자가 화두수련을 하면서 자신 안을 성찰하고 자신에게서 무엇을 비우고 채워야 할지 알아차리고 본래의 자신의 모습이라 생각했던 아상과 습을 비우고 비웠다는 생각조차도 비워진 상태로 이미 그 모든 이치를 깨우치고 오직 자비심만을 발현할 수 있도록 하는 근원적인 기운을 압축해서 이미 전해 주셨구나.

내가 잘해서 화두를 통과하는 것이 아닌, 이미 통과할 수 있도록 지원하는 깨달음의 화두라는 열쇠가 아상으로 가려진 허상의 세계에서 깨어나게 하는 역할을 하는 것임이 울림으로 전해진다.

어느새 스승님이 진맥을 하시고자 제 앞에 계신 것이 느껴졌고, 맥은 평맥이니 표준을 먹으라고 처방을 해주셨다.

화두를 전해주시는데 주의할 점을 알려주시고 화두수련 시 필요한 사항을 책의 페이지까지 직접 확인해 주시니 역지사지 이타심의 마음 쓰심과 하실 말씀만 하시는 절제된 표현 속에서도 따뜻함이 느껴진다. 어떻게 말하고 행해야 할지 과하지도 모자람도 없으나 해야 할 바를 하면서도 따스함이 있는 행이 무엇인지 느낄 수 있었다.

현묘지도 화두수련을 허락해 주심에 삼배를 올려야 하는 것도 깜박 잊고서 '감사드립니다'라는 부족한 표현만 하고 물러서 인사올리고 삼공재를 나섰다.

집으로 오는 내내 백회에서는 대공사가 일어나는 듯 계속 땅굴을 파듯 굴착기로 뚫는 것 같은 현상이 일어나며, 박하를 바른 듯 청아한 기운이 들어오며 백회의 영역이 점점 확장이 되어간다. 중단전에서는 따스한 기운이 빠르게 우회전을 하면서 은하계의 성단이 있는 넓고 광활한 공간처럼 확장되고 있다. 내가 알고 있다고 하는 이 육신 안의 한정된 공간이 아닌 무한대의 우주처럼 중단전의 영역이 점점 더 확장된다. 중단전이라고 알고 있는 내 몸은 없고 그 자리에 우주공간만이 느껴진다.

집으로 돌아와 정리를 하고 오늘을 넘기지 말고 화두수련을 시작해야 한다는 느낌대로 좌정을 하고 수련을 시작했다. 선계의 스승님과 삼공 스승님 그리고 우주만물에게 감사의 인사를 올렸다. 화두를 주시며 믿어주신 스승님의 그 믿음에 부끄럽지 않아야 할 텐데 하는 염려되는 마음까지도 호흡을 시작하면서 하단전으로 함께 내리며 화두를 염송했다.

처음엔 1단계의 화두를 염송하며 떠올리자 화두를 이루고 있는 한자 하나하나가 중단전으로 들어온다. 맑고 따뜻하면서도 시원한 두 기운이 조화를 이룬 상태로 상, 중, 하단전 구분 없는 하나의 원통형으로 느껴지기만 하고 중단전에서 따스한 기운이 확장되며 호흡은 안정적이다. 대각경을 3번 염송한 후 화두를 염송하는데 그 어떤 화면도 비취지 않고 오직 고요함 속에 전신의 세포로 호흡하며 기운과 하나된 자신을 바라보고 있다.

'내가 잘못하고 있는 건가? 왜 이렇게 고요하지? 더욱 호흡에만 집중하자 '끝났다'라는 자성의 느낌이 전해진다. 8단계의 모든 화두를 동시에 주신다는 것이 무슨 의미일까? 자성에게 물으니 곧 이런 울림이 들린다.

'화두를 위한 화두는 의미가 없다. 비워져 있으나 채워져 있으며 모든 곳에 존재하는 조화주 하느님의 분신인 자신과 모든 우주만물이 둘이 아닌 하나의 존재임을 알아야 한다.'

그 앎 속에, 매 순간 허상의 마음에 주인자리를 빼앗기고 살아가는 삶을 알아차리고 본래 자신이 살아야 할 삶을 살아가도록 자신의 심법의 단계별로 무엇을 비우고 채워야 할지를, 스스로 이미 모든 것을 알고 있는 자신의 본성을 통해 자신 안에서 알아차리도록 하기 위해서 화두라는 방편이 주어진 것이다.

이러한 모든 이치가 이미 『대각경』에 담겨 있으며 『대각경』을 염송할 때 담겨있는 경의 울림이 자신의 본성을 비추어 참 자신과 하나되도록 각성시킨다. 자신의 삶 속에 마음 일으키는 허상의 자아를 비우고 올바른 선택을 하도록, 조화주 하느님이자 하느님의 분신이자 우주의 법인 그 깨달음의 빛의 결정체인 기운이 화두를 통해 자신의 본성을 밝히도록 전해진 것이라는 울림이 전해진다.

나는 하느님의 분신으로서 하느님의 무한한 사랑, 무한한 지혜, 무한한 능력을 구사하고 있다. 이것이 자신의 본질이며 알아야 하는 깨달음이며 이것이 시작이자 끝인 것이다. 시작도 끝도 없는 무한한 존재이며 세세생생 존재하는 근원의 조화주 하느님의 분신이 자신이라는 그 이치를 알고자 윤회를 거듭하는 것이다.

천지 만물이 하나인 것이니, 이 깨달음이 온전히 자신과 합일이 되어 각성된 의식의 나가 참 나인 것이며, 이 깨달음이 뜬구름과 같은 허상의 세계에서 지감 조식 금촉 할 수 있는 바탕이 되는 것이다.

이러한 행함 속에 자신의 삶에서 일어나는 선택의 순간에 상부상조하는 대조화의 세계, 하나님과 나, 남과 나, 우주와 내가 하나로 합쳐지는 실상의 세계 속에 살게 되는 것이다. 허상의 거짓 아상은 바로 나와 상대를 둘로 보는 그 마음자락에서부터 비롯되는 것이다. 그러므로 자신의 마음 바깥세상에서 일어나는 모든 것은 자신이 지금 본질의 깨달음을 놓치고 있지 않은지 무엇을 선택하려 하는지 일깨워 주는 거울인 것이라는 울림이 전신의 세포로 크게 전해진다.

아! 이것은 그동안 스승님의 한결같으신 가르침이셨으며 앞서 가시는 현묘지도 수련을 마친 사형들도 이미 알고 행하고 있는 것이 아닌가? 또한 수많은 진리의 서적에서도 강조하고 있는 것들이 아닌가?

진리는 특별하고 새로운 것이 아니구나! 이미 수많은 모래알처럼 밤하늘의 은하수처럼 우주를 가득 채우고 있는 기운처럼 우리 주변의 모두가 아는 것이구나. 그것을 진심으로 받아들이고 그 진리

로 자신에게 요구하며 실천하고자 하는지 그 마음을 내고자 하는
지 그것을 하느님은 보시는구나!

자신이 잘해서도 아니요, 특별히 선택받은 사람이어서도 아니며,
기운이 어디로 들어오고 나가고, 빙의령이 느껴지고 보이고 천도의
능력과 같은, 특별한 구도 과정이 필요한 것만이 아닌 것이구나!
구도 과정 속에서 자신이 정성껏 정진하면 특별한 존재여서만 이
루어 낼 수 있는 것이 아닌 것이다.

그저 자신이 누군지 알고자 하는 실낱같을지라도 그 마음 한자
락으로 간절히 찾고자 하면 진리는 천지간에 두루 존재하며 내 안
에 이미 존재하는 본성의 조화주 하느님이 기운이라는 형태로 백
회로 들어온다.

중단전이 막히고 하는 기감이 바로 내가 삶 속에서 어떤 마음을
내고 있는지 알아차리도록 돕고 있는 것이며, 항상 본래의 자신으
로 존재하며 살 수 있도록 근원의 기운이 자신을 바라볼 수 있도
록 안내하는 것이다.

조화주 하느님의 발현인 천지간의 모든 만물이 태초부터 다양한
모습을 통해서 모든 사람들에게 그 법을 전해 왔으며 자신 안의
참 자신을 만나도록 그렇게 자신의 삶을 통해 고행 속에서 이뤄낸
깨달음의 빛을 선대의 모든 스승님들께서도 나에게 전해주시는 것
이구나.

삼공 스승님 또한 조화주 하느님의 분신으로서 사명을 다하고 계시는 것이다. 강을 건넜으니 배가 필요 없다 하나 수많은 조화주 하느님의 분신이 각자의 자리에서 우주를 밝히며 우주의 진리를 삶에 담아내며 이 세상을 밝히고 있는 것이다. 진정 자신이 누군지 알도록 자신의 본성을 밝혀주고 일깨워주는 역할을 하는 또 다른 자신을 존중하고 귀하게 여기는 것이 당연한 것이 아니겠는가?

빛은 자신을 비추지 않는다. 밤하늘의 별들의 밝기가 모두 다르고 크기가 다르나 모든 별들이 빛날 수 있는 것은 그들을 빛내주는 어둠이 있기 때문이다. 그 또한 밝은 빛이나 밝음이 극에 다다르면 어둠이 되며 어둠이 극에 다다르면 빛이 되듯 별이 생성되고 소멸되어 어둠으로 회귀하듯 형상만 다를 뿐 서로를 더욱더 밝혀주고 있는 것이 진정한 빛의 역할이다.

화두는 화두를 위한 수련이 아닌 이미 자신에게 화두를 전해준 또 다른 자신이 진리를 깨우치기까지의 고통을 보리로 승화한 깨달음의 빛을 상대에게 전해 준 것이니 어찌 감사하지 않을 것인가?

참자신이 누군지 알면 지금 여기 이 순간 저 하늘 저 바다 저 산을 바라보며 그 속에 담겨있는 자신의 본성 조화주 하느님의 존재를 알아차릴 수 있도록 모든 우주만물이 수많은 세월을 감당하며 겪어내며 살아내며 저기 저 자리에 존재하는 이치를 안다면, 존재하는 모든 것에 감사할 수밖에 없으리라.

모든 우주만물이 자신의 영적 진화를 위해 돕고 있다는 사실을 깨우친다면 조화주 하느님의 크신 사랑 속에 염화미소를 지을 수 있을 것이다. 고요함 속에 울림이 전해진다. 이 울림이 과거로부터 현재까지 내가 낸 마음을 비춘다.

빙의령이 들어오면 마음 한켠으로는 내가 지은 인연법으로 갚아야 할 빚이기는 하나 빙의령의 살아 생전 자신이 낸 마음과 비우지 못한 원한들로 중단을 누를 때면 숨조차 제대로 쉴 수 없기도 하다.

그리고 행복하게 하는 백회로 들어오는 기운도 막히면서 걷기조차 힘들 만큼 온몸의 힘이 빠져 버리는 등 견디기 힘들 만큼의 육신의 고통이 느껴지는 시간들이 찾아오면 감사하기보다는 찾아오는 손님들이 결코 반갑지 않았던 지난 시간 속의 내 마음들이 보인다.

그들은 육신이 없기에 스스로 일깨울 기회를 잃은 존재이다. 빙의령의 존재로 인해 힘든 것이 아닌 그들이 살아생전에 일으킨 마음과 공명하는 같은 파장의 내 안의 미처 비우지 못한 마음의 심파가 동조하는 것이구나.

그들의 방문은 내가 내는 마음을 더욱 잘 느끼고 알아차리도록 안으로 찾아 밝히도록 돕고 있는 것이구나. 그들은 나를 괴롭히는 존재가 아니라, 내가 천도해야만 하는 대상이 아니라, 그들도 수많은 생의 인연관계에서 인연을 맺고 존재의 형태만 다를 뿐, 그들의 자리에서 나의 진화를 도우면서 함께 상생하고 있는 것이구나!

모든 존재하는 것은 상생하며 대조화의 세계를 이루기 위한 역할만이 있는 것이다! 하는 울림에 한없이 부끄러워 고개가 숙여진다. 수많은 형상으로 존재함으로 대조화의 세계로 상생하는 것이 실상의 세계라는 말씀에 그동안 빙의령으로 인해 힘들다 느껴졌던 감각들도 사라진다.

이제는 그들이 방문해도 여여하며 감사하며 내안에 무엇을 비우지 못하고 있는지 알려주는구나! 내안을 더 깊이 성찰해야 하겠구나 하는 마음이 일며 중단전에 환한 연꽃이 피어오르듯 감사함의 기운이 환하게 번져 나간다. 지금까지의 모든 울림이 우주 이 끝에서 저 끝까지 동시에 존재하며 모든 우주를 진동하는 듯 저의 모든 세포가 울리며 진동함이 느껴진다.

자신의 본질에 대한 일깨움이 있은 뒤, 자신은 어떠한 삶을 살고자 하는가? 삶의 의미와, 살아갈 삶에 대한 소명과 선택에 대한 물음으로 밤하늘의 빛나는 별이 되고자 하는 것인지, 그 무수한 별들을 두루 빛내는 짙은 어둠의 역할을 하고자 하는지에 대한 물음으로 다가온다.

짙은 어둠으로 존재토록 하소서! 모든 우주만물이 그들 자신의 본성을 알고 하나 될 때까지 밤하늘의 별을 빛내는 짙은 어둠의 역할을 하는 그 길을 가고자 합니다.

감사드립니다. 감사드립니다. 감사드립니다.

삼공 스승님께서 주신 모든 화두가 순서대로 중단전에서 하나로 합쳐지고 압축되어 세포 하나하나에 각인되며 단전에서 용해되어 빛살처럼 전신으로 확장되며 어느 순간 몸이 빛으로 화하여 우주 공간으로 흩어지며 사라진다.

1단계 화두

화두를 염송하자 은하성단이 회전하면서 중단이 우주공간처럼 확장되며 한없는 자비심이 일어난다. 어떠한 화면이나 기운의 느낌도 없이 고요하고 여여하다.

2단계 화두

화두를 염송하자 상단전인 인당으로 밝고 강한 기운이 응집되고 중단전에서 하단전으로 강하게 기운이 축기된다. 기운의 흐름이 원통을 반으로 나누어 앞면과 뒷면이 있는 것처럼 오른쪽으로 회전하며 만물이 생성되는 이치를 파노라마처럼 보여준다. 대각경이 떠오르며 염송하자 화면이 사라지고 고요해지며 다음 화두로 이어진다.

3단계 화두

화두를 염송하자 정수리 후두부로 서늘한 기운이 느껴지며 중단에 머물다 하단전으로 이동한다. 기운의 이동이 아주 천천히 움직이며 서늘한 기운에서 따뜻하고 온화한 기운으로 안착이 되면서 본래의 치우침이 없는 음양평형의 기운으로 느껴진다.

깊이가 가늠이 되지 않는 깊은 무게의 기운으로 느껴지며 부동심은 이 기운이 밑바탕이라는 메시지로 전해진다. 태초의 우주의식 그 자체이며 우주의 생성과 소멸이 있기 전 '空'의 우주 전 단계의 우주라는 느낌으로 전해진다.

4단계 화두 무념(無念) - 11가지 호흡

화두를 염송하자 11가지 호흡이 다양하게 일어난다. 몸속 깊은 곳에서 전신으로 미세한 진동이 일어나며 동시에 목이 좌우로 도리도리 어깨가 춤을 추듯 진동하고 몸속을 휘젓듯 반응이 일어난다.

오직 하단전에만 의식을 집중하되 일어나는 현상을 고요히 바라보며 마음이 그쪽으로 가지 않도록 호흡에만 집중하니 몸이 알아서 필요한 호흡을 하면서 우주 삼라만상의 생명의 생기를 불어 넣는 우주 기운의 작용이 내 안에 일어나는 것이구나 하는 느낌이 든다. 11가지 호흡이 끝나고 이윽고 고요해지면서 호흡하고 있는 의식만이 존재한다.

5단계 화두

화두를 염송하자 화두가 중단전으로 들어와서는 바로 하단전에 안착한다. 그리고 마치 블랙홀처럼 그 깊이를 알 수 없는 호흡이 이어진다. 하단전이라고 느꼈던 그 위치에서 끝도 없는 어느 공간까지 호흡이 의식과 함께 따라 들어간다.

보이지는 않으나 존재하는 우주 중심 자리 같은 느낌이다. 하단전은 관문과 같은 역할을 하는 것 같다. 화두에 대한 답이 기운으로 호흡으로 내 의식과 몸이 하나된다. 끝없이 하단전을 통과해 블랙홀같이 압축되며 아주 작은 점으로 응축되다가 하단전이 그득하게 차오르며 중단전 하단전으로 솟아올라 상단전을 밝게 비추며 상단전을 벗어나 내 주변의 오라로 확장이 되며 그 확장이 거듭되며 우주의 밝음 그 자체로 하나된다.

검은 작은 점이 우주 전체를 가득 채우는 밝음으로 형이 바뀌나 같은 것이라는 느낌이 든다. 음양의 본질이며 음양으로 나뉘기 전의 우주 기운의 상태이며 이 기운은 밝음 속에 빛과 하나된 의식으로 호흡이 고요하며 이 호흡을 관하고 있는 의식만이 존재한다.

6단계 화두

화두를 염송하자 상단전으로 식(識)의 한자가 들어와 인당에 자리한다. 이 한자가 인당에 자리하면서 인당 안에서 회오리 같은 바람이 일기 시작한다. 강하게 인당이 조여 오면서 인당의 빛이 응집되며 한순간에 꽃이 피어오르듯 에너지가 확장되며 고개가 강한 기운에 이끌려 하늘을 향하며 인당이 하늘을 향해 고개가 젖혀진다.

인당에서 회음까지 빛으로 투과되면서 하나로 관통된다. 전신의 세포에 식(識)의 한자가 빛으로 새겨진다. 본래 자신이 누군지 아는 그 앎이 실상의 세계를 살도록 하는 혜안으로 자리 잡도록 지원하는 기운처럼 느껴진다. 온몸의 세포가 인당이다. 본질의 나는 우주 근원의식과 하나이며 앞 단계의 화두들을 통한 앎과 기운이 하나로 관통되며 지원된다. 5단계 6단계 등 각 앞 단계들의 화두들이 주는 의미와 역할이 다르며 돕는다. 싹이 터서 잎을 내고 성장한 뒤 꽃을 피우며 열매 맺고 씨를 맺는 것이 하나의 원으로 하나가 되듯 연결되어 있다. 이윽고 평상시와 같이 고요하고 온화하며 호흡하고 있는 의식만이 존재한다.

7단계 화두

화두를 염송하자 무소유(無所有)의 한자가 상단전 중단전 하단전의 원통으로 합일된 하나의 빛 자체로 존재하고 있는 한 가운데 중심점에 자리 잡는다. 화두와 한자를 함께 염송하자 의식이 깊어지며 고요해짐도 깊어진다. 깊은 우주 바다 속에 침잠한 느낌이라고 할까?

본래 나라고 알고 있는 내가 아닌 깊은 바다 밑은 바람도 일렁임도 없이 고요하듯 고요한 우주의식 그 자체와 닿아 하나된 느낌이다. 나의 본모습을 기운으로 느끼며 하나됨 속에 의식도 호흡도 고요함 속에 그 고요함을 바라보고 있는 의식만이 존재한다.

8단계 화두

화두를 염송하자 비유상비무상(非有想非無想) 한자가 보인다. 앞 단계의 화두와 하나된 깊은 고요함의 의식 속에 어떤 기운도 어떤 느낌도 없이 고요한 삼매에 들어 우주공간과 완전히 합일된 상태로 우주만물에 대한 자비심만이 발현된다.

선계의 모든 스승님 삼공 스승님 우주만물에 삼배 올립니다.

2017년 10월 21일 새벽 5시 33분
정정숙 올립니다.

【필자의 논평】

2017년 10월 19일 혜성처럼 삼공재에 나타나 나흘 만에 제출한 정정숙 씨의 현묘지도 8단계 화두 수련기의 마지막 결론은 "어떤 기운도 어떤 느낌도 없이 고요한 삼매에 들어 우주공간과 완전히 합일된 상태로 우주만물에 대한 자비심만이 발현된다"이다.

내가 보기에는 그녀가 우여곡절 끝에 제가 갈 자리를 제대로 찾은 것 같다. 부디 그 자비심을 바탕으로 동포와 온 인류를 하화중생하는 데 이바지하기 바라면서 31번째 현묘지도 수행자로 내보낸다. 도호는 자산(慈山).

10년의 변화

삼공 선생님, 그동안 안녕하셨습니까? 사모님께서도 건강하신지요?

오늘 『선도체험기』 115권을 잘 읽었습니다.

올해 초 탄핵, 대통령 선거, 현재 국정농단 사건 재판 등 주변이 많이 어수선합니다.

사법부 구성원으로 좀 더 절차적으로 공평하고 원만한 재판이 되길 바랬는데 워낙 여론과 언론의 힘이 강해서인지 이미 시한과 결과를 예정해놓은 듯 진행되고 있습니다. 이것 또한 섭리의 뜻으로 받아들여야겠지요. 나태해지려는 몸과 마음을 다시 추스려야겠습니다.

아직 신변의 변화는 없고, 내년 초에 정리가 될 것 같습니다. 앞으로 10년 정도 많은 변화가 있으리라 예상됩니다. 항상 건강하시고, 『선도체험기』가 계속 발간되길 기원합니다.

도율 올림

【회답】

세상이 어수선할 때는 구도자는 수행에 열중하라고 선배 수행자들은 말했습니다. 계속 용맹정진하시기 바랍니다.

근일 수련시 느낀 점과 의문점 문의

삼공 김태영 선생님 안녕하십니까? 어제 방문하여 대주천 수련한 천안에 사는 오성국입니다.

날씨가 제법 쌀쌀한 겨울 날씨로 인하여 불편하신 선생님의 건강에 혹 누가 되지 않을까 걱정이 앞섭니다.

또한 못난 저를 위하여 대주천 수련을 시키시느라 고생하신 선생님께 정말 감사하다는 말씀 다시 한번 머리 숙여 삼배를 드리며, 『선도체험기』 115권에 미천한 제 수련일지를 실어 주시어 감사드립니다.

요즘 수련시 느낀 점과 의문점 확인 차 문의드립니다.

2017년 11월 28일 화요일

- 광덕산 등산시 한 생각 -

"마음이 있어 생각이 일고, 생각이 있어 마음이 일어나는데, 마음과 생각의 관계에서 모든 행동은 마음에서 일어나야 몸이 행으로 움직인다. 그럼 마음이 움직이는 것은 생각의 축적이 누적되어 가치, 의식, 감정이 마음을 만드는 것 같다. 고로 바른 생각, 착한 생각, 지혜로운 생각이 누적되고 행해져야 업을 짓지 않고 지혜가 열려 깨달음에 갈 것 같다.

연인방편 자기방편을 생활화하자. 그러다 보면 모든 행동이 자연스러우면서 이타행이 되리라"라고 생각을 했는데요. 위 내용 중 "마음이 있어 생각이 일고, 생각이 있어 마음이 일어나는데, 마음과 생각의 관계에서 모든 행동은 마음에서 일어나야 몸이 행으로 움직인다. 그럼 마음이 움직이는 것은 생각의 축적이 누적되어 가치, 의식, 감정이 마음을 만드는 것 같다. 고로 바른 생각, 착한 생각, 지혜로운 생각이 누적되고 행해져야 업을 짓지 않고 지혜가 열려 깨달음에 갈 것 같다"에서 마음과 생각의 관계가 이치에 맞는 건지요?

2017년 11월 1일~2일

최근까지 행공시나 좌선수련시 『천부경』 10회, 『삼일신고』, 『대각경』 10회, 바르고 착하게 지혜롭게 살자[正善慧行] 10회, 시천주주 10회 이상 하고 운장주와 태을주를 주로 번갈아 반복 암송하며 수련했는데요.

운장주는 빙의령 천도에 도움이 되고 태을주는 자동 축기가 되는 느낌을 받아 계속 실행하고 있던 중, 최근에 알게 된 도통주와 갱생주를 암송하니 빙의령 천도뿐 아니라 머리가 맑아지고 중단전이 뻥 뚫리는 기분이 들어 수련시 계속 행하고자 합니다만 혹 제가 잘못 행하는 건 아닌지 문의드립니다.

11월 3일 (삼공재 수련시 느낀 점 보고)

서울행 버스 안에서 운장주, 태을주를 MP3로 듣고 의수단전 후 도통주 5회 이상 암송한 후 태을주 암송하는 동안 머리 둘레를 양반 갓의 테두리처럼 기운이 형성되었습니다.

462번째로 대주천 수련했다(총수련 1시간).

백회에 부드럽고 열감 있는 기운이 들어와 곧 바로 장강으로 내려감이 지속되더니 상단전보다 중단전이 타는 듯한 열감으로 뜨겁고, 상단전은 하단전의 열감보다 작다. 또한 손발이 따뜻함이 수련 내내 지속됨을 느끼다.

천안 내려가는 고속버스 안에서 발끝까지 찌릿하며 손발의 따뜻함이 지속되다. 특히 발바닥과 용천혈이 부드럽고 포근하다.

바르고 착하게 지혜롭게 살자[正善慧行]

천안에서

제자 오성국 올림.

【회답】

마음과 생각의 관계는 이치에 맞습니다. 일체유심조(一切惟心造) 즉 모든 것은 마음을 어떻게 먹느냐에 달려 있습니다.

도통주의 출처와 도통주 원문을 한통 보내주기 바랍니다.

【오성국 씨의 회답】

삼공 김태영 선생님 안녕하십니까?

차가운 날씨에 건강이 빨리 회복되시길 간절히 바랍니다. 도통주는 제가 20대 후반에 대순진리회에 다닐 때 알던 주문인데 최근에 인터넷 검색 중 생각이 나서 해본 주문입니다.

E-mail 상 말씀드렸듯이 갱생주와 도통주를 같이 암송하니 수련에 도움이 되는 거 같아 선생님의 검증을 부탁드린 겁니다.

주문 내용은 아래와 같습니다.

도통주

^{천상원룡감무}
天上元龍坎武 ^{태을성}太乙星 ^{투우군}斗牛君

^{신하신하}神呀神呀 ^{삼하삼하}三呀三呀

^이以 ^{도통도덕}道通道德으로

^{상통천문}上通天文하고 ^{하달지리}下達地理하고 ^{중찰인사}中察人事케 하옵소서.

대순진리회 주문, 이것은 삼단전을 조화시킵니다.

2017년 11월 5일
천안에서 제자 오성국 올림.

【회답】

나는 지금 기몸살을 앓고 있어서 단시일 안에 회복되기는 어려울 것 같습니다. 그러나 조금씩 회복되고 있습니다. 도통주는 증산도 도전에는 보이지 않아서 문의했습니다. 출처와 원문을 알았으니 다행입니다. 출처가 어떻든지 수련에 확실한 도움을 받을 수 있으면 그것으로 충분하다고 봅니다.

『대각경(大覺經)』문의

안녕하세요? 삼공 선생님, 김우진입니다. 건강이 많이 좋아지셨다는 말은 들었습니다. 자주 찾아뵙지 못해서 죄송합니다.

오늘은 증산도 주문 수련중에 궁금한 것이 있어 문의드립니다. 다름이 아니고 선생님이 만드신 『대각경(大覺經)』도 증산도 주문처럼 한자로 요약해 주시면 좋을 거 같다는 생각이 들었습니다.

일단 아래와 같이 번역기를 사용하여 정리하여 보았습니다. 그러나 한자는 거의 잘 몰라서 이것이 제대로 변환이 된 것인지 잘 모르겠습니다. 잠깐 동안이지만 읽는 동안 마음이 편해지고 중단전이 포근해지는 기운을 느꼈습니다.

한번 검토해 보시고 괜찮으시다면 수정 및 보완을 해주시면 감사하겠습니다.

늘 강건하시고 평안하시기 바랍니다. 좋은 하루 되세요.

『대각경(大覺經)』
"나는 하느님의 분신으로서 하느님의 무한한 사랑, 무한한 지혜,

무한한 능력을 구사하고 있다.

　이 큰 깨달음을 통하여 나는 뜬 구름과 같은 오감의 세계를 벗어나 상부상조하는 대조화의 세계, 하느님과 나, 남과 나, 우주와 내가 하나로 합쳐지는 실상의 세계 속에 살고 있다."

『대각경(大覺經)』

我是上帝的 無限的愛 無限的智慧和 無窮的力量

通過這個偉 大的啟蒙 我是一個源於 五世界的對比世界

我生活在一 個眞實的世界裡 人與我 宇宙和我連在一起

【회답】

　기상천외의 질문이라 어리둥절합니다. 나 역시 한문과 중국어에는 문외한이라 뭐라고 대답을 해야 할지 모르겠습니다. 그 방면의 전문가를 만나면 알아보겠습니다. 그런 일에 서두를 필요는 조금도 없다고 봅니다.

현묘지도 수련 후 이틀 동안의 수련일지

정 정 숙

『선도체험기』를 읽으며 수련하던 과정을 점검받기 위해 스승님께 메일을 보내고 기다림의 시간(2017년 10월 16일~10월 18일)

삼공 스승님을 뵙기 전 1월 달부터 수련을 하면 특정한 4개의 한자가 중단전으로 와서 하단전으로 안착을 하면서 화면의 전개와 천리전음이 있은 뒤 아무 화면도 느낌도 없는 상태가 되었다. 이어서 수련중 특정 한자가 중단전에서 하단전으로 자리 잡으며 다양한 변화를 겪고 고요해짐을 체험했었다. 이러한 일을 겪은 후부터는 일상에서 보다 더 여여해짐을 느꼈으나 내 안에서는 더 이상 선도체험기만을 보고 정진하는 수련으로 이어가서는 안되며, 하루 2끼 생식을 하는 것도 더 이상 미루어서는 안되니 급히 스승님께 연락을 드리고 찾아뵈어야 한다는 메시지가 계속 강하게 느껴졌다.

가족들에게는 지금부터는 생식만으로 식사를 하며 자신을 돌아

보는 데 매진하고 싶다는 뜻을 전했다. 5년 전부터 지금껏 1일 1
식~2식 생식과 음양식사법을 적용하며 지내도 아무런 불편함이 없
고 오히려 활력이 넘치고 몸도 마음도 밝아짐을 지켜보았기에 가
족들도 흔쾌히 응원을 해주었고, 이제야 홀가분한 마음으로 스승님
을 찾아뵙고 생식처방을 받고 수련을 할 수 있겠구나 하는 용기를
내어 스승님께 간략하게 자신에 대한 소개와 그동안 어떻게 수련
을 했는지의 과정을 말씀드리고, 허락하시면 수련의 진도에 대한
점검과 생식 처방을 받고 싶다고 요청을 드리는 메일을 16일에 올
리고 10월 18일에 찾아 뵈도 되는지 답장을 기다렸다.

18일 당일 아침까지도 답장이 없어서

'아! 아직 내가 찾아뵙고 가르침을 받기에는 너무 부족한 것이구
나!'

죄송한 마음과 부끄러운 마음이 일어날 때 자성의 메시지가 찾
아뵙게 될 것이니 기다리면 소식을 주실 것이라는 느낌이 일어 호
흡에 들어 관을 하기 시작했다.

'스승님이 메일조차도 보실 수 없을 정도다. 지금보다는 더 깊은
단계로 진입하시기 위한 과정 중의 흐름으로 인하여 이 시점에 찾
아뵈면 더욱 힘들게 해 드릴 수도 있다. 그러나 이 시점에 인연된
이유가 있는 것이니 허락하시면 반드시 찾아뵈어야 된다.'

'나와 인연된 영가로 인해 얼마나 많은 영가들로 스승님이 힘드

실지, 스승님께서 홀로 감당하시며 해내셔야 하는 가장 중요한 시점에 들어계시는데, 이러한 시기에 내가 찾아뵈어 더욱 힘드시게 한다면 그것이 무슨 제자이며, 욕심으로 자신의 진화를 위해 스승님을 힘들게 한다면 그 진화가 무슨 의미가 있으며, 그런 욕심으로 수련을 하고자 하는 자에게 무슨 참 일깨움이 있겠는가? 이것은 진정한 나의 자성의 울림이 아닌 내 욕심이 나를 부추기는 것은 아닌가?' 하며 다시 안으로 관을 했다.

'지금의 선택이 스승님께서 감당하시기 힘들도록 하는 시간일 수도 있다. 삼공 스승님이 지금껏 어떻게 생사일여조차도 초월한 마음과 정성으로 인연된 제자들을 안내해 오셨는지 명확히 알게 될 것이며, 그것은 그 무엇으로도 갚을 길이 없는 것이다.

오직 그러한 진정한 일깨움이 하나된 삶 속에서 깨달았다는 사실조차 비워진 상태에서만이 안내해 올 수 있다. 그러한 참 자성의 안내자로서의 모습을, 언어가 아닌 삶 속에 담아내시며 한순간도 머뭇거림 없는 스승의 사랑을 체감할 것이며, 그러한 시간들이 온전히 참 자성을 찾아가는 데 등불이 될 것이다.

그만큼 이 수련은 귀한 것이니 헛되지 않도록 정진해야 할 것이다. 수련은 단순한 호기심이나 취미로 하는 것이 아니며 깨달음을 드러내기 위해 하는 것도 아니다. 온전히 자성의 본질을 깨우치고자 하는 마음으로 선택해야 할 것이다.'

'아! 새삼 선도체험기를 읽을 때 느껴졌던 햇살 같은 사랑, 빛과 같은 밝고 따뜻한 행복감이 온몸을 휘감는 환희지심이지만 심장박동은 고요한 내면, 깊은 감사와 사랑이 번져왔던 그 순간들처럼 그 것이 바로 우주를 가득 채우고 있는 자성의 빛이며 그 빛을 스승님을 통해 전해 받고 있었구나.'

'시공을 초월해 오직 자신을 찾고자 하는 그 마음 한 자락을 갖추고 책을 보기만 하여도 자신의 본래 진면목을 찾을 수 있도록 이처럼 아낌없이 기운을 열어두고 계시며 책을 읽고 있는 제자들의 사기와 영가까지도 감당해 오시는 역할을 드러냄 없이 해 오신 것이구나. 저와 같은 중생들이 참 자신을 만날 수 있도록 뵐 수 없어도 좋으니 시공을 초월한 존재하심으로 미망의 어둠속에서 방황하는 중생들을 위해서 밝은 빛으로 인도해 주셔야합니다.'

'지금껏 제가 걸어왔던 여정처럼 책을 읽으며 전해 주시는 가르침을 자신의 삶에서 스스로 돌아보며 걸어 갈 수 있도록 지난 시간 동안 스승님께서 개인적인 삶이 아닌 안내자로서의 외로운 길을 묵묵히 걸어와 주셔서 감사드립니다.

제자들의 영가와 보이지 않는 세계의 일을 감당하셔야 하는 힘든 시간들 속에서도 아낌없이 에너지를 지원하시는 스승님의 깊은 사랑과 자성의 사랑을 느낍니다. 스승님! 감사드립니다.'

17일 일요일 저녁부터 18일 아침까지 수련에 들어 조금이라도 저 자신을 비우고 뵐 수 있기를 간절히 기원하며 호흡에 들어 있던 중 메일을 열어 보고픈 마음에 이끌리어 확인을 하니, 오전 11시에 메일을 확인하시고 삼공재 방문을 허락하시는 답장을 받았다. 한편으론 기쁘면서도 왠지 가슴이 먹먹하면서 울컥 눈물이 흘러나왔다. 헤아릴 수 없는 큰 사랑을 받은 느낌과 함께 뭔지 아련함 속에 스승님께서 삼공재 방문을 허락하시는 답장을 주실 수 없는 시점인데도 방문을 허락하셨다는 느낌이 강하게 일었으나, 생사일여의 초월함 속에 오직 자성을 찾고자 하는 그 누구에게라도 역할의 마지막 순간까지도 안내자로서의 길을 가시고자 하는 스승님의 깊은 사랑이 느껴졌다.

- 19일 첫 방문 후 현묘지도 화두를 받고 수련에 들어 화두를 마치고 점검받기 위한 메일을 보내기까지 (2017 10월 19일~21일 새벽) -

스승님께 화두를 받은 19일 날 집에 돌아와 현묘지도 수련을 하고자 호흡에 들자 첫 방문까지의 순간들이 주마등처럼 지나간다. 마치 16일부터 19일까지의 3일간의 시간이 수십 년의 시간이 흐른 듯 아련한 기억으로 다가온다. 지금 나에게 전해진 이 화두는 때가 되고 인연이 되어 전하셨다 하시나, 어떤 순간에도 역할하심에 멈춤이 없으신 스승님의 사랑이기에 가능하다는 감사함으로 중단전에서 따뜻하고 밝은 빛이 온몸으로 빗살처럼 퍼지며 염화미소를 짓는다.

스승님께서 한 장의 종이에 친히 친필로 적어 주신 화두를 확인 하니 5단계와 6단계는 이미 찾아뵙기 전 자성의 울림 속에 받았던 화두임을 알게 되었다.

첫 번째 화두를 염송하니 화두의 한자 하나하나가 중단전으로 들어오며 은하성단이 회전하며 중단이 우주공간처럼 확장되니 더 이상 화면의 전개는 없이 삼단전에 맑고 따뜻하며 상쾌한 기운이 큰 원통형으로 연결되어 조화를 이루며 전신의 세포로 숨을 쉬고 있으나 느껴지지 않을 만큼 고요함 속에 우주공간과 하나된 의식 만이 존재하며 자성으로부터 '끝났다'는 느낌이 전해진다.

두 번째 화두를 염송하자 상단전인 인당으로 밝고 강한 기운이 응집되고 중단전에서 하단전으로 강하게 축기되며 기운이 원통형 으로 회전하고 만물이 생성되는 이치를 파노라마처럼 보여준다. 대 각경이 떠오르며 염송하자 화면이 사라지고 고요해지며 자연스럽 게 다음 화두로 이어지며 7단계 화두인 한자와 8단계부터 12단계 까지의 한글 화두가 차례대로 염송이 되면서 그 단계별로 맞는 한 자 화두가 찰나시간으로 이어지며 조화를 이루며 하나가 된다.

화두에 담긴 기운들의 밝은 빛의 결정체가 스승님을 뵌 첫날 이 미 화두를 적어주실 때 중단전에 안착이 되며 무한한 법열 속에 자신의 존재의 의미와 사명을 인식하게 되었으며 모든 우주만물과 둘이 아닌 하나임을 각인하는 시간이었다. 집에 돌아와 화두수련에 들었을 때는 그 기운들의 응집체들이 압축파일을 열어서 확인을 하는 과정처럼 그 의미들이 화면과 다양한 기운의 변화 속에 화두에 연결된 기운으로 온전히 자신과 하나가 되는 것을 경험하였다. 현묘지도 수련을 시작한 19일 밤 11시부터 20일 새벽 3시까지 화두수련을 마치고 이후부터는 화두수련의 깨달음을 재차 확인하는 보림수련의 과정이었다. 글로 정리하여 스승님께 올려 인가를 받아야 끝나는 것이라 알려 주셨기에 21일 새벽 5시 33분까지 화두수련을 마친 수련일지 작성을 완료하였다.

22일 새벽 3시경에 현묘지도를 마친 수련일지를 첨부 파일로 올려 드린 뒤, 메일로 보내드린 수련일지와 현묘지도 수련에 대한 점검을 받고자 23일 월요일에 찾아뵙고자 메일을 올려드리고, 스승님으로부터 23일 방문을 허락하시는 메일을 받았다.

2017년 10월 23일 월요일 3시 삼공재 두 번째 방문

23일 3시에 조금 일찍 삼공재 현관 앞에 도착하자 먼저 오셔서 대기하고 계신 도반님이 계셨다. 왜 들어가지 않고 계시는지 의아해서 여쭈어 보니 3시까지 기다리다가 함께 들어가서 수련한다고 친절히 알려주신다.

"이곳이 처음이신가요?" 하고 물으신다.

"네! 청도 감 홍시를 들고 계시는데 혹시 대구에서 오셨는지요?" 라고 여쭈어 보니,

"아닙니다. 저는 안산에서 왔습니다. 이 감 홍시는 인근 과일가게에서 사온 것입니다."

많은 말씀은 하지 않으시나 많은 시간을 자신의 내면을 관하는 데 더 마음을 쓰고 계신다는 것이 느껴진다. 진중하며 상대방이 배려받는다는 것이 불편하지 않도록 이미 역지사지하는 이타행이 익어져 있는 마음 써주심이 편안하게 느껴진다.

"선도체험기에 보면 앞서서 현묘지도 수련을 하고 계시는 사형분들이 계시던데, 혹시 현묘지도 수련중인 사형이신가요?"

"현묘지도 수련 중에 있습니다."

이윽고 두 분의 중년 여성 도반과 한 분의 남성 도반님이 함께 도착하자 안산에서 오신 도반님이 함께 들어가자 하시며 벨을 누르신다. 사모님이 문을 열어 주시자 안산에서 오신 도반님이 문을 잡고 계시며 길을 양보하신다. 그런 모습이 의식해서 하는 행동이 아닌 자연스럽게 녹아 있다. 평상시 누가 먼저 문을 열고 기다리면 미안하고 불편한 마음이었는데, 이분은 그렇지 않구나. 무엇을 한다는 마음조차 없이 행을 하기에 이렇듯 편안한 것인가 보다.

　반갑게 문을 열어 주신 사모님께 다함께 인사드리고 삼공 스승님이 계신 곳으로 가서 자신의 자리를 잡는다. 조금 늦게 들어가니 스승님을 정면으로 바라보는 자리를 비워 두고 다들 앉아 있다. 마지막으로 들어온 나에게 그 자리를 권하신다.

　'일부러 중간 자리를 비워두고 앉으셨구나. 이곳에서 선도수련을 하는 도반님들은 늦게 온 사람을 위해 누구나 앉고 싶어 하는 자리를 양보하고 계시는구나!' 선도수련을 하는 도반님들의 배려심과 이타심이 말없음 속에 전해온다.

　조용히 자리에 앉아 내가 제대로 가고 있는 것인지 관하며 호흡에 든다. 나의 수련 과정을 정확히 보고 계시고 점검해 주시는 스승님께서 육신으로 현현하며 존재해 주신다는 것이 얼마나 감사한지 새삼 실감된다. 호흡을 고요히 하고 화두를 차례대로 염송하여도 그 어떤 화면도 기운의 변화도 없이 고요함으로 염화미소 속에 무한한 자비심만이 발현된다.

　수련일지를 스승님께 메일로 올려드린 뒤 백회 전체로 몸을 덮어씌우듯 얼음 같은 기운이 자꾸 들어와 모자를 쓰고 자는데도 잠이 오지 않아 할 수 없이 앉아서 수련을 하곤 했는데, 호흡에 들어 있으니 백회와 송과체로 시원한 기운과 따뜻한 기운이 조화된 음양 평형의 기운이 동시에 강하게 들어오면서 염화미소가 번진다. 중단으로는 환한 빛이 번져 확장되며 사방으로 빛이 뻗어 나간다.

상단전 중단전 하단전의 구분이 없어진다. 호흡이 안정적이며 호흡을 하고 있는지도 모르게 고요한 호흡이 수련이 끝날 때까지 지속된다.

스승님께서는 저의 수련경과를 116권에서 확인하라고 일러 주신다. 저의 수련에 대한 짧으나 자상하신 말씀에 "감사합니다"라는 부족한 표현의 언어로 인사를 올리고 책을 구입한 후 내일 한번 더 삼공재를 방문해도 되는지 여쭙자 그러라고 허락해 주시면서 일정하게 요일을 정해서 오면 좋다고 말씀을 해주셨다. 무심한 듯 말씀하시나 깊은 사랑이 느껴진다.

삼공재를 나와 백회와 송과체의 구분 없이 상단전 전체가 하나로 느껴지며 마치 얼음을 부은 듯 시원하다 못해 시릴 정도로 청명한 기운이 계속 이어진다. 육신의 경계는 없으나 상. 중. 하단전이 하나이나 상단전으로 느껴지는 기운으로 인해 의식이 계속 깨어 있다. 대각경이 끊임없는 되돌이표처럼 울림이 되어 내면을 가득 채운다. 전신이 막힘이 없이 소통되고 하나임이 느껴지며, 대각경의 울림이 진동이 되어 세포 깊은 곳에서 외부에는 어떤 움직임도 없으나 세포 내부에는 작은 진동이 큰 파장으로 느껴진다.

삼공재 인근에 정한 숙소에서 선도체험기를 읽으며 호흡에 들어 화두를 염송하며 지금부터는 어떻게 수련을 해야 하는지 관하였다.

화두를 차례대로 염송하여도 어떤 화면도 보이지 않고 평상시처럼 하단전 중단전 상단전이 하나의 관으로 연결되어 있어 구분이 없는 것 같은 중에 호흡만이 고요하고 깊어지며 그 호흡을 지켜보는 의식만이 존재한다.

'이제부터 진정한 수련의 시작이다.'

자성의 소리와 함께 심(心)자의 한자와 의식이 하나가 된다.

'마음이란 무얼 의미하는 것이지?' 라고 묻자 관(觀)이란 한자와 의식이 하나가 된다.

'나는 하느님의 분신으로서 하느님의 무한한 사랑, 무한한 지혜, 무한한 능력을 구사하고 있다. 이 깨달음으로 매 순간을 관하면 이 큰 깨달음을 통하여 지감 조식 금촉으로 뜬구름과 같은 오감의 세계를 윤회하도록 하는 것을 벗어나게 되며 상부상조하는 대조화의 세계, 하느님과 나, 남과 나, 우주와 내가 하나로 합쳐지는 실상의 세계에 살게 하는 마음이 주인공으로서 일상을 영위할 수 있는 선택을 하는 것이 보림이다.'

'얼마나 이 앎이 자신의 참 자성인 마음과 하나되어 매 순간을 깨어 관하느냐에 따라서 앞으로의 수련이 진정한 수련인 것이다.'

'깨달았다는 사실에 빠져서도 안되며 몰락 놓아 버리고 자신의 우주를 고요히 하라. 오직 자신의 본질이 무엇인지 앎 속에 그 앎 조차도 놓아 버린 우주 의식과 하나될 수 있는 관으로 매 순간을 살아야 한다. 자신이 하느님이듯 이 우주를 이루고 있는 모든 존재들 또한 하느님의 분신임을 안다면 감사함이 자리할 것이다. 관(觀)은 감사함에서 비롯된다.' '감사드립니다.'

'기운으로 느껴지는 환희지심도 자비심도 내 마음 상태에 따라 사라지는 신기루 같은 것이나, 현묘지도 수련을 마친 후 백회로 지속적으로 연결되는 청명한 기운은 매 순간 일상 속에서 선택하는 마음 한 자락에 따라서 내가 무엇을 선택하고 있는지를 알려주는 것이기에, 내 마음이 지금 이 순간 어느 곳을 바라보고 있는지를 관하는 중심점으로 삼겠습니다.'

'현묘지도 수련을 마친 후 현재의 나를 다스리고 중심이 될 깨달음이자 나를 비춰줄 거울인 화두가 관심(觀心)이며, 이 화두는 대각경 안에 새겨져 있는 것이구나!'

앞으로의 명확한 삶을 위해 밑거름이 되어 실상의 세계를 살 수 있도록 하는 대각경의 한 글자 한 글자가, 단순한 문자가 아닌 살아 있는 투명한 빛처럼 세포 하나하나마다 관(觀)자와 심(心)자의 한자로 변화되어 새겨지며, 밝고 환한 빛으로 오른쪽으로 강하고 빠르게 회전한다. 전신의 세포가 경계조차 없어지며 일체가 된 순간 전신이 빛으로 허공으로 흩어진다. 동시에 대각경이 온 우주공간을 울리며 끊임없이 되돌이표처럼 울린다. 이 모든 것을 바라보고 있는 의식과 온전히 하나된다. 의식이 대각경의 경이며 대각경이 나이다. 아침까지 입정에 들어 깊은 호흡에 들었다.

2017년 10월 24일 삼공재 3번째 방문

벨을 누르고 언제나 환한 미소로 맞아 주시는 사모님의 안내를 받아 스승님이 계시는 방에 들어 인사 올리고 호흡에 들었다. 아침까지 이어진 호흡이 일상의 눈 떠 있는 생활이나 호흡에 들어 있을 때의 구분이 없이 편안하고 고요함이 이어진다. 강하게 인당으로 빛이 모이며 전신으로 염화미소가 피어난다.

'이 염화미소는 어디로부터 오는 것인가? 기쁨조차도 기쁨에 빠져서는 아니 된다' 하며 관하니, '우리 몸을 이루고 있는 세포들의 본질은 하느님의 분신이며 근원우주의 의식의 나툼이다. 이 일깨움이 오행의 빛으로 화현하여 인간의 물질세포로 존재하는 것이며, 육신을 이루고 있는 세포들이 발현하는 파장이 염화미소인 것이다. 이렇듯 자신이 누군지 깨어 있는 의식이 담긴 육신의 세포는 근원우주의 본질의 빛의 파장을 전하고 있기에 존재함만으로 우주만물의 진화를 주관하고 있는 것이다. 이 의식으로 우주만물을 바라보아야 한다.'

대각경이 계속 전체 의식을 울리며 잔잔한 진동으로 전해진다. 호흡은 점점 더 깊어지고 의식 또한 하단전의 블랙홀 저 너머의 깊은 우주 의식이 있는 곳까지 닿는 듯, 호흡조차 없는 경지가 되면서 염화미소를 짓고 있는 상태에서 눈물이 천천히 흘러내린다. 어머님의 품 같으며 우주공간 가득 채우고 있는 사랑, 감사라는 기운에 에워 쌓인 상태에서 끝없는 감사가 자리한다.

'이 눈물은 무슨 의미인가?'

'아상으로 가려졌던 자성의 실체와 합일됨 속에 표현되는 흐름인 것이며 이는 사랑, 감사라는 단어로도 표현될 수 있다. 이와 같은 마음으로 자신을, 그리고 상대를 바라보아 주고 대해야 할 것이다.'

호흡을 하는 것인지 느껴지지 않는 고요한 호흡이 이어지고 인간의 언어로 형용할 수 없는 기운과 합일된 의식만이 뚜렷하다.

'저의 본질과 우주 만물의 본질을 현묘지도 수련을 통해 명확히 알았습니다. 어떻게 살아야 하는지 알았습니다. 그러나 현재의 저는 아직도 습의 아상과 망각으로 알았다고 하나 선택을 해야 하는 시점에는 놓칠 때가 많습니다. 이런 저를 끝까지 포기하지 않겠습니다. 매 순간 제가 누군지 이 일깨움을 놓치지 않고 본질의 깨달음으로 뜬구름과 같은 허상의 세계를 벗어나 상부상조하는 대조화의 세계, 하느님과 나, 남과 나, 우주와 내가 하나로 합쳐지는 실상의 세계를 사는 그 길을 가겠습니다. 지금까지의 가르침이 헛되지 않도록 이 길을 멈추지 않겠습니다. 감사드립니다.'

수련을 마치고 인사를 올린 뒤, 삼공재를 나서는 걸음걸음이 호흡과 하나로 연결되어 있다. 집으로 도착하는 내내 기운과 대각경의 울림이 계속된다.

2017년 10월 30일 3시 삼공재 4번째 방문 전

30일 월요일 삼공재를 방문하기까지의 시간 동안 선도체험기를 읽었다. 강열한 느낌이 느껴지며 어딘가를 다녀온 듯 아련하다. 무엇인가를 아는 것 같기도 모르는 것 같기도 하다. 일상으로 돌아오면 매일이 같은 생활인 것 같으나 그 삶을 살고 있는 내가 다르다.

확연히 다른데 무엇이 다른 것이지? 기운으로 느껴지는 것은 분명 지금 이 순간을 살고 있는 것이 허상이 아닌 확실히 현묘지도 수련을 통해 본질을 보고 하나되어 현실을 살아가고 있음을 느끼게 해준다. 기운이 다가 아니지 않는가? 매 순간 수련에 들었을 때의 그 환희지심과 자비심과 염화미소는 내 안에 발현되고 있는가? 1일 2식 생식으로만 두 끼를 하면서 하루 1시간 도인체조와 달리기, 걷기를 챙김하고 수련을 하면서 나 자신을 바라보는 의식은 뚜렷하나, 그 의식이 지켜봄 속에 일상을 살아가는 나를 관하는 내가 더욱 선명하고 명확해진다.

인연 따라 오는 영가에 대한 인식도 많이 달라졌다. 영가를 어떻게 보아야 할 것인가? 그들은 육신의 옷만 없지 영원히 죽지 않는 영혼으로 존재하기에 그들이 살아생전에 비워내지 못한 그들의 오욕칠정이 내 안에 비워지지 못한 것들과 함께 동조되어 그들의 것이 아닌 내 안의 것들을 바라보고 알아차리고 비워내도록 비추어 주는 거울 역할을 하고 있다는 사실이다. 두렵고 힘들게 하는 존재가 아닌, 그들의 존재조차도 나를 진화하게 하기 위한 역할을 하고 있으니 상생의 세계이며 그들과 내가 하나로 합쳐지며 내 안에서 비워질 때 그들도 나와 둘이 아닌 존재로 하나인 상태에서 일깨워져 본시 가야 할 곳으로 가는 이치라는 것이다. 더 이상 그들이 오는지 가는지 누군지 의미를 묻는 것이 나에게는 의미가 없게 되었다. 그들의 방문으로 인해 호흡이 깊어지지 않고 기운의 흐름이 정체되면 더욱 깨어서 안을 살펴보게 되니 오직 내 안에 감사함만 자리할 뿐.

중단전에 누르고 막히는 기운이 느껴질 땐 인간의 마음을 일으킨 결과가 이러하단 것을 알려주니, 아픔조차도 태어남조차도 없는 본시 하느님의 분신이 우리의 본질이나, 이 본질을 망각하고 탐. 진. 치로 오욕칠정의 마음 냄의 결과가 이러함을 확연히 느낄 수 있으니 감사함이다.

내각경을 염송하면서 본질의 자신을 호흡에 실어 관한다. 수많은 생의 윤회 속에 실상의 세계를 깨닫지 못하고 마음 냄의 결과물이 무엇인지 어리석음을 반복하지 않도록 내 안에 있는 비우지 못한 것들을 비추어 주고 있으니, 내안을 더 깊이 들여다보며 오직 호흡에 집중한다. 이럴 때는 걷거나 산행을 가면 내면으로 관하며 집중하는 데 도움이 되었다. 걸음걸음에 집중하며 호흡에 집중하면 더 많은 인연들이 함께하며 대각경의 일깨움과 하나되며 밝아진다. 더 이상 영가란 의미는 자신을 밝혀 비추어 보도록 하는 이정표 외에는 다른 의미가 없으며 그들과 내가 둘이 아닌 하나의 존재이니 구분지을 필요가 없으며 구속받을 이유도 없었다.

그런 뒤 중단전이 막히거나 힘들 땐 나의 어떤 마음이 본성을 흐리게 하고 있는가 하고 바라보며 오로지 호흡에 들어 관하는 시간이 많아진 게 큰 변화이다. 이러한 흐름들이 현묘지도 화두수련을 마치고 삼공재를 세 번째 방문하고 나서부터 더욱 깊어졌다.

이번 4번째 방문을 약속한 하루 전에 인연된 영가는 형체나 화면으로도 전혀 보이지 않는다. 그동안 세상사에 여여하게 반응하였는데, 이번 주는 사람들의 마음 냄이 명확히 보이면서 표현하지 않으나 품고 있는 마음까지 느껴지고 알아지니 내 마음이 따라 움직인다.

호흡이 금방 안정이 되기는 하나 상단전 전체에서는 각성된 나와 청량한 기운은 계속 쏟아지고 있고, 중단전은 마음 냄의 결과로 답답하고 막힌 느낌이 들며 숨을 쉬기가 힘들다가 편안해진다. 마음을 일으킨 이후로 잠깐 잠깐이지만 호흡이 흐트러지는 것도 느껴진다. 이런 나를 바라보는 의식이 명확하니 한심하고 부끄러운 마음이 일어난다.

'현묘지도 화두를 통해 느꼈던 기운과 일깨움들은 내 안에 있긴 하는가? 그렇게 행복해 하고 마치 우주를 다 얻은 듯, 하나 된 듯, 느꼈던 순간들과 일깨움들은 어디로 갔단 말인가? 내가 진정 일깨움은 있었단 말인가?'

한순간 기쁨으로 빛이 되어 우주와 하나되었던 기쁨만큼이나 자괴감이 짓누른다.

'한 순간도 지켜내지 못하고 흩어지는 이 깨달음으로 스승님과 우주만물에 누를 끼치는 존재이구나! 나란 존재는! 어떤 사랑으로 기회를 주신 것인데 이렇듯 지켜내지도 못하는가... 참으로 한심하구나!'

'강력한 영가가 나에게 깃들었다면 백회로 쏟아지는 기운들과 금방 안정이 되는 호흡은 무엇을 의미하는 것인가? 어떤 인연이기에 이처럼 무참히 모래 위에 지은 집처럼 흩어져 버리는 것인가? 어떤 연유이며 어찌 해야 하는가? 부동심과 평상심이 유지되어야 하거늘... 이런 내가 무엇을 깨달았다고...'

호흡에 들어 관을 하여도 그 어떤 것도 감지되지 않는다.

'이런 상태로 스승님을 찾아 뵐 낯이 없구나. 확연히 보았다면 흔들리지 말아야 할 것이고, 확연히 내 것이 되었다면 무엇을 선택해야 할지 올바른 선택을 할 수 있어야 하는데, 깨닫기 전과 깨닫고 나서 무엇이 다르단 말인가? 우주의 기운만 낭비하고 귀한 가르침만 헛되게 하는구나. 모든 우주가 지켜보고 기록되고 평가받고 있을진대 참으로 부끄럽구나!'

식구들이 모두 잠든 후 내일이면 스승님을 찾아뵈어야 하는데 내일은 가지 말까? 안 간다고 모르시겠는가? 고요히 호흡에 들어 스스로 보기에도 부족하고 앎이 크면 그만큼 책임도 따르며 옳은 선택을 할 수 있을 거라 믿었는데 여지없이 무너지는 자신을 바라보며 호흡 속에 바라보았다.

'자신이 부끄러운가?'

'숨고 싶고 잠시라도 마음 일으키며 깨달음을 망각한 제가 너무 한심하고 용서가 되지 않습니다.'

'참 자신을 망각하고 살아온 세월의 습이 남아 있으나 참 자신이 누군지 안 명확한 앎이 방향등이 되어 줄 것이다. 그러나 그 앎 속에는 지금껏 살아온 자신을 온전히 있는 모습 그대로 인정하고 용서하며 헤아려 줄 수 있어야 한다.

참 주인공인 나와 아상의 습에서 헤매었던 내가 동시에 내안에 존재하기에 혼돈스러울 것이다. 그러나 참 자신이 누군지 일깨워진 주인공이 이제부터는 어떻게 살아야 하는지 길을 명확히 밝혀 줄 것이다. 그것이 일깨움인 것이다. 일깨워졌다고 모든 것을 한순간에 해탈할 수 있다면 그렇지 못한 사람들을 어찌 헤아릴 수 있으며 그들을 구도할 수 있겠는가?

이러한 과정에서 참 자신과 허상의 자신의 모습이 하나로 합쳐지며 참 자성으로 합일되는 이치이니, 이런 일깨움만이 자신의 존재함만으로 우주만물의 진화의 빛으로 무언의 파장 속에 전달되는 이치인 것이다. 모든 것에 감사할 수 있어야 한다.'

관심(觀心)이란 화두가 진동을 한다.

'누가 누구를 평가한단 말인가? 자신의 우주에 존재하는 하느님으로 자신의 우주를 다스림에 현재의 나도, 과거의 나도, 모든 생의 나도, 다양한 형태와 모습으로 존재하는 영가나 우주만물도 결국은 하나이지 않는가? 현재의 이 나를 부인한다면 근원의 나도 부인하는 것인 것을, 내가 보았고 느꼈다는 진리로 나는 나를 죽이고 있구나.

그 진리로 나를 심판하고 있으며, 자칫하다가는 알고 있다는 깨달음으로 다른 사람을 평가하고 자신의 잣대로 규정지으며 한계지어 그 틀에 갇히도록 하는 큰 업을 지을 수 있는 것이구나. 무엇을 더 알아야 하겠는가? 오직 지금 여기 이 순간의 모든 존재함에 감사할 수 있고 숨 쉴 수 있음에 감사할 수 있어야 하겠구나.'

내안의 자성의 대화가 마무리되며 나를 눌렀던 자괴감과 아픔들이 따뜻함으로 더욱 확장된다. 이런 일이 일어나는 과정에도 여전히 가슴에는 따스한 에너지가 감돌며 상단전에는 청명한 기운이 계속 강하게 내려온다.

내 마음이 어디를 향해 있는지를 느껴 알아차릴 수 있도록 하는 것이 기운의 막힘 현상이라면 내 본질이 무엇인지 명확히 안 상태에서는 계속 청명한 기운이 끊임없이 이어진다. 강력한 영가로 알았던 것이 영가가 아니라는 생각이 든다.

'더 이상 외부로부터 나를 흔들어 보거나 나를 힘들게 하는 존재는 존재하지 않는다. 영가의 의미를 알았고 그들도 나와 둘이 아닌 존재이며, 나를 돕기 위해 자신의 역할을 하고 있는 것이니 두려운 존재가 아닌 것이다.

진정 나를 힘들게 하였던 것은 영가가 아닌, 이생에 내가 옳다고 느끼며 알고 있는 그 틀 안에서 마음 내었던 응집되고 정체된 기운들이 내 안에서 주인으로 살아왔기에, 그러한 허상의 아집 속에 있는 내가 동시에 존재하며 참 나와 거짓 나의 경계에서 내가 무엇을 선택하는지를 지켜보며 자신도 참 자신으로 합쳐지는 과정 중에 있음이구나.

그래서 『대각경』에 하느님과 나, 라는 문구가 먼저이구나. 모든 것을 알아차린 나는 하느님이며 아직 그 일깨움과 하나로 합쳐지지 못한 내가 먼저인 연유이구나. 이런 내가 용서되고 이해되고 사랑할 수 있다면, 또 다른 나인 남과 내가 어찌 하나 되지 못하겠는가? 그 마음이 확장된다면 모든 우주만물과 하나로 합쳐지며 상생하는 삶을 누리는 삶을 사는 것이구나.

내 안의 관념이 사라지며 하나되는 순간이구나. 모든 것이 감사함이구나. 그래서 깨달았다는 사실조차도 비워낸다는 것이 화두의 마지막이며, 그 모든 것을 녹여내어 현실의 삶에 매 순간 선택하며 온전히 자신의 것으로 녹여내는 과정이 보림 과정인 것이며, 관심(觀心)의 화두의 의미가 온몸으로 진동하며 앎과 하나된다. 아!'

더 이상의 영가도 깨달았다는 나도 없다. 그저 우주의식으로부터 오는 근원의 기운과 내가 감사함 속에 하나로 존재한다.

2017년 10월 30일 3시 삼공재 4번째 방문 후

삼공재에 도착해 지난주 현묘지도를 마치고 현묘지도를 통과했고 앞으로 발간될 116권에서 확인하라는 말씀을 듣고, 이번에는 수련을 마치고 몇 가지 궁금한 점을 확인받고 싶었다. 지난번 삼공재를 두 번째 방문했을 때 뵈었던 도반님들이 들어오시는데 한동안 떨어져 있던 가족이 상봉을 한 듯 반갑고 아련한 마음이 느껴진다. 자신을 찾아가는 과정의 여정에 뵙는 분들이라 더욱 그러한 것 같다. 젊은 청년 같은 한 분도 먼저 와서 앉아 있다. 이곳에서 뵙는 분들은 다 편안하다. 처음 만나도 불편하지 않고 낯설지 않다.

스승님께 인사를 올리고 다른 분들은 수련을 하시는데 수련 전에 질문을 해야 하는 것인지, 수련을 마치고 질문을 해야 하는 것인지 몰라 여쭈니, 지난번 안산에서 오셨던 도반님이 스승님 가까이 가서 여쭈어 보라 자상히 일러 주신다. 아직은 스승님 가까이 간다는 게 너무 죄송하여 방석을 들고 조심히 스승님께 다가가서 두 가지를 여쭈었다.

"스승님. 지난번 제가 스승님을 찾아뵙겠다고 메일을 올려드리고 처음 왔을 때, 지금껏 선도체험기를 보면 사형들의 걸어가신 여정은 대주천 인가를 해주시고, 벽사문을 달아 주시는데, 저는 그렇지 않고 바로 화두를 주셨습니다. 혹시 그렇게 하신 연유를 여쭈어 봐도 되는지요?"

"이미 그러한 수준을 넘어섰기에 의미가 없어서입니다. 현묘지도 화두수련은 통과가 되었고 116권에 서평을 달아 두었으니 책을 통해 확인하세요."

"아! 네. 감사드립니다!"

"이곳을 방문하기 전 인연된 영가가 어떤 연유인지 이번에는 어떤 화면도 보이지 않고 느껴지지 않으나 제 마음이 그와 동화되어 가는 것 같습니다."

"영가로 인해 마음이 동화되지는 않습니다. 관을 해보면 어떤 인연인지도 알 수 있으며, 정정숙 씨는 할 수 있을 것입니다. 이제

시작이니 너무 마음 조급하게 생각지 말고 관을 해보세요."

"감사드립니다."

인사를 올린 뒤, 자리로 돌아와 호흡에 들었다. 한 시간 동안 결가부좌를 하고 호흡에 드니 따스한 햇살 같은 사랑이 중단전으로 번져 우주공간처럼 확장된다. 백회로는 은하수 성단의 무수한 별들이 쏟아지듯 청량한 기운이 응축이 된다. 호흡을 하는데 11단계의 호흡이 일어나나 조용하면서 부드러운 움직임으로 내면의 빛의 세포를 깨운다. 자신을 이루고 있는 세포들이 물질세포가 아닌 다른 우주공간과 소통되는 통로라는 느낌이다.

중단전으로 강하게 에너지가 모였다 이완되기를 두 번을 반복하다 연꽃 형태로 응축된 빛 무리를 양손에서 중단 앞으로 받아들고 어느 순간 중단으로 흡수되어 허공으로 사라진다. 『대각경』의 울림이 전신을 울리면서 다양한 수인법이 나오며 마지막으로는 양무릎 위에 단정히 자리한다. 이러한 기운의 변화 뒤에 오는 울림은 모든 존재에 대한 무한한 자비심으로 발현된다.

'모든 생명들은 존귀하고 소중하다. 잊지 말아야 한다.'

차가운 눈물이 계속해서 흘러내리며 내안의 우주공간으로 대각경이 파장으로 울리며 전해진다. 그동안 무심코 알고 있었던 부처님의 모든 수인법에 대한 의미 또한 관함으로 알아진다.

'수련 중에 내 의지와 상관없이 일어나는 이러한 수인법은 무슨 의미인 것인가?

'특별히 자신이 선택받은 존재라고 느끼는 이들은 이러한 수인이나 수련법에 대한 자신의 존재에 대한 의미 부여가 크다고 느끼나, 너와 내가 둘이 아닌 신성한 빛의 존재라는 일깨움을 주기 위한 방편인 것이며, 모든 존재하는 생명은 망각의 잠 속에 빠져 있을 뿐, 구원받아야 할 존재가 아닌, 이미 깨달은 신성한 존재라는 것을 수인 속에 파장을 실어 전하는 이치이다.'

이윽고 눈이 떠지며 수련시간이 끝나 간다.

『선도체험기』 90권부터 100권까지 구입을 하면서 조심스럽게 여쭈었다.

"스승님, 결례가 되지 않는다면 스승님 저서에 사인을 받을 수 있을까요?"

"이걸 다?" 하며 소년 같은 해맑은 미소를 보여 주신다.

"아뇨. 한권만요!"

스승님께 인사를 올리고 자리를 나서자,

"같은 요일을 정해서 오세요!"

지난번에 이어 요일을 정해서 일정하게 오는 것이 더 좋다고 당부를 하시는 말씀에 제자의 진화 외에는 관심이 없으신 스승님의 따스한 사랑이 전해온다.

발걸음을 옮겨 나오는데 수련을 함께하신 도반께서 책이 무거울

거라고 친히 들어주겠다고 하신다. 어쩜 이분들의 마음 쓰심이 이리도 편안하고 따뜻한가? 함께할 수 있음에 감사하다. 어색해하며 감사의 마음을 제대로 전달 못하는 이 못난 나를 어찌 한단 말인가? 도반님들의 사랑에 수줍음으로 인사를 나누고 총총 발걸음을 재촉했으나 내 마음에 그분들의 향기가 머물러 있음을 느낀다.

2017년 10월 31일
경산에서 정정숙 올립니다.

【필자의 회답】

수련기 잘 읽었습니다. 현묘지도 화두수련 마치고 이틀 동안에 겪은 심리적인 변화가 너무나도 절실하고 리얼하게 묘사되어 놀라울 지경입니다. 앞으로도 지금의 열정을 오래 간직하고 계속 용맹정진하시기 바랍니다.

태을주 도통수련(太乙呪 道通修鍊)

안녕하세요? 삼공 선생님, 김우진입니다. 지난번 보내드린 태을 주 도통 수련일지를 수정 및 재편집하여 다시 보내드립니다. 너무 늦게 보내드려서 죄송합니다. 개인적으로 몇 가지 테스트와 확인을 하느라 늦어졌습니다. 수련중에 천리전음으로 받은 주문 문구는 나중에 우연히 알게 된 개벽주(開闢呪) 내용과 상당 부분 유사했습니다. 모두 신장(神將)의 이름으로 이루어져 있고, 이 주문들은 아직 시험중에 있으므로 일단 "○○○○"으로 된 부분들은 모두 수정 및 삭제하였습니다.

도전(道典)을 읽다보면 그분의 도법(道法)에 한가지 특징이 보이는데 대부분이 신장(神將)과 신명(神明)을 부리는 도술(道術)로 이루어져 있는 것을 알 수 있었습니다. 결론적으로 천리전음으로 받은 주문 내용은 개벽주(開闢呪)를 제대로 공부하라는 의미로 보입니다. 최근에 좌선시에는 시천주주로 수련을 하고 있고 평상시에는 틈틈이 개벽주를 공부하고 있습니다. 얼마 전엔 시험삼아 신장(神將)을 불러 보았는데 상당히 신비롭고 정의감이 느껴지는 파장을 받았습니다.

최근에는 도전을 웹으로 한번 완독하고 원전을 구매하여 다시 읽고 있습니다. 주문수련은 평상시에는 운장주와 갱생주, 태을주를 번갈아 가며 암송하고 있고 그 효과를 실감하고 있습니다. 태을주를 암송하면 열풍 같은 기운이 상반신 전체로 주천화후를 일으키며 소주천과 비슷한 현상이 나타났습니다. 시천주주는 머리 위에 원통의 기둥이 연결되며 천기가 들어온 후 대주천 현상과 유사한 반응이 발생하였고, 운장주는 빙의령으로 인한 불안감이나 우울감 등 수련자의 마음을 지배하려는 부정적인 파장을 안정시켜 주었습니다. 갱생주는 암송하자마자 하늘로부터 기운줄이 하단전으로 연결되어 강력한 열감이 들어 왔습니다.

먼저 시험해 보고 효과가 있으면 현묘지도(玄妙之道) 카페 멤버님들에게 적극적으로 권장하고 있습니다. 다행히 카페 회원님들도 효과를 보고 있고 큰 거부반응 없이 잘 따라와 주고 있습니다. 카페에 도전(道典)과 개벽(開闢)에 관한 글도 올리고 있으며 함께 공부하고 배우고 있습니다. 처음에는 증산도(甑山道)에 대한 선입견 때문에 꺼려하는 부분도 없지 않았으나 지금은 많이 친숙해진 상태입니다.

따라서 아래의 태을주 도통수련에 관한 일지도 도전과 혹시 있을지도 모르는 개벽에 대해서 알려야 한다는 의무감에 공개하기로 하였습니다. 그러나 저의 수련이 아직 깊은 단계가 아니고 수련중에 천리전음과 본성과의 대화에서 잘못 읽은 내용이 있을지도 몰라 많이 망설였습니다.

이번에도 다시 한번 체감하였지만 수련중에 경험하는 현상들은 항상 진짜와 가짜가 있어 이 부분을 잘 확인해야 할 것으로 보입니다. 수련 내용에 대해서는 기운과 진동, 본성과의 대화를 통하여 그 진위 여부를 파악하였고 최종 직접 테스트하여 다시 한번 검증하였습니다. 그동안 선도계의 전도유망한 법기(法器)들이 천기의 파장을 잘못 읽어 얼마나 많은 시행착오를 겪었는지 너무나 잘 알고 있기 때문에 항상 조심하고 경계하고 있습니다.

아울러 태을주 도통수련에 대한 내용을 공개하면서 안 그래도 최근 북핵 문제와 지진으로 온 국민이 불안해하는데 아직 일어나지도 않은 개벽에 관한 수련 내용으로 행여 혹세무민하거나 선도체험기 독자들을 혼란에 빠뜨릴까 우려가 되기도 합니다. 그러나 망설임 끝에 선도체험기에 실린 선생님의 지축정립에 대한 고견을 읽고 수련일지를 공개하기로 하였습니다. 선생님이 최근 선도체험기에서 자주 지축정립에 대해 언급하시는 것도 바로 이런 애민의 마음일 것으로 봅니다. 제가 수련중에 받은 증산상제의 가르침 또한 피할 수 없는 개벽의 시기에 한 사람이라도 더 살리라는 내용이었습니다.

그렇다고 도전의 내용을 맹신하고 우리의 본분을 잃어버리자는 말은 아닙니다. 지금까지 해오던 것처럼 각자의 영역에서 최선을 다하고 용맹정진 수련하면 될 것으로 봅니다. 도통군자(道通君子) 또한 특별한 사람이 아니라고 봅니다. 착하고 바르고 선도수련에 관심이 있는 사람들로, 삼공재에 오는 모든 수련생이 도통군자로 보입니다. 저의 사명 또한 개벽을 바르게 알리고 도통군자들을 찾아 그들이 바른 길로 갈 수 있도록 삼공재로 안내하는 것이라 생각합니다.

- 지축정립(地軸正立) -

불경, 요한 계시록, 노스트라다무스, 격암유록 같은 동서고금의 각종 예언서들은 말할 것도 없고 대부분의 미래학자들과 천문학자들도 미구에 23.5도 기울어진 타원형의 지구가 바로 서면서 정구형이 되는 대격변이 일어나, 바다가 육지 되고 육지가 바다가 되는 한편, 지상 인구 10분에 9 이상이 사망한다고 예언하고 있습니다. 요즘 일어나는 전에 없는 기후변화와 지진, 화산 폭발 등으로 지구는 그러한 변화의 길을 이미 가고 있습니다.

생사를 초월한 구도자가 그런 것에 관심을 가져서는 안된다고 하면 할 말은 없지만, 이타심과 정의감이 있고 상생을 추구하는 구도자라면 최소한 이러한 지각변동을 앞두고 가능한 어떤 방법으로

든 인류를 위해 기여해야 한다고 봅니다.

내가 알기에는 동서고금에 증산도 도전 외에는 이러한 지구적 위기에 대한 대처 방법을 구체적으로 제시한 경우가 없다는 겁니다. 신기하게도 100년 전에 이에 대한 대처 방법으로 증산 상제님이 시행한 천지공사대로 이 지구는 움직여 가고 있는 것을 도전을 읽어 본 사람은 그 누구도 부인할 수 없을 것입니다.

증산도가 사이비종교일 때는 어떻게 하는가 하고 우려할 사람이 있을 수 있습니다. 선도체험기 독자 처놓고 사이비종교 교주 알아내는 방법을 모르는 미련한 사람은 없을 것이고, 어떤 조직에든지 덜컥 가입부터 해 놓고 보는 어리석은 사람 역시 없을 거라 봅니다.

우리나라의 사이비종교가 가장 많은 종단은 기독교와 불교 계통입니다. 그렇다고 해서 성경과 불경까지도 사이비라고 배격당하지는 않습니다. 나 역시 기독교와 불교 계통의 사이비종교는 배격할지언정 성경과 불경은 배격하지 않듯이, 도전을 배격할 생각은 없습니다.

도전에 보면 "지축이 바로 서면서 동서남북이 눈 깜짝할 사이에 바뀔 때는 며칠 동안 세상이 캄캄하리라. 그때는 불기운을 거둬버려 성냥을 켜려 해도 켜지지 않을 것이요, 자동차도 기차도 움직이지 못하리라. 천지 이치로 때가 되어 닥치는 개벽의 운수는 어찌할

도리가 없나니, 천동지동 천동지동(天動地動) 일어날 때 누구를 믿고 살 것이냐! 울부짖는 소리가 천지에 사무치리라. 천지 대도에 머물지 않고서는 살 운수를 받기 어려우니라"(도전 2:73 : 2~7)는 말이 있습니다.

만약에 우리가 이런 천체 현상을 미리 알고 있다면 누구나 당황하지 않고 사전에 대비할 수 있고 침착하게 살길을 찾으려 할 것입니다. 지축이 바로 설 때 수일 동안 불기 없는 암흑천지에 휩싸이게 된다는 것을 미리 알고 있었다면 가족과 이웃에게 이것을 널리 알려, 그런 일이 일어나도 놀라지 않게 하고 미리 취사를 하지 않아도 되는 비상식량을 확보하여 안심하고 그 난관을 극복할 수 있게 해야 할 것입니다. 그러나 이런 구질구질한 거 다 집어치우고 생사와 무상한 인생을 다 마음에 품고 뜬구름처럼 살아가면 그만이라고 굳이 우긴다면 더 할 말이 없습니다.

태을주 도통수련(太乙呪 道通修鍊)

2017년 06월 12일 화요일

오늘은 현묘지도(玄妙之道) 카페에 경사가 있는 날이다. 현묘지도(玄妙之道) 9대 전수자이신 일공 신지현 선배님과 24대 전수자이신 의암 박동주 선배님이 카페 가입을 해주셨다. 특이한 것은 신지현 선배님과 문자로 간단한 인사를 나누고 일을 하고 있는데 백회로 송곳 같은 기운이 내려온다. 웬만해선 타인의 기운으로 이렇게까지 반응을 하지 않는데 신기한 일이었다.

몇분 동안 더 일을 하고 있는데 한동안 백회와 중단전으로 포근한 기운이 들어 왔다. 연이어 중단전에 몰려 있던 빙의령들이 하나둘씩 나가고 따뜻한 기운이 흘러 들어오기 시작하였다. 더 특이한 것은 이 두 분이 카페에 가입하고부터 전반적인 기운이 업그레이드된 느낌이다. 카페 멤버님들도 기감이 좋으신 분들은 미리 알아차리고 이구동성으로 같은 말을 했다.

개인적인 느낌으로는 두 분의 기운이 전혀 다른 기색이다. 현묘지도(玄妙之道) 수련을 완수하신 선배님들은 어떻게 이리 모두 개성이 강할까? 일공 신지현 선배님은 남성적인 기운으로 태양같이 강렬하고 송곳같이 날카로운 기운이다. 의암 박동주 선배님은 전형적인 여성의 기운으로 너무나 차분하고 깊이를 알 수 없는 잔잔한 호수 같은 느낌이다.

또한 이날 저녁에 평생 잊지 못할 대대적인 기갈이를 경험했는데, 일공 선배님과 댓글로 대화하던 중에 일어났다. 대화중에 느닷없이 속이 울렁거리고 중단전이 타들어 가는 느낌이 들어 이상하게 생각했는데 나중에는 구토 증상까지 일어났다. 본격적인 증상은 신지현 선배님의 글에 댓글을 다는 순간 기가 흘러 들어오기 시작했는데, 상당히 특이한 기운이었고 처음에는 중단전이 타들어 가는 느낌이 들다가 나중에는 오장육부가 뒤집히고 중단전이 완전히 녹아내리는 느낌이었다.

워낙에 특이한 체질이라 그런지 기몸살을 단 한번도 하지 않았는데 난생 처음으로 기몸살을 앓았다. 너무나 강렬한 기운, 상당히 고도로 밀집된 뜨거운 기운이 중단전을 서서히 물들이고 있었다. 이날 거의 몇시간 동안이나 기갈이가 진행되었는데 정말 죽는 줄 알았다. 나중에는 중단전이 살포시 부르르 떨리는 진동까지 일어났다.

둘째 날도 신지현 선배님과 대화를 시작하자 대대적인 기갈이가 지속되었다. 중단전과 하단전이 동시에 타들어 가고 꼭 돋보기로 지져대는 듯한 강렬한 기운이 들어오기 시작했는데, 너무나 견디기가 힘들어 자리에서 그만 일어나 버렸다. 마지막 셋째 날에는 꼭 혈관주사를 맞는 것처럼 전신의 구석구석 혈관을 타고 기운이 들어오는데 무심코 손을 보니 왼쪽 손가락이 부들부들 떨고 있었다. 직접 체감하고 있는데도 도저히 믿지 못할 일처럼 느껴졌다.

지금까지 선도수련을 하면서 몇 차례의 기갈이를 경험하였지만 그때마다 오히려 더 힘이 나고 기몸살 같은 것은 없었는데,이번에는 완전히 색다른 체험을 하고 있었고 기존과는 너무나 다른 전혀 생소한 기운이었다. 느낌상 이것은 일공 선배님이 도전(道典)을 깊게 공부하시고 얻은 기운으로 보이는데, 꼭 등 뒤에 태모님 같은 이미지가 떠오른다. 나중에 알고 보니 일공 신지현 선배님은 도전 공부와 주문수련을 상당히 깊게 들어가신 것으로 보였다. 힘들게 공부하고 얻으신 기운인데 나는 완전히 날로 얻은 기분이다. 너무 죄송하고 감사한 생각이 들었다.

이번 대대적인 기갈이는 도저히 사람 기운 같지 않은 전혀 새로운 고도로 응집된 기운이었다. 신지현 선배님과 대화하면 불끈불끈 힘이 나고 기분이 좋아지며, 박동주 선배님 하고 대화를 하면 마음이 너무나 차분해지고 기운이 안정되곤 한다. 기갈이 이후에 지금의 상태라면 당장 중음신 백명 정도가 달려들어도 곧바로 천도시킬 것만 같은 자신감이 든다. 이제까지는 카페 회원들의 빙의령들이 돌아가면서 들어와 많이 힘들었는데 이젠 너무나 편안한 상태가 되었다. 이 두분들과 함께 전쟁터에 나가면 어떤 상황에서도 살아 돌아올 것만 같은 느낌이고 개인적으로 너무나 큰 행운의 여신 같은 분들이다.

현묘지도(玄妙之道)가 신령한 방패 같은 기운이라면 도전(道典)의 기운은 너무나 강력한 보검 같은 기운이다. 주문수련에 대해서 다시 돌아보고 카페 회원님들에게 도전을 읽어 보고 주문수련을

하도록 권장하였다. 개인적으로 주문수련만 하려면 "천상천하 유아
독존"이라는 천리전음 때문에 못 하고 있었는데, 태을주 수련의 효
과가 이렇게 강한 줄 미처 몰랐다. 삼공 선생님이 왜 도전을 공부
하고 태을주 수련을 하라는 건지 새삼 실감이 나는 순간이었다.

마지막 세번째 날 밤새 기가 들어 왔는데, 나중에는 머리까지 돌
고 돌아 온몸 구석구석을 순환하였다. 기갈이 후 아침에 일어나 보
니 기감과 기색이 완전히 변하여 중단전이 한꺼풀 벗겨진 기분이
고 특이한 기운이 감지되었다. 꼭 선계의 스승님들이 내가 태을주
수련을 안 하고 있으니까 두 선배님을 보내 수련을 시키는 것처럼
보였다. 일공 신지현 선배님과 의암 박동주 선배님에게 진심으로
감사드린다.

2017년 06월 17일 토요일

오늘 오전 수련에는 시천주주 주문을 암송하여 보기로 하고 좌
선하고 앉았다. 그런데 막상 암송하려 하니까 머리가 나빠서인지
눈에 잘 들어오지가 않는다. 차라리 어제 의자에 앉아 잠깐 동안이
지만 암송하자마자 머리에 원통의 기운을 느낀 순간이 더 살되었
다. 몇분 더 하다가 기운이 흩어지는 거 같아서 이내 중단하고 말
았다.

주문 문구를 확실하게 외우거나 내일 등산중에 발걸음 화두 암송법을 시도해 볼 예정이다. 한가지 다행인 것은 예전에 시도해 보다가 포기한 태을주처럼 거부반응이 전혀 일어나지 않는다. 원래의 수련법으로 돌아와 '천지기운한기운'을 암송하기 시작하였다. 암송하자마자 천지에 흩어져 있던 신령한 기운이 안개처럼 서서히 하단전으로 모여든다. 암송이 입에 착착 감긴다. 꼭 원래부터 내 주문인 것처럼 나를 위해 존재하는 암송 같다. 5~10분 정도 암송하자 서서히 진동이 일어나기 시작한다.

진동이 일어나자 암송을 '천상천하유아독존'으로 바꾸었다. 도리질이 상, 중, 하단전을 거쳐 온몸으로 파장을 일으키며 넓게 기운이 퍼져 나간다. 회전이 중심축을 기준으로 넓게 돌다가 좁게 돌다가 빠르게 돌다가 느리게 돌다가 무한 반복을 한다. 잠시 후에 돌부처처럼 멈춘 상태로 고개가 최대한 하늘 위로 젖혀지고 고정된다. 파란 하늘! 파란 하늘을 넘어 광활한 우주공간이 보인다. 끝도 없이 펼쳐진 우주공간... 너무나 아름답다. 다시 파란 하늘로 화면이 바뀐다. 다시 진동 시작.

진동이 멈추고 지도령의 느낌이 강하게 전해져 온다. 너무나 따듯하고 나를 아끼는 듯한 잔잔한 파장이 전해져 온다. 잘하고 있다고 대견해 하는 파장이다. 중간에 오른쪽 다리가 살짝 마비가 왔는데 그 순간 자동으로 자세를 바로 잡아 주신다. 지도령과 수련자는 과연 어떤 인연일까? 현묘지도 수련시에는 각 화두 단계별로 스승님들이 번갈아 내려오시는 느낌인데, 평상시 좌선 수련시에는 본래의 지도령이신 한분만 내려오신다.

요즘 내가 수련을 꾸준히 열심히 하고 있으니까 많은 부분을 보호령과 함께 도와주는 느낌이 든다. 아마도 본인의 교육 스케줄대로 잘 가고 있나보다. 오랜만에 삼배를 드리고 오전 좌선 수련을 마쳤다. 그러나 언젠가 구경각에 이르고 해탈에 도달하게 되면 이분들과의 인연도 끝날 것으로 본다.

조화주본성 조화주하느님 조화주무심

2017년 06월 19일 월요일

오늘 오후 한두 시간가량 관음법문 파장음이 미친 듯이 요동쳐서 좀 당황스러웠는데 그 이유를 조금이나마 알 것도 같다. 기운이 바뀌고 나면 이에 맞춰 음류장치도 약간씩 소리가 달라지는 것으로 보인다. 저녁에 무심히 차를 몰고 퇴근을 하고 있는데 그 순간 너무나 특이한 관음법문 파장음이 요동을 친다. 기존의 파장음이 단순히 요동치는 느낌이라면 이제는 너무나 아름답고 경쾌한 한편이 음악이 흐르는 느낌이다.

더 놀라운 건 우측 귀에서 시작된 관음법문 파장음이 하나의 작은 구슬 모양의 기덩어리를 만들어낸다. 더 정확하게는 작은 쇠구슬 같은 빛덩어리다. 이 빛덩어리가 머리에서 중단을 거쳐 발끝까지 온몸을 돌아다닌다. 직감적으로 드는 생각은 꼭 흐트러진 기운을 바로 잡아주고 재정비해 주는 느낌이다. 파장음이 점점 낮은 고주파 같은 소리를 발생하자 이에 맞춰 빛덩어리의 구슬이 더 빨라진다. 온몸을 빙글빙글 돌다가 중단에 이르자 막혔던 기혈을 서서히 바로 잡아준다.

잠시 후 중단이 뻥! 뚫리고 너무나 편안한 상태... 환희지심이 시작된다. 아! 너무나 기쁜 마음이다. 그냥 알 수 없는 너무나 지고 지순한 상태, 내가 꼭 하나의 빛덩어리가 된 느낌이다. 운전을 하며 집에 오는 내내 너무나 행복하다는 마음이 자꾸만 솟아오른다. 꼭 외계에서 온 듯한 빛덩어리의 구슬이 또 하나의 나의 기적인 보호령이 된 느낌이다. 수련 열심히 한다고 선계에서 보내주셨나 보다.

그런데 특이한 건 운기가 활발해지자 다시 기운이 거꾸로 돌기 시작한다. 독맥 부분이 후끈후끈 달아 오른다. 임맥은 난 모르겠다는 듯이 서서히 달아 오른다. 개인적인 경험으로는 삼합진공 이후에 임독맥이 다시 한번 크게 열렸는데, 이런 패턴이 기갈이를 하면 다시 반복되는 것으로 보인다.

최근에 연정화기도 다시 업그레이드되는 느낌이다. 아! 이 글을 쓰는 중간 중간에도 등짝이 후끈후끈 뜨거워진다. 기수련에 대해 나름 많이 알고 있다고 생각했는데 아니었나 보다. 어쩌면 우리가 모르는 부분이 더 많을지도 모르겠다. 후배들을 위해 모든 기적 변화를 빠짐없이 기록할 예정이다.

2017년 06월 25일 일요일

얼마 전엔 오전 내내 환희지심에 쌓이더니 미친놈처럼 자꾸만 웃음이 난다. 지지난주 도봉산에서 특이하게 생긴 벌레 한 마리를 보았는데 이 벌레를 같은 곳에서 지난주에 또 만났다. 이 벌레가 자꾸만 생각나고 웃음이 나온다. 이유 없는 웃음이 그치지 않아 미칠 지경이다. 원수 같은 악연들이 뜬금없이 사랑스럽게 느껴진다. 선도체험기에 나오는 애인여기 같은 느낌이다.

퇴근길에는 운전하는 내내 주천화후가 너무나 강하게 일어난다. 또다시 기운이 독맥으로 거꾸로 돌기 시작한다. 최근 들어 이 현상이 자주 일어나고 있다. 나중에는 순간적으로 한 호흡에 온몸으로 뜨거운 기운이 동시에 흐르기 시작한다. 중단이 빙의령으로 막혀 있었는데 그 순간 오른쪽 귀에서 잔잔히 흐르던 관음법문이 쨍! 하고 발동이 걸린다.

작은 빛구슬 같은 장치가 온몸을 스캔하며 돌아다닌다. 정밀하게 점검하다가 이내 중단에 머물러 작업을 시작한다. 한동안 빙글빙글 기운이 느껴지더니 이내 중단전이 뻥! 하고 뚫린다. 그 순간 너무나 편안한 환희지심으로 법열 같은 상태가 느껴진다. 빛구슬이 제 할일을 다 했다는 듯이 유유히 사라진다. 관음법문이 업그레이드되면서 신명이 붙은 거 같은데, 자세한 건 잘 모르겠다. 불규칙적이다.

좌선 중에 인당 사이로 빙의령이 빠져 나가는 장면이 보인다. 흰색 영체처럼 보이는데 스르르 빠져 나간다. 오늘 오전 수련중엔 운기가 강해지자 자동으로 출신(出神)이 일어나려 한다. 내 몸과 영혼이 분리되려는 듯이 들썩들썩 거린다. 안되겠다 싶어 하단전에 강하게 집중하였다.

빙의령과 중음신들이 이젠 더 이상 두려움의 대상이 아니다. 마음만 먹으면 이 존재들을 언제든 천도시킬 수 있다. 웬만한 중음신들은 강한 호흡 몇번이면 흩어져 버린다. 강력한 원령의 정체가 잘 안 드러났었는데 집중하면 전체 실루엣이 보인다. 지난 주말에는 등산중에 강한 영이 들어 왔는데 집중해서 보니 웬 기생령이 들어와 있다. 가끔씩 무녀령도 들어오는데 선도수련자와 무슨 인연인지 잘 모르겠다.

얼마 전엔 이웃님의 오래된 빙의령이 들어 왔는데 깊은 호흡 몇번 만에 3~5분? 만에 금새 천도되었다. 아무리 강한 원령도 거의 하루 이틀 정도만 머물다 나가고 있다. 이들의 파장에 더 이상 감정이 출렁이지도 흔들리지도 않는다. 오욕칠정의 감정에 부동심이 빠르게 회복된다.

조화주본성 조화주하느님 조화주무심

2017년 06월 26일 월요일

강력한 원령이 주말 내내 머무르다 어제 새벽 12시경 스멀스멀 빠져 나간다. 자고 일어나니 어느새 또 다른 손님이 들어와 있다. 컨디션이 좋아 카페 한번 둘러보고 바로 좌선에 들었다. 천지기운 한기운 천상천하유아독존... 조화주하느님... 빙글빙글 상체가 돌며 기운을 모은다. 백회로 기운이 끊기지 않고 지속적으로 내려온다.

조화주 하느님을 암송하고 있는데 느닷없이 지난주에 별다른 효과를 못 보던 시천주주(侍天主呪)가 저절로 암송된다. 상념으로 알고 그냥 조화주하느님을 암송하는데 다시 떠오른다. 아무래도 안되겠다 싶어 시천주주를 암송해 보았다. 그 순간 처음 경험하는 형태의 진동이 머리를 기준으로 시작된다. 도리질인데 상당히 특이한 도리질이다. 백회로 일직선상의 원통의 기운이 연결된다.

그런데 시천주 마지막 문구 '시천주조화정 영세불망만사지 ○○○○원위대강' 뒤에 네 글자가 도저히 생각나지 않는다. 좌선하다가 일어날 수도 없고 하는 수 없이 4자를 빼고 그대로 암송하였다. 잔잔한 폭포 같은 기운이 여전히 쏟아진다. 내일은 완전한 문구로 암송해 볼 예정이다.

결과적으로 주문수련도 상당한 정성과 반복이 필요한 것으로 보인다. 지난주 등산 중에 그렇게 외워도 별다른 반응이 없어 포기하고 말았는데 지도령이 안되겠다 싶었나 보다. 오늘 좌선수련에서는 꼭 내 주문이라도 된 것마냥 입에 착착 감긴다. 시천주주를 돌려보고 내친 김에 태을주까지 시도해 볼 예정이다.

2017년 06월 28일 수요일

도전(道典) 포스팅에 관한 의견을 나누다가 일공 선배님과 심하게 말다툼을 하였다. 너무나 갑작스럽게 벌어진 일이라 후회막급이었다. 결국 이 일로 일공 신지현 선배님이 카페 탈퇴까지 하였다. 내가 초청해서 어렵게 모신 분인데 순간적으로 화를 참지 못하고 일을 그르치고 말았다. 이후에 신 선배님에게 여러번 사과를 하였지만 성격 차이가 있어 아무래도 카페 재가입이 어렵다고 하였다.

너무 죄송하고 후회스러운 일이 발생하고 말았다. 현묘지도 카페 멤버들이 그동안 일공 선배님과 많이 정들었는데 운영자의 부주의로 안타까운 일이 발생하였다. 일공 선배님이 안 보이니 꼭 마음 한쪽이 떨어져나간 것 같고 카페가 텅 빈 느낌이다. 시간이 흐른 뒤에 다시 한번 사죄할 예정이다.

2017년 06월 30일 금요일

오전 수련에 좌선하고 앉았는데 밤사이 들어온 상당히 강력한 원령이 가슴 전체를 누르고 있다. 기운이 강해져서 그런지 앉아 있기에 그렇게 힘들진 않았지만 기운이 약하게 들어온다. 천지기운한 기운... 천상천하유아독존... 마지막으로 조화주 하느님을 암송해봐도 들어오는 기운이 약하다.

30분쯤이 지났을까 또 다시 시천주주가 자동으로 암송되기 시작한다. 그런데 그 순간 갑자기 머리가 미친 듯이 도리질을 시작한다. 난생 처음 보는 도리질이다. 누가 보면 꼭 발작이라도 한 것처럼 보였을 것이다. 상식 밖의 도리질이 시작되고 상반신이 너무나 빠르게 회전한다. 가슴 전체를 누르고 있던 원령의 기운이 서서히 흩어지기 시작한다. 원령의 기운이 거의 사라져갈 무렵 영안으로 놀라운 장면이 펼쳐진다.

사람들이 미친 듯이 이리저리 뛰어다니고 하늘에서 거대한 불덩어리 같은 것이 떨어지고 있다. 이 화면이 잠시 보이다가 사라지고 또 다른 화면이 보였는데, 좌선이 끝나고 두번째 화면이 도무지 생

253

각이 안 난다. 수련을 마치고 곰곰이 생각을 해보니 이것이 아마도 도전에서 말하는 지축정립이지 싶다.

본능적으로 느껴지는 생각은 이 지축정립에 관한 영상이 아마도 이 주문 자체에 내포되어 있는 것으로 보인다. 도전(道典)과 주문 수련이 갈수록 흥미진진해지고 파헤쳐 보고 싶은 마음이 너무나 강하게 일어난다.

누구보다 수련방식이 나와 비슷한 분이신데 그동안 삼공 선생님의 말을 왜 무시하고 안 들었을까? 그도 그럴 것이 증산도(甑山道)와 관련된 일부 종교단체가 워낙에 사회적으로 이미지가 안 좋은 상태라서 나 또한 본능적으로 주문수련 자체를 거부했을지도 모르겠다. 이제라도 제대로 공부해 볼 예정이다.

한가지 궁금한 것은 삼공재에 고수분들이 몇분이나 계시는지는 모르겠지만 아마도 이분들이 모두 태을주 수련을 하고 있다면 이에 대한 언급이 선도체험기에 상당히 자주 올라 왔을 텐데 보이지가 않는다.

더 두고 봐야 할 일이지만 개인적인 생각으로는 이건 경고의 메시지로 보인다. 너무나 강력한 경고의 메시지... 차후에 수련중에 체험한 내용을 현묘지도 카페에 모두 공개하고 이성적으로 생각해 볼 예정이다. 아직은 잘 모르겠다. 더 자세히 더 깊게 공부하여 좀 더 확실하게 알아 봐야겠다.

2017년 07월 04일 화요일

최근 시천주주의 효과를 보면서 내친 김에 태을주와 오늘은 신성주를 테스트해 보았다. 신성주는 어떤 효험이 있는지 잘 모르겠다. 현재 여러 가지 테스트로 알아보고 있는 중이다.

오늘 몸이 피곤한 상태에서 신성주를 외우다가 깜박 졸았는데, 그 순간 등 뒤에서 완전체의 접신령이 느껴진다. 느닷없이 머리끄덩이를 낚아채고 흔들어대기 시작한다. 머리가 하도 심하게 흔들려 구토까지 나려했다. 다시 정신을 차리고 하단전에 집중하여 접신령을 몰아냈다. 지도령이 주문수련은 이와 같이 한시도 정신을 차리지 않으면 신명(神明)들에게 휘둘릴 수도 있다는 것을 보여주신 것 같다.

신성주는 암송하면 자주 신명계의 화면이 보인다. 항상 조심해서 암송해야 할 것으로 본다. 시천주는 암송하면 머리 위로 원통의 하늘 기운이 묵직하게 백회를 짓누르고, 태을주는 뜨거운 열탕 같은 기운이 온몸을 구석구석 돌아다니며 주천화후를 일으킨다.

얼마 전에는 수련을 끝내고 몸을 푸는데, 온몸이 후끈후끈 달아오르는 상태가 한동안 지속되었다. 태을주의 영향으로 보고 문득 드는 생각은 몸에 지병이 있거나 안 좋은 부분에 효험이 있다는 말이 맞을 것으로 보인다.

어제에 이어 오늘은 태을주와 시천주주를 암송하고, 연이어 신성주를 암송하여 보았다. 천지기운한기운... 천상천하유아독존 ... 조화주하느님... 태을주... 시천주주... 마지막으로 신성주를 암송하였다. 그런데 그 순간 갑자기 고승처럼 보이는 분의 영정이 보인다. 불교의 고승들이 입는 도포를 걸치고 있고 상당히 미남이고 젊으신 분이다.

신성주를 암송하자마자 왜 이분이 보였는지는 도무지 모르겠다. 이전 단독수련시 보았던 그분하고 비슷한 거 같기도 한데, 복장이 꽤 현대식과 유사한 불교 복장으로 보인다 무슨 총채 같은 것을 한손에 들고 있고, 붉은색 상의도포? 같은 것을 한쪽에 걸치고 온화한 미소를 짓고 있다. 젊은 나이에 견성을 하신 것으로 보이고, 국사 정도의 상당한 지위에 오른 것으로 보인다.

잠시 후 이분의 화면이 사라지고 또다시 처음 경험하는 진동이 시작된다. 양팔과 양어깨 양다리가 엇박자로 정반대 방향으로 돌아가기 시작한다. 참! 신기한 일이다. 이게 꼭 무슨 신령한 기운이 내 몸을 자동으로 움직여 주고 있는 느낌이 든다. 신성주에 대해서는 아는 바가 없어 현재 알아보고 있는 중인데, 추측으로는 고급령의 작용으로도 보인다. 아직은 잘 모르겠다. 일단 좀 더 테스트해 볼 예정이다.

2017년 07월 05일 수요일

신성주에 대해서 아무리 구글링을 해보아도 당최 상세한 설명을 못 찾겠다. 어제에 이어 오늘 오전 좌선수련에서도 태을주, 신성주, 시천주주를 차례로 테스트 해보았다.

태을주에 이어 신성주를 암송하는데 그 순간 염화미소와 함께 환희지심이 일어난다. 왜 이렇게 마음이 편안하고 기쁨에 넘치는 것인지는 신성주에 대한 정보가 없어 잘 모르겠다. 꼭 무엇인가에 홀린 거마냥 입가에 미소가 사라지지 않는다. 너무나 릴렉스된 상태... 충만한 기쁨의 상태... 이 상태로 암송을 지속하자 또 다시 특이한 도리질이 시작된다.

좌선을 마치고 신성주를 불안감이나 우울감을 일으키는 원령이 들어 왔을 때 암송하면 좋겠다는 생각이 든다. 각 주문 별로 시기 적절하게 잘 이용하면 수련에 도움이 될 것으로 보고, 오늘부터 일상생활에서 테스트해 볼 작정이다.

그러나 나중에 알게 된 사실은 증산도에서 신성주의 앞부분만 일부 따로 떼어 암송하는 것으로 보인다. 원래의 완전체 문장은 상당히 긴 문구이다. 그래서 그런지 신성주는 완전하지 않고 조금 불안한 느낌이다. 자주 다른 차원의 화면이 보이는데 수련이 깊은 단계가 아니라면 상단전만 열리는 조금 위험한 주문으로 보인다. 사실 신성주는 도전에 나와 있지도 않고 증산상제가 살아생전에 언

급한 내용도 없는 것으로 보인다.

일단 현묘지도 카페 멤버님들에게는 신성주는 당분간 암송하지 말기를 당부했다. 신성주는 현묘지도 수련을 완수하고 수련이 깊어진 상태에서 집중수련을 할 때 이용하면 좋을 것으로 본다. 순간적으로 신(神)이 밝아지는 힘이 있는 것으로 보인다. 그러므로 수련이 깊지 않은 상태에서는 위험할 것으로 보인다.

강일순 상제가 유독 주문수련의 가르침에 중점을 둔 건 누구나 반복하여 암송하면 효과를 볼 수 있게 했던 것으로 보인다. 상세한 내용은 아직 파헤쳐보지 않았지만, 수련자가 주문을 외우면 자신과 천지기운과 하나가 될 수 있게 한 것으로 본다.

결과적으로 일반인보다는 기수련을 하고 기운을 끌어 올 수 있는 수련자가 더 큰 효과를 볼 수 있을 것이다. 각 개인별로 수련의 정도에 따라 들어오는 기운이나 기감 또한 다를 것으로 본다. 여기서 문득 드는 생각은 태을주, 신성주, 시천주주를 모두 한번에 암송하면 어떻게 될까? 개인적으로 테스트해본 결과로는 위의 세 가지 주문을 함께 암송할 경우 기운이 흩어지는 느낌이다.

2017년 7월 12일 수요일

어제 저녁에 잠자리에 드는데 갑자기 환희지심이 일어난다. 너무나 평온하고 기쁨에 넘치는 상태... 한동안 환희지심에 휩싸이다가 나도 모르게 잠이 들었다.

오전 수련에 자꾸만 '조화주 본성'과 '천상천하유아독존'이라는 말이 반복되어 떠오른다. 이 두 문구를 암송하다가 신성주를 거쳐 태을주로 넘어 갔다. 그 순간 머리 뒤에서 슬로우 비디오처럼 태모님의 모습이 스르르 영안으로 모습을 드러낸다.

너무나 눈부신 흰색 옷을 입고 밝고 은은하게 빛나는 노랑색 빛덩어리에 둘러싸여 있다. 상당히 선명한 모습이고 마치 눈앞에서 보는 화면 같은데, 오래전부터 태모님을 알고 있었던 친근한 느낌이 든다. 나도 모르게 미소가 지어진다. 그냥 한참을 넋 놓고 바라보다가 문득 한가지 부탁을 하고 싶어진다. 가르침을 널리 알릴 테니 구경각(究竟覺)에 이를 수 있도록 도움을 달라고 파장을 보냈다. 그 순간 마음이 너무나 편안해진다.

잠시 후 시천주주로 넘어가자 태모님이 사라지고 스르르 강증산 상제의 살아생전 모습이 축소된 크기로 영안에 나타난다. 그런데 특이한 건 강증산 상제의 모습은 짧게 보이다가 이내 사라지고 다시 태모님의 선명한 모습이 나타난다. 다음 도통은 치마폭에서 나온다는 말이 무슨 의미인지도 알 것만 같다.

오전 수련을 마치고 출근길 차안에서 특이한 경험을 하였다. 가슴속 깊은 곳에 작은 구멍이 생겨 그곳에서 샘물 같은 따뜻한 기운이 흘려 내리고 있다. 또 다시 환희지심이 일어난다. 모든 두려움과 오욕칠정이 사라지는 느낌이다. 이 상태가 유지되면서 나도 모르게 덩실덩실 춤을 추고 있다. 한동안 너무나 평온한 마음이 지속되다가 눈가에 눈물이 고인다. 그냥 행복한 눈물이다.

위의 두 단계를 거치고 마음이 무심한 상태로 빠져든다. 마음이 없는 상태가 어떤 상태인지 알 것도 같다. 자동으로 염화미소가 지어진다. 이유 없는 기쁨이 다시 일어나고 샘물 같은 포근한 기운이 솟아오른다. 아무래도 지난 2015년 2월 11일 지도령에게 받은 마음 심(心)자 화두가 깨진 것 같다. 이 상태가 지속되는지 오늘 하루 종일 관찰해 볼 예정이다.

2017년 7월 14일 금요일

어제 잠을 늦게 자서 오전 수련을 하다가 도중에 중단하고 말았다. 개인적으로는 몸 상태가 좋지 않으면 아예 수련을 제끼고 그냥 편하게 잠들곤 한다. 그래야 다음 수련 때 컨디션이 더 좋아지게 된다. 몸 상태가 안 좋은데 어거지로 하게 되면 피로가 가중되어 하루 종일 리듬이 깨지고 만다.

오전 수련을 못 하게 되면 주로 차안에서 호흡하는데, 최근에는 신성주, 태을주, 시천주주를 위주로 테스트해 보고 있다. 주로 주문암송과 마음 상태를 보고 있고, 주문에 따른 기운의 흐름을 관찰하여 보고 있는 중이다. 신성주를 암송하다 태을주로 넘어갔는데 문득 내가 외우는 거 말고 동영상으로 들어도 효과가 있는지 궁금하다. 태을주를 검색하여 차안에 오디오로 듣고 있자니까 역시나 어느 정도 효과가 있어 보인다.

그런데 한가지 더 궁금한 것이 예전에 블로그의 이웃님 중에 능엄주를 암송하여 효과를 보고 있다는 말이 생각난다. 작년에 잠깐 능엄주를 읽어 보았는데 완전 산스크리트어로 된 외래어라 도무지 시도해 볼 엄두가 나지 않았다. 불교의 주문은 원래 증산교 주문의 테스트가 모두 끝나면 하려 했는데 내친 김에 오늘 다시 한번 시도해 보았다. 마침 태을주를 유튜브로 듣고 있다가 이 능엄주도 검색이 되어 가볍게 들어 보았다.

그러나 역시나... 당최 무슨 말인지 통 못 알아 듣겠다. 그냥 틀어두고 무심하게 운전을 하며 가는데 20분이나 지났을까? 그 순간 놀라운 현상이 시작된다. 별안간 내 위아래 치아가 딱딱딱 자동으로 부딪히기 시작한다. 딱딱딱딱딱... 딱딱딱딱딱딱... 쉬지 않고 강약 조절과 함께 리듬을 타고 끊임없이 반복하고 있다. 추론으로는 능엄주가 한국말로는 어렵고 내가 내용을 모르니 이렇게라도 자동 암송이 되는 것으로 보인다. 점점 소리가 커지더니 유튜브에서 나오는 스님의 능엄주 파장과 동조하려 하고 있다. 아니 음(音)을 맞추고 있다.

참! 신기하단 말이지... 아마도 지금 내 수련 상태가 지도령이 주문수련을 하는 시기라 말하는 것만 같다. 예전에는 그렇게 주문수련을 하려 해도 화두 같은 '천상천하유아독존'이라는 문구가 떠오르며 강력하게 거부감이 일어났었다. 이젠 전연 그런 증상이 없고 오히려 모든 주문 암송을 모조리 테스트해 보라는 파장이 전해진다.

이번 현묘지도 수련중에 지도령 말고 선계의 스승님중에 지위가 더 높은 큰 스승님과 기운줄이 연결된 것을 느꼈다. 아마도 이분의 간섭작용으로 보여지고, 좀 더 차원이 높은 공부를 시키려는 것으로 보인다.

한동안 치아가 힘차게 부딪히더니 나중엔 지병이 있는 오른쪽 팔을 자동으로 쓰다듬기 시작한다. 회사 도착을 20~30분 정도 앞두고 치아는 위아래가 부딪히고 갈리는 동작이 반복되며 오른팔을 쓰다듬고 있다. 더 희안한 건 회사 입구에 도착하자 모든 동작이 자동으로 멈추어진다.

강한 호기심이 드는 건 삼매에 들어가는 암송이 있다는데, 최종이 주문을 테스트해 볼 예정이다. 최근 급격하게 변화하고 있는 수련상태에 대해 선계의 스승님들과 모든 천지신명에게 감사드린다. 사실 나는 오래 전부터 이런 식으로 선계의 스승님들의 전폭적인 도움이 없었다면 여기까지 올 수 없었을 것이다. 이런 사실로 본다면 선도 수련자에게 단독수련이란 없는 것일지도 모른다.

2017년 7월 20일 목요일

오늘 퇴근 후에 엘리베이터를 타고 올라가는데 4~5살 먹은 어린애가 자꾸만 버튼을 눌러댄다. 날도 더워서 짜증이 나는데 층마다 자꾸만 문이 열리니 나도 모르게 울화통이 터진다. 개나리 시키가... 스마트 삼매경에 빠져있던 아이 엄마가 그때서야 눈치를 챘는지 아이를 나무라고 째려보기 시작한다. 그런데 이놈의 시키가 미운 네살이라 그런지 아랑곳 하지 않고 자꾸만 버튼에 손가락을 올려놓는다. 아이 엄마는 금방이라도 때릴 기색을 하며 두 눈에서 레이저를 뿜어대고 그 덕에 나는 어느덧 엘리베이터를 벗어났다.

그런데 그 장면을 보고 있자니까 문득 오늘 오후 내내 중단전을 들락거리던 빙의령들이 떠오른다. 요즘에는 원령들도 거의 3단계인 순간적인 피로감 후에 바로바로 천도되는 새로운 양상을 띠고 있다. 즉 급하게 들어 왔다가 순식간에 대량의 기운을 흡수하고 빠르게 떨어져 나간다. 최근에 기력이 강해져서 그런지 심신의 괴로움도 거의 사라진 상태인데, 이렇게 순식간에 들어왔다가 나갈 때는 중단전에 파도처럼 휘몰아치는 복잡한 감정이 훅하고 일어난다.

바로 그 순간 마음 상태에 집중하게 되는데 이때 필요한 것이 강력한 관(觀)의 힘이다. 수련 초기에는 관의 힘이 약한 편이라서 아무리 집중해도 사실상 별다른 효력을 발휘하기가 어렵다. 점점 기력이 향상되고 도력이 높아지면 관의 힘도 강해지게 되는데 관이란 한마디로 그냥 노려보는 것이다. 미운 네살의 아이를 노려보는 엄마의 그 매서운 눈빛... 그 눈빛에는 상당한 에너지 즉 기운이 실리게 된다. 고양이가 쥐를 노려보는 정도로는 사실상 원령에게 큰 효력을 기대하기 어렵다. 지랄맞게 말을 안 듣는 미운 네살의 아이를 꼼짝 못하게 하는 바로 그 강렬한 눈빛이 필요한 것이다. 그래도 요즘 아이들은 참 살기 좋은 세상이지 내가 어릴 때는 엄마한테 연탄집게로 두들겨 맞곤 했으니까.

2017년 7월 24일 월요일

오전 수련에 들어 주문수련을 하는데 이상한 일을 경험하였다. 신성주를 지나 태을주를 암송하는데 20분쯤 지났을까? 생전 처음 경험하는 진동이 시작된다. 양팔이 완전히 뒤로 제껴지고 머리가 하늘을 향해 완전히 젖혀진다. 그 순간 도리질과 함께 심한 진동이 시작된다. 그 상태로 5~10분이 지났을까? 천리전음이 들리기 시작한다.

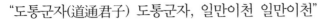

"도통군자(道通君子) 도통군자, 일만이천 일만이천"

영안으로 우주공간이 보인다. '도통군자 도통군자'라는 천리전음이 끝임없이 반복된다. 태을주는 어느새 집어치우고 '일만이천 도통군자'가 말만 자동으로 되풀이되며 암송되고 있다. 한참을 이런 상태로 자동 암송이 되다가 도저히 안되겠다 싶어 시천주주로 넘어가려 하는데 다음 말이 더 압권이다.

"조화주 하느님 아버지, 조화주 하느님 아버지, 도통군자"라는 암송과 함께 영안으로 오버랩된 증산상제의 살아생전 모습이 보인다.

2017년 7월 25일 화요일

오전 수련에 들어 주문수련을 하는데 어제와 같은 현상이 벌어진다. 신성주를 지나 태을주를 암송하는데 얼마 되지 않아 또 다시 특이한 진동이 시작된다. 양팔이 앞으로 올라갔다가 완전히 뒤로 제껴지고 머리가 하늘을 향해 완전히 젖혀진다. 그 순간 도리질과 함께 심한 진동이 시작된다. 그 상태로 5~10분이 지났을까? 천둥소리 같은 천리전음이 들리기 시작한다. "하느님! 하느님 하느님"

영안으로 푸른 대지 위에 한 무리의 사람들이 보이고 오색찬란하고 신령한 구름이 뒤엉켜 있다. 여러 겹의 신령한 구름이 사라지고 눈부신 빛덩어리가 보인다. 황금색 빛덩어리다. 또 다시 천리전음이 들린다.

"하늘이 열린다, 하늘이 열린다!, 하늘이 열린다."

진동이 지속되고 연이어 천리전음이 들린다.

"증산상제 증산상제 증상산제"

메아리처럼 끊임없이 반복된다. 다시 천리전음이 바뀐다.

"도통을 받겠나? 도통을 받겠나? 도통군자! 도통군자! 도통군자! 하늘이다! 하늘이다! 하늘이다!"

마지막엔 한마디가 반복된다.

"천지조화도통! 천지조화도통! 천지조화도통!"

이 말이 거의 30분 넘게 반복된다. 태을주는 증산상제와 통하는 문으로 보인다. 오늘은 몇번 암송하다가 천리전음이 들려 아예 외우지도 못했다.

2017년 7월 26일 수요일

오전 수련에 들어 주문수련을 하는데, 태을주로 들어가자 삼일째 같은 현상이 벌어진다. 신성주를 지나 태을주를 암송하는데 얼마 되지 않아 또 다시 특이한 진동이 시작된다. 양팔이 앞으로 살짝 올라갔다가 서서히 뒤쪽 아래로 제껴지고 머리가 하늘을 향해 완전히 젖혀진다.

그 순간 도리질과 함께 심한 진동이 시작된다. 그 상태로 5~10분이 지났을까? 매번 그분이 내려오시기 전에 느껴지던 가슴 벅찬 감정이 솟아오른다. 신령한 오색구름으로 뒤엉킨 하늘이 보이고 그분의 존재가 강렬하게 느껴진다. 천둥소리 같은 천리전음이 들리기 시작한다.

"하늘 땅 바람! 하늘 땅 바람! 하늘 땅 바람!"

위 세가지 단어들이 한동안 지속되다가 다시 바뀐다.

"천지조화 권능! 천지조화 권능! 천지조화 권능! 하늘이 열린다! 하늘이 열린다! 하늘이 열린다!"

다음 말이 가장 압권이다.

"삼천대세대권! 삼천대세대권! 삼천대세대권!, 천지조화대권! 천지조화대권! 천지조화대권!"

진동이 지속되고 연이어 천리전음이 들린다.

"도통군자! 도통군자! 도통군자!"

아울러 어제는 "받겠나?"라는 물음이 오늘은 자동으로 "받겠습니다 받겠습니다 받겠습니다"라는 천리전음이 들려온다.

선택의 여지가 없어 보인다. 천리전음이 지속된다.

"삼천대세대권! 천지조화대권!"

이 말이 번갈아 가며 20분 넘게 반복된다. 맨 마지막엔 자동으로 머리가 숙여지고 "하느님 아버지"라는 말이 들려온다. 아무래도 증산상제의 도통군자 수업이 시작된 것 같은데 문득 현묘지도 수련이 끝나고 삼공 선생님이 달아주신 논평이 생각난다.

'이제는 스승님들의 바통을 이어받아 우리가 직접 뛸 차례입니다.'

수련 중에 현묘지도 공처 단계에서 보았던 전생의 모습인 조선시대 명장 '이순신 장군'의 모습이 선명하게 오버랩 된다. 마지막을 시천주주로 마무리하는데 그 명장으로 살았던 생(生)이 하늘을 감동시켰다는 파장이 전해져 온다. 그분의 모습과 함께 증산상제가 나타날 때와 같은 진동이 시작되고 "우국충절(憂國忠節)"이란 파장이 전해져온다. "위기의 순간에 여러 사람을 구하라"는 메시지가 전달되어 온다.

2017년 7월 27일 목요일

오전 수련에 태을주로 들어가자 또 다시 그분이 내려오시기 전에 매번 느껴지는 가슴 벅찬 감정이 솟아오른다. 순간적으로 카타르시스 같은 감정이 일어나고 잠시 후 면류관을 쓰고 황금색 용포를 입으신 증산상제의 모습이 보인다. 이내 진동이 시작되고 양팔이 마치 갓난아기를 안듯 앞으로 서서히 올라가는데 그 순간 거대한 지구가 품에 안긴다. 지구를 안은 채 상반신 전체가 회전하며 천리전음이 들려온다.

"증산상제! 증산상제! 도통군자! 도통군자! 도통군자!"

한동안 진동이 지속되다가 양팔이 서서히 뒤쪽 아래로 제껴지고 머리가 하늘을 향해 완전히 젖혀진다. 그 순간 열풍 같은 기운이 상반신 전체로 쏟아져 내려온다.

오늘 수련은 이전과 조금 다른데 천리전음은 거의 들리지 않고 기운으로만 느껴진다. 천리전음은 도통수련에 들어가기 전에 워밍업 단계로 보인다. 좀 더 지나봐야 알겠지만 특이한 도법이나 도술을 전수하려는 것이 아니고 기운으로 변화가 생길 것만 같다. 맨 마지막엔 자동으로 머리가 숙여지고 "하느님 아버지" 라는 말이 들려온다.

2017년 7월 28일 금요일

어제 저녁에는 일공 선배님에게 처음 느꼈던 도전의 기운, 즉 증산 상제의 기운이 몇 시간 동안이나 들어왔다. 처음 몇 시간은 시천주주 암송시 백회로 들어오는 거대하고 묵직한 원통 느낌의 천지기운이 들어왔다. 연이어 태을주 암송시 들어오는 너무나 강렬하고 뜨거운 기운이 중단전을 휘젓고 다녔는데, 태양같이 이글거리는 기운이 중단전을 녹여내고 급기야 열풍 같은 기운이 상반신 전체와 머리까지 휘감았다.

아무래도 들어오는 기운이 심상치가 않았는데 오늘 오전 수련에 역시나 특이한 경험을 하였다. 좌선하러 앉기도 전에 난생 처음 경험하는 공포심이 밀려온다. 너무나 두려운 기분... 감당할 수 없는 공포감... 생전 처음 이런 공포감을 느껴봤다.

평상시처럼 '천지기운한기운'을 암송하여 기운을 모으고 신성주로 넘어가려는 순간 본성의 목소리가 들려온다. 신성주고 시천주주고 모두 집어치우고 빨리 태을주 암송을 하라는 천리전음이 전해져 온다.

"태을주... 태을주... 태을주..."

전에 없이 마음이 흔들려 도저히 태을주로 넘어갈 수가 없었다. 안되겠다 싶어 흔들리는 마음을 신성주로 안정시켰다. 평소보다 짧은 시간 동안 신성주를 암송하고 태을주로 넘어가는데 그분이 내려오시기 전에 느껴지는 가슴 벅찬 감정이 솟아오른다. 연이어 열풍 같은 뜨거운 증산상제의 기운이 쏟아져 내려온다. 잠시 후에 특유의 진동이 시작되고 전생의 한분인 고려 태조 왕건의 모습이 선명하게 보인다.

전생의 모습이 사라지고 최수운의 화면이 잠깐 보인 후 김일부라는 이름이 '정역(正易)' 이라는 단어와 함께 천리전음으로 들려온다. 마지막에는 면류관을 쓰고 황금색 용포를 입고 앉아계신 증산

270

상제님의 모습이 너무나 선명하게 보인다. 전생의 "고려 태조 왕건의 생(生)에서 경험한 화합과 조화"를 이루라는 텔레파시가 강하게 전해져 온다.

"증산상제! 증산상제! 하늘이다! 하늘이다!"라는 천리전음이 반복된다. 잠시 후에 또 다시 주체할 수 없는 공포심이 밀려온다.

"원시반본! 원시반본! 원시반본!"이라는 천리전음이 메아리친다. 연이어 두려운 단어가 너무나 강렬하게 천둥소리처럼 들린다.

"물과 불로 친다! 물과 불로 친다! 물과 불로 친다! 물과 불! 물과 불!"

공포심으로 복잡한 감정이 일어나고 순간적으로 격정적인 감정에 나도 모르게 소리를 지른다.

"기회는 줘야지! 기회는 줘야지!"

너무나 가슴 아픈 감정이 일어나고 어느새 눈물을 흘리고 있다.

"기회는 줘야지... 기회는... 기회는..".

그러나 정작 더 두려운 말은 그 다음에 들려왔다.

"다 죽는다! 다 죽는다! 다 죽는다!" 이 문구가 천리전음으로 들리자 진동이 미친 듯이 일어나기 시작한다. 끝임없이 반복된다.

"다 죽는다! 다 죽는다! 다 죽는다!"

상체가 감당하기 힘들 정도로 휘몰아친다. 본성의 반응으로 보인다. 천리전음이 다시 '해원상생'이라는 말로 바뀐다.

"해원상생! 해원상생! 해원상생!"

잠시 후 영안으로 순백의 드레스를 입은 여신 같은 천사가 보이는데, 양팔로 평화의 깃발 같은 것을 들고 서있다. 파란 하늘 아래 순백의 천사가 평화의 깃발을 휘날리고 있다. 환희지심이 일어나고 다시 천리전음이 시작된다.

"그분이 오신다! 그분이 오신다! 그분이 오신다! 증산상제! 증산상제! 하늘이다! 하늘이다!"

자동으로 앉은 채 절을 한다. "해원상생! 원시반본! 세계평화!"라는 천리전음이 끊임없이 들리고 또 다시 미친 듯한 진동이 시작된다. 상체와 머리가 너무나 세차게 흔들리고 커다란 동선의 원형을 만들기도 한다. 한참을 돌다가 다시 천리전음이 바뀐다.

"해원상생, 증산상제, 하느님 아버지, 해원상생, 증산상제, 하느님 아버지"

자동으로 앉은 채로 절을 한다. 마지막에 "여러 사람을 구하라"는 메시지가 전해져 온다. 시간을 보니 어느새 한시간이 훌쩍 지나있다.

2017년 7월 29일 토요일

어제 삼공 선생님에게 최근 태을주 도통수련 문의에 대한 회신

272

을 받았는데, 새로운 개벽의 시기에 도통군자가 되려면 이에 걸맞는 공부를 하라는 의미라고 하신다. 아마 삼공재에서는 일공 신지현 선배님이 태모님으로 부터 도통수련(道通修鍊)을 받고 있는 것으로 보인다.

현재 다른 수련단체에서 몇분이나 나와 비슷한 경험을 하시는 분들이 있을런지 모르겠지만 앞으로 체험하는 도통수련(道通修鍊) 내용은 수위 조절은 하겠지만 가능한 빠짐없이 모두 공개할 예정이다. 이렇게 모두 공개하는 이유는 선도체험기 독자분들이나 삼공재 제자분들도 앞으로 소주천, 대주천, 현묘지도를 지나 언젠간 나와 같은 도통수련(道通修鍊)을 받게 되리라 믿기 때문이다.

그렇다고 지금 당장 이전까지 해오신 선도수련과 다른 것이냐고 오해하실지도 모르는데, 지금까지 해오신 것처럼 본인 수련 상태에 맞게 수련하시면 될 것으로 보인다. 다만 늘 도전(道典)을 가까이 하고 태을주 수련에 지극정성을 다하면 될 것으로 보인다. 현묘지도를 지나 최종 도통수련을 받을 수도 있다는 뜻이고, 도통수련은 곧 구경각(究竟覺) 수련으로도 볼 수 있기 때문이다.

오늘 좌선하고 신성주를 암송하는데 증산상제 기운이 태을주를 암송하기도 전에 들어온다. 태을주로 넘어가자 "호연이"라는 이름이 약하게 들린다. 잠시 후 순백의 옷을 입은 생소한 여인의 모습이 보인다. 이 여인이 사라지고 "복남이"라는 말이 자꾸만 무의식적으로 올라온다. 아마도 증산상제와 관계가 있던 중요 인물들이 함께 연상되는 것으로 보인다.

연이어 양팔이 앞으로 이동하는 특유의 진동이 시작되고 상반신이 슬로우 비디오처럼 서서히 움직인다. 다시 양팔이 아래로 쭉 뻗어 수련 시작을 알린다. 태모님과 증산상제의 모습이 선명하게 보인다. 앉은 채로 자동으로 인사가 되고, 나도 모르게 "사랑합니다. 하느님 아버지 어머니"라는 말이 올라온다.

아련하게 "도통을 준다 도통을 준다"라는 말이 들리다가 서서히 천리전음으로 바뀌고 선명하게 들린다. 그런데 진동이 너무나 고요하다. 마음이 너무나 편안한 상태. 진동이 서서히 슬로우 비디오처럼 일어난다. 연이어 "도통 도통 도통군자 도통군자"라는 천리전음이 들려온다. 진동이 약간 빨라지며 천리전음이 바뀐다.

"도통군자! 성인군자! 도통군자! 성인군자! 도통군자! 성인군자!"

진동과 도리질이 미친 듯이 빨라진다. 상체가 앞뒤로 너무나 빠르게 진동하고, 잠시 후 머리만 신들린 사람처럼 고속으로 도리질이 된다.

"도통군자! 성인군자! 도통군자! 성인군자! 도통군자! 성인군자!"

가슴 속에 환희지심이 일어난다. 잠시 후 세종대왕의 선명한 모습이 오버랩된다. "도통군자! 성인군자!"라는 천리전음과 함께 화면이 지속된다. 도통군자란 세종대왕과 같은 성인군자라는 의미로 보인다. 개인적인 생각으로는 도통수련이라는 것이 구경각으로 갈 수 있는 또 다른 수련법으로도 보인다.

증산상제가 처음 나타나는 날 테스트를 받았는데 "도통을 받겠나?"라고 물었을 때 욕심을 부리지 않았다. 무심한 상태로 '구경각'을 암송하고 "도통을 받겠나?"라는 천리전음 뒤에 '구경각'이라는 단어를 함께 암송하였다. "도통군자 성인군자"라는 천리전음이 너무나 강렬하게 들려오고 가슴이 벅차오른다. 나도 모르게 덩실덩실 춤을 추는 진동을 하고 있다.

증산상제가 말하는 후천의 세상이라는 게 이런 느낌인가 보다. 그러나 가슴 아프게도 어제 받은 '지축정립'의 파장은 더 이상 일어나고 안 일어나고의 문제가 아니다. 증산상제가 보내온 파장은 '반드시'의 의미로 너무나 명확하게 '대개벽'이 일어난 후의 일을 전달하여 주고 있었다. 즉 '어쩌면'의 파장이 아니고 '반드시'의 파장이다. 화면과 진동 파장 세가지 모두가 하나의 결과를 말하고 있다. 여기서 나 스스로가 가장 선명하게 받는 것은 본성이 느꼈던 두려움의 파장이다. 앉은 채로 자동으로 절을 하고 시천주주로 마무리하였다.

2017년 7월 30일 일요일

오늘은 신성주를 암송하고 있는데 자동으로 도통수련시 시작되는 특유의 동작, 양팔이 위로 올라간다. 이전에는 태을주를 어느 정도 암송하고 시간이 지나야 했는데 오늘은 아예 신성주 암송시 진동이 시작된다. 신성주는 꼭 도통수련을 받기 전에 워밍업 단계인 준비운동을 하는 주문으로 보인다. 증산상제가 스쳐 지나간다.

너무나 부드러운 진동이 한동안 지속되고, 연이어 양팔이 아래로 쭉 펴지며 본격적인 도통수련이 시작된다. 영안으로 신비한 반투명 물질로 이루어진 거대한 산 같은 피라미드 3개가 보인다. 정 가운데 피라미드가 가장 인상적이다.

잠시 후 '정구공'이라는 천리전음이 약하게 들린다. 잠시 후 다시 '정구공'이라는 말이 메아리친다. 한동안 잔잔한 진동이 지속되고 영안으로 허공에 떠있는 작은 모양의 반투명 삼각형 피라미드가 또렷이 보인다. 다시 삼각형이 보이고 피라미드 속에 눈동자가 박혀있다. 눈동자 모양을 품은 피라미드가 빙글빙글 돌다가 인당으로 들어온다. 그러나 별다른 느낌은 없다. 잠시 후 내 본명이 천리전음으로 들린다.

"김대봉(金大奉)! 김대봉! 김대봉!"

고개가 끄덕이는 진동이 미친 듯이 시작된다.

"김대봉(金大奉)! 김대봉! 김대봉!"

진동이 너무나 심해 머리가 곧 떨어져 나갈 것만 같다. 알 수 없는 감정으로 가슴이 벅차오른다. 한참을 진동하다 다시 천리전음이 바뀐다.

"삼천대세대권! 삼천대세대권! 삼천대세대권! 천하대세대권! 천하대세대권! 천하대세대권!"

진동이 강렬하게 지속된다. 연이어...

"천지조화신통! 천지조화신통! 천지조화신통!"

다시 바뀐다.

"하늘 땅 바람, 하늘 땅 바람, 하늘 땅 바람"

따뜻한 기운이 상반신 전체에 흐르고 다시 잔잔한 진동으로 변해 가는데, 순간적으로 도고마성(道高魔盛) 현상이 일어난다. 그런데 그 순간 천리전음이 들려온다.

"누가 내 일을 방해하느냐? 누가 내 일을 방해하느냐?"

앉은 채로 자동으로 절을 하고 시천주주로 넘어 갔는데, 오늘은 시천주주 암송이 끝나고 다시 자동으로 절을 한다. 마지막 천리전음은 "하느님 아버지, 하느님 아버지"

오전 수련을 마치고 어제부터 곰곰이 최근 수련 내용을 돌아보니 이게 아무래도 작년 단독으로 현묘지도 테스트를 할 때부터 시작된 현상이다. 당시에 현묘지도 1단계를 화두 없이 시작하는데, 영안으로 연꽃 위에 앉아 계신 분이 보였다. 느낌상으로는 아마도 초대 현묘지도 전수자 분이신 거 같은데 그분이 나를 보자 벌떡 일어나 너무나 반갑게 맞아 주셨다. 당시에 참 의문이 들었던 것은 현묘지도 초대 전수자라면 나보다는 한참 위에 계신 분일 텐데, 영안으로 보고 받은 느낌은 그분이 오히려 나보다 지위가 낮은 분으로 보였다. 이 부분이 한동안 화두로 떠올랐다.

마지막 화면은 하늘에서 옥황상제로 보이는 분이 내려왔는데 당시 느낌은 현묘지도 스승님들보다 이분이 더 위에 계시다는 느낌을 받았는데 이 점이 좀 상식적으로 이해가 가지 않아서 블로그 이웃님에게 부탁드렸다. 삼공재에 가면 옥황상제와 선도수련이 대체 무슨 관계가 있는지 물어봐 달라고 부탁을 한 것이다. 당시에 삼공 선생님이 하신 말씀은 "도전(道典)을 읽어봐야 합니다. 관계가 있습니다"라는 말을 해주셨다.

최근에 이런 이해할 수 없었던 의문들이 하나씩 풀려가고 있다. 선도수련을 시작하고 좌선하자마자 너무나 뜨거운 기운을 느끼고 대주천시 칭하이 무상사의 영체가 나타난 일... 환웅천황이 내려오고 삼합진공 시 너무나 강렬한 석가모니 부처의 기운이 거의 한 달 내내 내려왔던 일... 지도령에게 2015년 2월 11일 느닷없이 마음 심(心)자 화두를 받은 일... 태을주(太乙呪) 수련으로 마음 심자 화두를 깨트린 일... 도봉산 원통사 근처만 가면 용광로 같은 기운이 중단을 열어주고, 신령한 기운이 내 주위로 둘러싸였던 일...

삼공 선생님이 현묘지도 화두를 각 단계 별로 7개의 봉투에 담아 주신 일... 환하게 웃으시며 너무나 당연하게 깨보라고 하신 일... 혼자서 2주 만에 모든 현묘지도 화두를 너무나 빠르게 깨트린 일... 도호를 내 본명으로 지어주신 일... 모든 현묘지도 화두를 깨트리고 자동으로 바닥까지 엎드려 한참 동안이나 절을 한 일... 일공 선배님를 만나고 태모님의 기운으로 대대적인 기갈이를 하고 생전 처음 기몸살을 경험한 일...

2017년 7월 31일 월요일

오전 수련에 신성주를 암송하고 어느 정도 시간이 지나자 태을주를 암송하기도 전에 천리전음이 들린다.

"그분이 오신다! 그분이 오신다!"

잠시 후 하단전에 원형을 만들고 있던 양손이 자동으로 벌어진다. 증산상제의 모습이 스쳐 지나가고 양팔이 위로 올라간다. 그런데 오늘은 조금 다른 형태이다. 상반신에서 영체가 전방으로 빠져나가는 느낌이 들더니 양팔이 앞으로 나란히 같은 모습으로 바뀐다. 다시 양팔이 아래로 내려가고 잔잔한 진동이 한동안 지속된다. 얼마 지나 천리전음이 들려온다.

"도법전수(道法傳受)! 도법전수! 도법전수!"

끊임없이 반복된다. 다시 진동이 바뀐다. 양손이 마치 합장하듯이 자동으로 자세가 바뀐다. "성의가 부족하다. 성의가 부족하다"라는 말이 희미하게 들린다.

"도법전수! 도법전수! 도법전수!"

끊임없이 반복된다. 머리의 도리질과 요란한 진동이 지속된다. 천리전음이 바뀐다.

"천리안(千里眼)! 천리안! 천리안!"

천리안이라는 천리전음이 지속된다. 잔잔한 진동으로 바뀌고 "천리안! 천리안! 천리안!" 이 말이 계속된다.

다시 천리전음이 바뀐다.

"생사여탈(生死與奪)! 생사여탈! 생사여탈!"

지속된다. "천리안"과 "생사여탈"이라는 암송이 자동 합창으로 암송된다. 자동으로 머리가 숙여지고 시천주주로 넘어갔다. '하느님 아버지'라는 말로 오전 수련을 마무리하였다.

2017년 8월 01일 화요일

좌선하고 신성주를 암송하는데, 태을주로 넘어가기 전에 하단전에 원형을 만들고 있던 양손이 자동으로 벌어진다. 증산상제의 모습이 스쳐 지나가고 슬로우 비디오 같은 진동이 지속된다. 상당히 부드러운 진동이다.

오늘은 한참 동안 태을주를 암송하는데 별다른 변화가 없다. 특이한 건 보통 눈을 반개하는데 오늘은 자동으로 감겨진다. 오늘은 이렇게 그냥 넘어 가나보다 하는 순간, 얼마 지나 천리전음이 들려온다.

"닭! 닭! 닭!"

"닭이 무엇입니까?"

내 본성이 뜬금없이 도전(道典)의 일부 내용을 증산상제에게 질문한다.

"닭이 무엇입니까? 닭이 무엇입니까? 닭이 무엇입니까?"

다시 바뀐다.

"붉은 닭! 붉은 닭! 붉은 닭!"

얼마나 진동을 오래 했는지 모르겠지만 나도 모르게 간절한 마음으로 묻고 있다. 양손이 자동으로 합장을 한다.

"닭이 울면 판이 시작된다. 닭이 울면 판이 시작된다. 닭이 울면 판이 시작된다."

천리전음이 계속된다.

"닭이 무엇입니까? 닭이 무엇입니까?"

끊임없이 물어 본다.

"붉은 닭이 무엇입니까? 붉은 닭이 무엇입니까?"

중간 중간 격렬한 감정이 일어난다. 무엇인가 가슴 벅차 오르는 느낌이다. 자동으로 올라온다. 한참을 지나서 천리전음으로 답이 들려온다.

"화산이다! 화산이다! 화산이다!"

그 순간 너무나 환한 미소가 지어진다. 갑자기 미친 사람처럼 입 끝이 위로 올라간다. 너무나 기쁜 감정이 솟구치고 덩실덩실 춤을 추기 시작한다. 내가 우리 민족 고유의 어깨춤을 이렇게 잘 추는지 오늘 처음 알았다. 앉은 채로 어깨춤을 덩싱덩실 춘다.

"살릴 수 있겠구나! 살릴 수 있겠구나! 살릴 수 있겠구나!"

한참 동안 자동으로 춤을 추다가 합장을 한다.

"감사합니다. 하느님 아버지, 감사합니다. 하느님 아버지, 고맙습니다. 하느님 아버지"

"닭이 무엇입니까?"

"화산이다!"

"닭이 무엇입니까?"

"화산이다!"

합창으로 천리전음이 들려온다. 너무나 기쁨에 넘쳐 주체할 수가 없다. 일어나서 한바탕 춤을 추고 싶어진다. 생전 처음 하는 진동을 하고 있다. 진동이 아니고 춤이다. 우리민족 고유의 덩실덩실 어깨춤 미소가 멈추지 않고 한동안 지속된다.

아무래도 천기(天機)를 읽은 것으로 보이고 개인적인 생각으로 화산은 '백두산 화산폭발'로 보인다. 왜 대한민국이 안전한 나라고 도통군자가 나온다고 하는 건지 이제야 이해가 간다. 그럴 수밖에 없는 상황이다. 아마도 지구의 중심이 한반도로 보인다. 대한민국이 지구의 혈자리라더니 고서의 여러 예언 내용이 어느 정도 일리가 있어 보인다.

지난 6월 30일 수련시 자동으로 시천주주가 암송되고 화면을 보았는데 하늘에서 거대한 불덩어리가 떨어지고 사람들이 공포에 질려 있었다. 생전 처음 보는 너무나 겁에 질린 눈빛과 표정이었고 온몸이 붉은 피와 화산재 같은 것으로 뒤범벅이 된 상태였다. 아마도 시천주주 암송시 보았던 그 화면이 판이 시작되는 그 시기로 보인다.

오전 수련이 끝나갈 무렵 몇번이고 합장한 채 자동으로 앉은 채 절을 올리고 있다. 시천주주로 마무리하였다. 도전(道典)을 완독하는 것이 아무래도 급선무인 것으로 보인다. 이런 식으로 도전의 비밀을 풀지도 모르겠다.

2017년 8월 02일 수요일

신성주를 암송하는데 얼마 지나지 않아 증산상제가 느껴지고 환희지심이 일어난다. 잠시 후 자동으로 양손이 허리 위로 올라가고 잔잔한 진동이 시작된다. 자동으로 태을주로 넘어간다. 다시 양팔이 허리 아래로 내려가고 태을주를 한동안 암송한다.

그런데 오늘은 진동이 조금 특이하다. 태을주로 넘어가면 보통은 양팔이 아래로 내려가고 천리전음이 끝나야 하단전으로 다시 모아지는데 오늘은 다르다. 양팔, 양손이 모아졌다 내려갔다를 반복한다. 한참 동안 태을주를 암송하다 '판'이라는 천리전음이 들려온다.

"판! 판! 판! 판! 판! 판!"

다시 바뀐다.

"판이 언제입니까? 판이 언제입니까? 판이 언제입니까?"

"판! 판! 판!"

진동과 함께 끊임없이 반복된다.

"판이 언제입니까? 판이 언제입니까? 판이 언제입니까?"

한참 동안 천리전음과 함께 자동으로 암송이 되고 중간중간에 복잡하고 가슴 벅찬 감정이 일어난다. 또렷이 "알거 없다"라는 목소리가 들린다. 자동으로 합장이 되고 다시 내 본성의 물음이 바뀐다.

"다시 묻습니다. 다시 묻습니다. 판이 언제입니까? 판이 언제입니까?"

천리전음이 계속된다.

"다시 묻습니다. 다시 묻습니다. 판이 언제입니까? 판이 언제입니까?"

끊임없이 물어 본다. 다음 순간 놀라운 일이 발생한다. 너무 오랜 시간 동안 답이 없자 내 본성이 스스로 연도를 짚고 차례로 올라간다. 2018... 2019... 2022... 2032... 2062...

여전히 감응이나 천리전음 진동의 반응이 없다. 결국 양팔이 다시 하단전으로 모아진다. 결국에는 판이 시작되는 시기를 모르는 거구나... 하고 체념하는 순간 다시 팔이 앞으로 올라간다. 진동과 함께 연도 앞 두 자리 "20 20 20"이라는 천리전음이 반복된다. 2018년부터 다시 차례로 올라간다. 2019... 2020... 2021... 2022... 2023... 어느 순간 한 연도에서 멈춘다 "○○○○" 이 연도에서 다시 진동이 시작된다.

"○○○○ ○○○○ ○○○○"

이 연도가 반복되면서 복잡한 감정과 눈물이 흐른다. 격앙된 감정이 일어난다. 이 연도가 끊임없이 반복되면서 갑자기 눈물과 함께 "대병겁(大病劫)! 대병겁(大病劫)! 대병겁(大病劫)!"이라는 천리전음이 들려온다.

마지막 진동에서 다시 눈물이 나는데 감정이 단호한 감정으로 바뀐다. 양손에 불끈 힘이 들어간다. 두 주먹이 자동으로 세게 쥐어지고 쭉 펴진 양팔이 앞뒤로 강하게 진동한다. 한사람이라도 더 살려야 한다는 천리전음이 들려온다. 시천주주로 마무리하는데 자동으로 "하느님 아버지 감사합니다"라고 내 본성이 말하고 있다. 수련을 끝내고 증산상제, 석가모니 부처, 환웅천황에게 삼배하였다.

위의 내용은 어디까지나 개인적인 체험일 뿐입니다. 직접 체험한 나 자신도 솔직히 믿고 싶지 않습니다. 판의 시기를 공개하고 싶지만 미래의 일은 상당부분 변화될 수도 있기 때문에 일단 비공개로 하도록 하겠습니다. 그러나 한 가지 중요한건 여러 고서의 예언 내용처럼 2043년이 아니고 훨씬 더 빠른 시기로 보입니다.

아울러 한가지 걱정이 되는 건 안 그래도 최근 북핵 문제와 지진으로 온 국민이 불안해하는데 아직 확실하지도 않은 수련 내용을 공개하여 행여 혹세무민하거나 『선도체험기』 독자들을 혼란에 빠뜨릴까 우려가 됩니다. 또한 삼공 선생님의 말처럼 화면으로 보는 미래에 대한 일들은 50%의 확률이니 너무 맹신하는 것은 위험할 것으로 봅니다.

2017년 8월 03일 목요일

도통수련이 시작되면서 처음에는 확신이 서질 않았으나 수련을 받을수록 점점 마음이 편해지고 정신이 맑아진다. 삼공 선생님에게 얼마 전 이메일을 보냈을 때 "스스로 답을 찾아야 매사에 확신을 가지고 수련에 임할 수 있다"는 말이 떠오른다.

한가지 특이한 건 도통수련이 시작되면서 관음법문 파장음이 거의 사라지기 직전이다. 아주 희미하게만 들려온다(나중에 정상으로 돌아왔다). 개인적인 추론으로는 증산상제의 기운으로 점점 더 비슷하게 변해가는 것으로 보인다.

오전 수련은 거의 매번 비슷한 출발과 진동이므로 상세한 설명은 생략하기로 한다. 신성주를 외우자 얼마 되지 않아 증산상제가 보이고 환희지심이 일어나자 곧바로 태을주로 넘어갔다. 태을주 암송을 하자마자 "나는 누구인가?"라는 천리전음이 들려온다. 서서히 진동이 유지되고 지속된다. 처음에 한두번 들리다 천리전음은 사라지고 한참동안 진동만 지속된다.

"나는 누구입니까? 나는 누구입니까? 나는 누구입니까?"

서서히 강렬하게 천리전음이 시작된다. 한참 동안 천리전음과 함께 자동으로 암송이 되고 중간중간에 복잡하고 가슴 벅찬 감정이 일어난다. 나 자신이 누구인지 천리전음으로 듣자 그 순간 일정한 패턴으로 돌던 진동이 크게 원을 그리며 격렬하게 반응한다.

태을주 도통수련을 받으면서 나 자신의 정체성에 대해 한번쯤 알아보고 싶었나 보다. 내친 김에 평상시 궁금한 것을 본성에게 몇 가지 더 물었다. 그러나 본성과의 대화는 수련의 정도에 따라 파장을 잘못 읽을 수 있으므로 아래의 내용은 참고만 하시기 바랍니다.

"증산상제가 미륵입니까?"

그 순간 진동이 딱 멈춘다. 수련중에 처음 경험하는 범접할 수 없는 근엄한 자세로 변한다. 순간적으로 황금빛의 미륵불 얼굴이 오버랩된다. 내 본성 자체가 다른 존재로 변한 것처럼 느껴진다. 더 이상 물어 볼 필요가 없어 보여 시천주주로 마무리하였다.

수련을 끝내고 곰곰히 생각해 보니 도통군자라는 존재들을 가르쳐서 일깨우는 게 아닌 것으로 보인다. 이미 그들은 각기 다른 모습으로 모두 내려와 있고 때가 되면 스스로 찾아 올 것이다. 도통(道通) 또한 도전에 실린 내용처럼 때가 되면 한순간에 전달이 될 것으로 보인다.

2017년 8월 04일 금요일

태을주로 넘어가자 얼마 뒤에 양팔이 삼각형을 만들며 가슴 부위까지 자동으로 올라간다. '도법전수!'라는 천리전음이 들려오기 시작한다. 어제 정체성에 대한 의문을 풀고 다시 수련이 지속되는 느낌이다.

"도법전수! 도법전수! 도법전수!"

이 천리전음이 들리면서 양팔이 앞으로 나란히처럼 모아진다. 그 순간 백회 상단전 중단전 하단전을 관통하는 에너지장이 형성되어 빛기둥을 만들기 시작한다. 삼합진공 현상하고 비슷한데 다르다면 에너지장이 별도로 하나의 기둥을 만들어 몸 밖으로 배출한다. 꼭 나의 영체 같은 빛기둥이 만들어지는데 이 에너지장이 몸 밖으로 이동하여 가슴 바로 앞부분에 놓여진다. 다시 양팔이 쭉 땅 아래로 펴진다.

"하늘 땅 바람! 하늘 땅 바람! 하늘 땅 바람!"

천리전음이 들려온다. 다시 천리전음이 바뀐다.

"제1장 하늘, 제1장 하늘, 제1장 하늘"

하늘에 관련된 도법전수로 보인다. 다시 천리전음이 바뀐다.

"천둥 번개 비, 천둥 번개 비, 천둥 번개 비"

끊임없이 반복된다. 한참 동안 지속되다가 다시 천리전음이 바뀐다.

"우사(雨師)를 부르는 말, 우사를 부르는 말"

처음에는 자동으로 암송되다가 나중에는 절실하게 묻는다. "우사를 부르는 말, 우사를 부르는 말"

자동으로 양팔이 합장을 만든다.

"우사를 부르는 말, 우사를 부르는 말, 우사를 부르는 말"

"묻습니다. 묻습니다. 우사를 부르는 말이 무엇입니까?"

여전히 답이 없자 다시 묻는다.

"다시 묻습니다. 다시 묻습니다. 우사를 부르는 말이 무엇입니까?"

끊임없이 물어 본다. 증산상제의 모습이 스쳐 지나가고 다시 절실하게 암송한다. 답은 없지만 불안하지 않고 마음이 편안한 상태다. 그 순간 총 8자로 이루어진 신장(神將) 이름의 천리전음이 뚜렷이 들려온다. 얼굴에 자동으로 미소가 지어지고 합장한 채 덩실덩실 진동이 시작된다.

"감사합니다. 하느님 아버지, 감사합니다. 하느님 아버지"

한동안 환희지심과 진동이 계속된다. 마지막 시천주주로 넘어가기 전에 오래 전부터 벼르고 별러 왔던 질문들을 물어 보았다. 시천주주로 마무리하는데 자동으로 앉은 채 절을 하고 "하느님 아버지, 감사합니다"라는 말이 자동으로 흘러나온다.

2017년 8월 05 토요일

태을주로 넘어가자 양팔이 가슴 앞으로 올라가고 어느샌가 파란 지구가 올려져 있다. 진동과 함께 지구를 가슴에 안은 채 회전시키고 있다. 머리 위부터 열풍 같은 기운이 쏟아져 내린다. 잠시 후 지구가 사라지고 백회에서 내려온 천기가 상, 중, 하단전을 관통하여 에너지 덩어리를 만들어낸다.

자동으로 양손이 꼭 도자기를 빚어내듯이 원형의 기운덩어리를

만들고 있다. 양손을 쉬지 않고 도자기를 빚듯이 회전시키며 어느
샌가 축구공만한 기운덩어리를 만들어낸다. 내 가슴 앞 부분에 만
들어진 기운덩어리가 서서히 하늘 위로 올라간다. 쭉 뻗어 나가는
느낌이다.

아무래도 이것이 중국 기공에서 말하는 양신출신(陽神出神)으로
보인다. 이 과정이 최근 태을주로 넘어가면 자동으로 반복되는데,
양신(陽神)이 완성되면 등신대 크기의 기(氣)덩어리를 만든다고 들
었다. 가슴 앞에 만들어진 기운덩어리를 날려 보내고 잠시 후 하단
전으로 양팔이 자동으로 내려간다.

"땅! 땅! 땅!"

천리전음이 들려온다.

"땅! 땅! 땅! 땅! 땅!"

지속적으로 들린다.

다시 양팔이 쭉 아래로 펴친다.

"하늘 땅 바람! 하늘 땅 바람! 하늘 땅 바람!"

천리전음이 들려온다. 다시 천리전음이 바뀐다.

"화산 지진 파도, 화산 지진 파도, 화산 지진 파도"

땅에 관련된 도법전수로 보인다. 천리전음이 지속된다.

"화산 지진 파도, 화산 지진 파도, 화산 지진 파도"

끊임없이 반복된다. 한참 동안 지속되다가 다시 천리전음이 바뀐

다.

"지축신(地軸神)을 부르는 말, 지축신을 부르는 말"

처음에는 자동으로 암송되다가 나중에는 절실하게 묻기 시작한다.

"지축신을 부르는 말이 무엇입니까?"

자동으로 양팔이 합장을 만든다.

"지축신을 부르는 말, 지축신을 부르는 말"

아무런 답이 없다. 증산상제의 모습이 스쳐 지나가고 다시 절실하게 암송한다. 답이 없지만 불안하지 않고 마음이 편안한 상태다. 순간적으로 내 본성이 너무 힘드니 이제 그만 답을 달라는 파장을 보낸다. 그 순간 천리전음이 들려온다. 총 8자로 이루어진 천리전음이 뚜렷이 들려온다. 얼굴에 자동으로 미소가 지어지고 합장한 채 덩실덩실 진동이 시작된다.

"감사합니다. 하느님 아버지, 감사합니다. 하느님 아버지"

한동안 환희지심과 진동이 계속된다. 머리 위에 왕관 같은 기운이 내려온다. 너무나 신기한 느낌이다. 백회와 머리 주변으로 기적인 왕관을 쓰고 있다. 다시 자동으로 양팔이 가슴 앞으로 올라가고 어느샌가 파란 지구가 놓여져 있다. 지구를 회전시키기 시작한다. 한 손으로 돌리다가 두 손으로 돌리다가... 파랗고 아름다운 지구가 잘도 돌아간다. 마음속에 환희지심이 일어난다. 그 순간 천리전음이 들려온다.

"천지조화권능! 천지조화권능! 천지조화권능!"

인상적인 말이 추가로 들려온다.

"사람을 살릴 천지조화권능! 사람을 살릴 천지조화권능! 사람을 살릴 천지조화권능!"

자동으로 합장하고 절이 된다. 모든 천리전음이 끝나고 시천주주로 넘어가는데, 오늘은 특이하게 진동이 멈추고 입정 상태로 암송이 이루어진다. 상당히 오랜 시간 진동이 멈추어진 상태가 유지된다. 얼마 후에 다시 진동이 시작되는데 다시 위의 과정을 반복한다.

자동으로 양팔이 가슴 앞으로 올라가고 어느샌가 파란 지구가 또 다시 놓여져 있다. 지구를 회전시키기 시작한다. 한손으로 돌리다가 두손으로 돌리다가... 파랗고 아름다운 지구가 잘도 돌아간다. 마음속에 환희지심이 일어난다. 그 순간 다시 천리전음이 들려온다.

"천지조화권능! 천지조화권능! 천지조화권능!"

인상적인 말이 다시 들려온다.

"사람을 살릴 천지조화권능! 사람을 살릴 천지조화권능! 사람을 살릴 천지조화권능!"

자동으로 합장하고 절이 된다. 수련을 마칠 때까지 머리 위에 기적인 왕관이 쓰여져 있고 너무나 포근하고 편안한 천기가 내려오고 있다. 상반신에 태을주의 열풍 같은 기운이 끊임없이 쏟아지고 온몸에 주천화후를 이루고 있다.

시천주주로 마무리하는데 자동으로 앉은 채 절을 하고 "하느님 아버지 감사합니다"라는 말이 흘러나온다. 나도 모르게 바닥에 양손까지 올려놓고 감사한 마음으로 절을 하고 있다.

조화주본성 조화주하느님 조화주무심.

2017년 8월 6일 일요일 오전 수련

오늘은 좌선하고 앉자마자 "하느님 아버지, 하느님 아버지, 하느님 아버지"라는 천리전음이 들려온다. 일단 '천지기운한기운'으로 기운을 모으고 진동이 시작되자 신성주로 넘어갔다. 신성주를 암송하는데 이제 태을주로 넘어 가기도 전에 양팔이 지구를 안듯이 가슴 위로 올라간다. 그러나 오늘은 별다른 현상은 일어나지 않고 비교적 평범하고 마음 편한 상태로 잔잔한 진동이 유지된다.

어느 정도 시간이 흐르고 "하늘 땅 바람! 하늘 땅 바람! 하늘 땅 바람!"이라는 말이 반복된다. 잠시 후,

"바람신(風神)을 부르는 말! 바람신을 부르는 말! 바람신을 부르는 말!"

천리전음이 들려온다. 다시 천리전음이 바뀐다.

"폭풍 태풍 구름, 폭풍 태풍 구름, 폭풍 태풍 구름"

바람에 관련된 도법전수로 보인다. 한동안 "폭풍 태풍 구름, 폭풍 태풍 구름, 폭풍 태풍 구름"이라는 천리전음이 지속된다. 다시 "바람신을 부르는 말! 바람신을 부르는 말! 바람신을 부르는 말!" 같은 말이 반복된다. 처음에는 자동으로 암송되다가 나중에는 절실하게 묻기 시작한다.

"바람신을 부르는 말이 무엇입니까?"

그런데 오늘은 진동도 그렇고 전체적인 흐름이 약간 평이한 상태다.

"바람신을 부르는 말이 무엇입니까?"

자동으로 양팔이 합장을 만든다.

"바람신을 부르는 말! 바람신을 부르는 말!"

대답이 없다.

"묻습니다. 묻습니다. 바람신을 부르는 말이 무엇입니까?"

답이 없자 다시 묻는다.

"다시 묻습니다. 다시 묻습니다. 바람신을 부르는 말이 무엇 입니까?"

끊임없이 물어 본다. 증산 상제의 모습이 스쳐 지나가고 다시 절실하게 암송한다. 답이 없지만 불안하지 않고 마음이 편안한 상태다. 그 순간 천리전음이 들려온다. 또렷이 바람신과 관련된 신장(神將)의 이름이 천리전음으로 들려온다. 살포시 환희지심이 일어나고 앉은 채 절을 한다.

"감사합니다. 하느님 아버지, 감사합니다. 하느님 아버지, 하늘 땅 바람 도법전수를 받았습니다. 바르게 쓰겠습니다."

그 순간 상체가 꼿꼿이 서고 합장이 완벽한 형태로 바뀐다. 머리 위로 올라간다. 완벽하게 합장을 만든 양손이 내 몸 전체를 관통하는 기운축을 중심으로 원형을 만들고 있다. 합장한 손이 빙글빙글 돌아가며 회전하고 있다. 다시 아래로 내려와 가슴 앞부분에서 다시 원형을 만든다. 그 순간 천리전음이 들려온다.

"천지도법! 천지도법! 천지도법! 천지도법! 천지도법!"

자동으로 절을 한다.

"하늘 땅 바람! 하늘 땅 바람! 하늘 땅 바람! 천지도법을 받았습니다. 바르게 사용하겠습니다."

시천주주로 넘어가고 위의 합장하는 상태와 진동이 다시 한번 반복되었다. 오늘로서 '하늘 땅 바람'에 관한 도법전수는 모두 끝난 것으로 보인다. 나중에 알고 보니 위의 도법전수 천리전음의 내용이 개벽주와 거의 흡사하였다. 모든 수련이 끝나고 증산상제와 천지신명에게 삼배를 올렸다.

한가지 특이한 천리전음이 도법전수 첫째 날에 들렸는데 별다른 의미가 없는 것 같아 그냥 넘어 갔었다. 그런데 오늘 모든 수련이 끝나갈 무렵 이 천리전음이 다시 들려온다.

"천부인(天符印)! 천부인! 천부인!"

인터넷을 검색해 보니 정확한 말은 '천부인'으로 환웅천황이 하늘에서 인간세상으로 내려올 때 환인천제에게 받은 세가지 증표로, 이를 가지고 인간을 다스리게 했다. 즉 하느님이 내려 전한 세개의 보인(寶印)이다. 이는 곧 風伯(풍백), 雨師(우사), 雲師(운사)의 三神(삼신)을 거느린다는 의미의 세 개 인수를 의미한다. 그러나 첫째 날 이 말이 꼭 천지인(天地人)으로 잘못 들려 그냥 무시하고 말았는데 알고 보니 '천부인(天符印)'이었다. 아울러 수련 내내 강력한 한기(寒氣)를 내뿜는 접신령들이 들락거렸다. 항상 하는 말이지만 강한 기운이 있는 곳엔 언제나 강한 원령들이 몰려온다.

개벽주(開闢呪)

천상옥경천존신장 천상옥경태을신장
天上玉京天尊神將　天上玉京太乙神將

상하변국뇌성벽력장군 백마원수대장군
上下變局雷聲霹靂將軍　白馬元帥大將軍

뇌성벽력장군 악귀잡귀금란장군
雷聲霹靂將軍　惡鬼雜鬼禁亂將軍

삼수삼계도원수 지신벽력대장군
三首三界都元帥　地神霹靂大將軍

천 지 조 화 풍 운 신 장　　태 극 두 파 팔 문 신 장
天地造化風雲神將　太極斗破八門神將

육 정 육 갑 둔 갑 신 장　　삼 태 칠 성 제 대 신 장
六丁六甲遁甲神將　三台七星諸大神將

이 십 팔 수 제 위 신 장
二十八宿諸位神將

감 아 미 성　조 아 대 력　역 발 산　오 봉　구 천 상 세 군
感我微誠 助我大力 力拔山 吾奉 九天上世君

칙 속 칙 속　엄 엄 구 급 구 급　여 율 령
勅速勅速 唵唵口急口急 如律令

2017년 8월 06 일요일 오후 수련

최근 수련 중에 경험하는 내용들이 개인적으로 보기에도 너무 상식 밖의 내용이라 오전에 이어 다시 수련에 임했다. 일단 '천지기운한기운'으로 기운을 모으고 진동이 시작되자 신성주로 넘어갔다. 이제는 신성주만 암송해도 열풍 같은 기운이 쏟아져 내려온다. "하느님 아버지"라는 말이 자동으로 들려온다. 뜨거운 열탕 같은 기운이 상반신 전체에 걸쳐 주천을 이루자 곧 태을주로 넘어갔다.

하단전에 놓여져 있던 양손이 가슴 앞으로 이동하여 또 다시 양신(陽神)을 시도한다. 백회를 관통하여 내려온 기운이 상, 중, 하단전을 거쳐 타원형의 기운덩어리를 만드는데 이것이 몸 밖으로 이동한다. 빙글빙글 한손으로 구형과 같은 모형으로 다듬기 시작한다. 내가 보기에도 이젠 제법 잘 만든다. 한손으로 돌리다가 양손으로 돌리다가 기운덩어리가 어느새 지구와 같은 완벽한 구형으로 만들어진다. 이 구체의 기운덩어리를 날려 보내야 하는데 뭐가 아쉬운지 자꾸만 다듬고 있다. 마침내 힘차게 날려 보낸다.

다시 양손은 하단전으로 이동하여 태을주를 암송한다. 마치 아무 일 없었다는 듯이... 한참을 뜨거운 기운으로 주천화후를 느끼고 있는데 별안간 "자미두수(紫微斗数)"라는 천리전음이 들린다. 한두 번 메아리치다가 별다른 반응이 없어 계속해서 태을주를 암송하며 본성을 바라보았다. 익숙한 내용의 천리전음이 들려오기 시작한다.

"도법전수! 도법전수! 도법전수!"

이젠 이 소리가 반갑기까지 하다.

"도법전수! 도법전수! 도법전수! 도법전수! 도법전수!"

수업시작이다. 어느 정도 시간이 흐르고 "둔갑술(遁甲術)!"이라는 말이 반복된다.

"둔갑술! 둔갑술!"

잠시 후 "둔갑술을 부르는 말, 둔갑술을 부르는 말"이 지속적으로 메아리친다. 이전과 같은 패턴으로 진행이 되다가 한참을 지나고 나서야 총 6자로 이루어진 천리전음이 뚜렷이 들려온다. 살포시 환희지심이 일어나고 앉은 채 절을 한다.

"감사합니다. 하느님 아버지, 감사합니다. 하느님 아버지, 둔갑술의 도법전수를 받았습니다. 바르게 쓰겠습니다."

그 순간 천리전음이 들려온다.

"때가 되면 알게 되리라."

아마도 사용 시기에 대한 말로 보인다. 다시 천리전음이 들려온다.

"천지도법! 천지도법! 천지도법! 천지도법! 천지도법!"

자동으로 절을 한다.

"사람을 살리는 천지도법! 사람을 살리는 천지도법! 사람을 살리는 천지도법! 감사합니다. 바르게 쓰겠습니다."

시천주주로 넘어가고 한참을 암송하는데 다시 천리전음이 들린다.

"시천주로 길을 닦아라! 시천주로 길을 닦아라!"

개인적인 추론으로는 언제 끝날려는지는 모르겠지만 도법전수기간 중 편안한 길을 열어 주시려는 것으로 보인다. 오후 수련을 끝내고 곰곰이 생각해 보니 증산상제가 살아생전 왜 전국의 산을 돌며 제를 지냈는지 알 것도 같다. 증산상제님의 도법에는 한가지 특징이 있다. 아마도 그의 도술(道術)을 가능하게 하는 핵심 내용이 신장(神將)으로 보인다.

2017년 8월 07일 월요일

신성주를 암송하자 "그분이 오신다! 그분이 오신다! 그분이 오신다!"라는 천리전음이 들려온다. 일단 '천지기운한기운'으로 기운을 모으고 진동이 시작되자 신성주를 지나 태을주로 넘어갔다. "하느님 아버지, 하느님 아버지, 증산상제! 증산상제! 증산상제!"라는 소리가 들려온다.

한참을 태을주 암송과 함께 잔잔한 진동이 유지된다. 별다른 반응은 없는 상태로 간다. 얼마나 지났을까? 양손이 상반신 위로 올라가고 진동이 지속된다. 익숙한 내용의 천리전음이 들려오기 시작한다.

"도법전수! 도법전수! 도법전수!"

수업시작이다. 양팔이 아래로 쭉 내려가고 진동과 함께 "천이통(天耳通)!"이라는 천리전음이 들려온다. 한두번 메아리치다가 별다른 반응이 없어 계속해서 태을주를 암송하며 본성의 소리를 지켜보았다. 한동안 시간이 흐르고 "천이통!"이라는 말이 반복된다.

"천이통! 천이통!"

잠시 후,

"천이통을 부르는 말, 천이통을 부르는 말" 지속적으로 메아리친다. 증산상제의 모습이 떠오르고 다시 절실하게 암송한다.

"하느님 아버지, 하느님 아버지, 증산상제 증산상제, 천이통을 부르는 말이 무엇입니까? 천이통을 부르는 말이 무엇입니까?"

이전과 같은 패턴으로 진행이 되다가 한참을 지나고 나서야 총 6자로 이루어진 천리전음이 뚜렷이 들려온다. 살포시 환희지심이 일어나고 앉은 채로 절을 한다.

"감사합니다. 하느님 아버지, 감사합니다. 하느님 아버지, 천이통의 도법전수를 받았습니다. 감사합니다. 하느님 아버지, 감사합니다. 하느님 아버지, 천이통의 도법전수를 받았습니다."

시천주주로 넘어가고 암송을 하는데 다시 천리전음이 들려온다.

"시천주로 길을 닦아라. 시천주로 길을 닦아라. 시천주로 길을 닦아라."

자동으로 암송된다. 기존에 알고 있던 천이통의 의미와 조금 다른 거 같아서 네이버링을 해보았다. 그런데 내용을 보니 어느 정도 맞는 것 같다. 그러나 이런 도법 능력들은 때가 되어야 사용할 수 있을 것으로 본다.

2017년 8월 08일 화요일

오늘은 전반적으로 평이한 흐름이다. 신성주를 짧게 암송하고 태을주로 넘어가자 "우주공간"이라는 말이 들려온다. 일단 무시하고 태을주를 지속적으로 암송하였다. 양팔이 올라가고 파란 지구가 품에 안긴다. 이젠 내 물건이라도 된 것 마냥 너무나 자연스럽게 회전시키고 있다. 빙글빙글 돌리다가 품안으로 집어넣는다.

한참을 태을주 암송과 함께 잔잔한 진동이 유지된다. 여전히 별다른 반응이 없는 상태로 지속된다. 얼마나 지났을까? 별안간 "태을주"라는 천리전음이 들린다.

"태을주 태을주 태을주"

끊임없이 반복한다. 잠시 후에 영안으로 우주공간이 보이고 "태을주는 우주공간이다!"라는 천리전음이 들려온다.

"태을주는 우주공간이다! 태을주는 우주공간이다! 태을주는 우주공간이다!"

한참 동안이나 반복된다. 다시 천리전음이 바뀐다.

"태을주로 사람을 살리리라. 태을주로 사람을 살리리라. 태을주로 사람을 살리리라."

다시 바뀐다.

"사람을 살릴 태을주! 사람을 살릴 태을주! 사람을 살릴 태을주!"

천리전음이 지속된다. 영안으로 무수히 많은 별들이 쏟아지는 광활한 우주공간이 펼쳐져 있다.

"사람을 살릴 태을주! 사람을 살릴 태을주! 태을주는 우주공간이다! 태을주는 우주공간이다! 태을주는 우주공간이다! 태을주는 우주공간이다! 태을주로 사람을 살리리라! 태을주로 사람을 살리리라!

사람을 살릴 태을주! 사람을 살릴 태을주!"

한참 동안이나 위의 천리전음이 반복되다가 별안간 뜬금없는 천리전음들이 들리기 시작한다.

"귀신천국 대한민국! 신명의 나라 대한민국! 귀신천국 대한민국! 신명의 나라 대한민국"

지속된다. 잠시 후에 천리전음이 바뀐다.

"우두머리는 모습을 드러내라! 우두머리는 모습을 드러내라! 우두머리는 모습을 드러내라! 우두머리는 모습을 드러내라!"

잠시 후 낯익은 모습이 보인다. 아! 그런데 이분 단독수련시에 참 자주 보던 분이시다. 이분이 신명들하고 대체 무슨 관계일까? 단독수련할 때 너무 자주 나타나서 바로 앞 전생이나 조상령인 줄 알았는데 전혀 다른 관계였다. 별안간 천둥 같은 천리전음이 들려온다.

"신명의 왕! 신장의 왕! 그를 해원시키리라! 신명의 왕! 신장의 왕! 그를 해원시키리라! 신명의 왕! 신장의 왕! 그를 해원시키리라! 신명의 왕! 신장의 왕이 너를 도우리라! 신명의 왕! 신장의 왕이 너를 도우리라! 신명의 왕! 신장의 왕이 너를 도우리라! 신명의 왕! 신장의 왕이 너를 도우리라!"

아무래도 이분이 지도령이나 보호령으로 내려와 있는 것으로 보인다. 모든 수련을 마치고 이분에게 삼배하였다. 늘 그렇듯이 언제나 수련의 마지막 말은 "시천주주로 길을 닦아라."

"하느님 아버지 감사합니다."

2017년 8월 10일 목요일

어제는 며칠 동안 쉬지 않고 수련을 했더니 많이 피곤했나 보다. 오전에 몸이 무거워 수련을 건너뛰었다. '천지기운한기운'으로 기운을 모으고 진동이 시작되자 신성주를 지나 태을주로 넘어갔다. 시작은 늘 여느 날과 비슷한데 한참을 진동과 함께 태을주를 암송하는데 별다른 반응이 없다. 상당한 시간이 흐르고 아무런 반응이 없자 내 본성이 증산상제에게 질문을 한다.

"이제 도통수련(道通修鍊)이 다 끝난 것입니까?"

그 순간 또렷이 천리전음이 들려온다.

"아직 안 끝났다."

그런데 아직 안 끝났다는 그 말이 꼭 앞으로 한참이나 남았다라는 의미로 들린다. 그 순간 양팔이 가슴 위로 올라갔다 아래로 쭉 펴졌다가를 몇번이나 반복한다. 기적인 반응이 약하다. 중간에 쉬면 안되는 것인가? 어제 하루 신 게 이렇게 영향이 있는 건가? 당분간 쉬지 않고 가야하나 보다. 어느 정도 시간이 흐르고 '의통(醫統)'이라는 말이 반복된다.

"의통! 의통! 의통!"

잠시 후 "의통이 열리는 말, 의통이 열리는 말"이 지속적으로 메아리친다.

"의통 의통 의통, 의통이 열리는 말"

'의통'에 대한 도법전수로 보인다.

"의통이 열리는 말, 의통이 열리는 말"

자동으로 천리전음이 지속되다가 점점 절실하게 묻는다.

"의통이 열리는 말, 의통이 열리는 말"

한참이나 불렀는데도 답이 없다. 자동으로 양팔이 합장을 만든다.

"의통이 열리는 말, 의통이 열리는 말"

증산상제의 모습이 떠오르고 다시 절실하게 암송한다.

"하느님 아버지, 하느님 아버지, 증산상제 증산상제, 의통이 열리는 말이 무엇입니까? 의통이 열리는 말이 무엇입니까?"

그 순간 화면이 보인다. 오늘은 특이하게 영안으로 밝을 명(明)자와 함께 네 글자로 된 문구가 천리전음으로 함께 들려온다.

"이 문구가 정말 맞습니까? 이 문구가 정말 맞습니까?"라고 묻자 세차게 진동이 반응한다. 잠시 후 4자가 더 추가된 천리전음이 들려온다.

"명경지수(明鏡止水) 명경지수 명경지수"

진동과 함께 "명경지수"라는 천리전음이 지속된다. '명경지수' 총

8자이다. "의통이 열리는 말, 의통이 열리는 말, 명경지수"가 합창으로 반복된다. 살포시 환희지심이 일어나고 앉은 채 절을 한다. '명경지수'라는 천리전음이 반복된다.

"감사합니다. 하느님 아버지, 감사합니다. 하느님 아버지, 의통의 도법전수를 받았습니다. 감사합니다. 하느님 아버지, 감사합니다. 하느님 아버지, 의통의 도법전수를 받았습니다."

시천주주로 넘어가고 암송을 하는데 다시 천리전음이 들린다.

"시천주주로 길을 닦아라. 시천주주로 길을 닦아라. 시천주주로 길을 닦아라. 시천주주로 길을 닦아라."

자동으로 암송된다. 추가된 문구인 '명경지수(明鏡止水)'라는 말이 인상적이다. 유난히 밝을 '명(明)'자가 기억에 남는다.

2017년 8월 13일 일요일

의암 박동주 선배님이 오늘 카페를 탈퇴하게 되었다. 삼공 선생님을 뵐 면목이 없어진다. 일공 선배님과 함께 도전의 기운을 전해주고 주문수련을 공부할 수 있도록 도움을 주신 분들인데, 내 잘못으로 인해 두 분 다 안 좋게 카페를 탈퇴하게 되었다.

일공 선배님과는 카페 멤버님들에게 도전을 소개하는 데 의견차가 있었고, 의암 선배님과는 내 기운 문제로 오해를 하게 되었다.

의암 선배님은 나의 접신을 의심하였고 그 부분에 대해서 거짓으로 장난을 치다가 그만 감정을 상하게 하였다. 그런데 의암 선배님이 그런 오해를 할 만도 한 것이 사실 태을주 도통수련 내내 상당한 한기와 영력을 가진 접신령들이 접신을 시도하며 수시로 들락거렸다. 이럴 때마다 기감각이 예민하신 의암 선배님이 태을주 수련 내용을 보고 접신령의 기운을 느껴 오해를 하신 것이다.

한가지 특이한 건 의암 박동주 선배님이 삼공재 방문 후 수련일지를 카페에 올리면 꼭 그 기운을 타고 원령이 천도되곤 하였다. 박동주 선배님의 수련일지가 올라오기 전에 느닷없이 강력한 원령이 들어오는데 일지를 읽으면 곧바로 천도가 이루어졌다.

삼공 선생님 말처럼 빙의령이 옮겨가거나 서로 운기가 되려면 전생의 인연이 상당 부분 작용하는 것으로 보인다. 언젠가 삼공재에서 두 분을 만난다면 다시 한번 사죄할 예정이다. 이 분들과는 여러 전생에서 만난 인연들이다.

2017년 8월 16일 수요일

좌선하고 앉자마자 "외계인"이라는 천리전음이 들려온다. 일단 무시하고 기운을 모으기 시작하였다. 신성주를 넘어 가는데 처음 보는 기하학적인 도형들이 무수히 지나간다. 삼각형... 사각형... 신기한 도형들...

태을주로 넘어가자 한동안 슬로우 비디오처럼 진동이 유지되고 서서히 탄력을 받기 시작한다. 머리 위, 하늘 위로 우주공간이 보인다. 너무나 아름다운 별천지가 보인다. 빙글빙글 돌아간다. 여러 종족의 외계인 같은 존재들이 보인다. 검정 머리에 그리스 시대 복장 같은 옷을 입고 있는 여자가 보인다. 검정 머리에 새까만 눈동자, 흰색의 특이하고 신비한 옷을 입고 미소 지으며 앉아 있다. 그녀의 몸 주위로 구슬이 돌아간다. 꼭 작은 별똥별들이 구슬로 변하여 그녀를 보호하고 있는 느낌이 든다. 신비롭고 아름답다.

다시 광활한 우주천지가 보이고 여러 차원의 외계인들이 보인다. 참 다양하게도 살고 있다. 이런 우주가 몇개나 있는 것일까? 아마 셀 수도 없을 것만 같다. 너무나 많은 외계 종족들이 보인다.

영안으로 본 가장 인상적인 존재는 갑자기 칠흑 같은 어둠의 공간을 찢고 나온 온몸이 파랗게 빛나고 있는 존재이다. 아주 고차원적인 존재로 보이는데 느낌상 거의 신(神)과 같은 외계인으로 보인다. 신비하고 평화로운 느낌이다.

모두 지구보다 훨씬 더 진화된 행성에 살고 있는 존재들로 보인다. 그런데 특이한 건 이들 모두가 지금 지구를 주목하고 있다. 우주공간에 푸른 지구가 보이고 여러 외계종족들이 그 주위를 맴돌며 한없이 기다리고 있다. 개인적인 추론으로는 아마도 개벽(開闢)

후에 이런 진화된 종족들이 지구에 환생하려는 것으로 보인다.

지구의 고차원상승… 여러 차원을 지나가고 갑자기 인당으로 눈부시게 빛나는 백광의 빛덩어리가 저 멀리서 다가온다. 너무나 강렬하게 나를 비추고 있다. 점점 나에게 다가온다. 그 순간 양팔이 인당 앞으로 쭉 뻗어 세모 모양을 만든다. 백광의 눈부신 빛덩어리가 인당을 지나 중단전을 거쳐 최종 하단전에 들어온다. 양손에 불끈 강한 힘이 느껴진다. 마치 내가 작은 태양이라도 삼킨 느낌이다. 잠시 후 천리전음이 들려온다.

"외계신명(문명)을 부르는 말! 외계신명(문명)을 부르는 말! 외계신명(문명)을 부르는 말!"

지구 밖 진화된 존재들과 대화할 수 있는 주문으로 보인다. 오늘은 비교적 빨리 답이 들려온다.

"외계신명(문명)을 부르는 말!"

세 단어와 한 단어가 합쳐진 말이다.

"외계신명(문명)을 부르는 말! 외계신명(문명)을 부르는 말!" 천리전음이 반복된다. 이 천리전음이 너무 오랜 시간 동안 반복되어 시천주주로 넘어 갔는데, 뭔가 부족했는지 다시 반복된다.

"외계신명을 부르는 말!"

이 천리전음과 함께 다시 여러 차원의 행성이 보이고 우주인들이 보인다. 우주공간이 빙글빙글 돌아간다. 별천지다. 너무나 아름답다. 시간이 이 상태로 머물렀으면 좋겠다.

다시 파란 하늘로 화면이 바뀌고 3~4세 정도의 어린 소녀의 해맑은 얼굴이 대형 화면으로 너무나 선명하게 보인다. 때 묻지 않은 순수함 그 자체이다. 나를 보고 천진난만하게 웃고 있다. 그 순간 자동으로 양팔이 '까꿍' 모양을 만든다. 이 상태로 그 소녀를 바라보며 천리전음이 암송되기 시작한다.

"외계신명(문명)을 부르는 말"

소녀도 함께 까꿍을 한다. 피부색이 인디안처럼 동양인 같기도 한데 아무래도 이 소녀가 가이아로 불리우는 지구의 수호신으로 보인다. 레무리안인이 살아 있다면 꼭 이런 모습일 것으로 보인다. 이 상태로 그 소녀를 바라보며 천리전음이 자동으로 암송되기 시작한다.

"외계신명(문명)을 부르는 말"

한참 동안이나 이렇게 반복하다가 시천주주로 마무리하였다. 자동으로 앉은 채 절이 된다.

"증산상제! 증산상제! 하느님 아버지, 감사합니다. 하느님 아버지, 감사합니다."

아직 진화중인 어린 별... 지구... 이제 기지개를 하려나 보다. 수련이 끝나고 우연히 히말라야의 성자 바바지와 그의 여동생의 그림을 보았는데, 오늘 수련중에 본 신비한 복장의 외계 여성이 꼭 바바지의 여동생과 너무나 닮아 있다. 한가지 다른 건 온몸을 감싸고 자동으로 돌아가는 신비한 구슬만 없는 상태이다. 옷과 생김새가 너무나 유사하다.

2017년 8월 18일 금요일

아무래도 외계문명을 부르는 수련을 끝으로 모든 도법전수가 끝난 것으로 보인다. 어제 하루는 태을주 암송시 처음으로 평이하게 그냥 지나갔고, 외계문명이 다시 여러 장면이 보인다. 여러 종족들과 진화된 외계인들이 보이고 많은 행성들이 스쳐 지나간다. 우주공간이 머리 위에 떠있다. 오늘 오전 수련에는 태을주를 암송하자 천리전음이 들려온다.

"도통군자(道通君子)를 찾아라. 도통군자를 찾아라! 도통군자를 찾아라! 도통군자를 찾아라!"

"도통군자를 어떻게 찾습니까? 도통군자를 어떻게 찾습니까?"

"도통군자를 찾아라! 도통군자를 찾아라!"

"도통군자를 어떻게 찾습니까? 도통군자를 어떻게 찾습니까?"

잠시 후 천리전음으로 답이 들려온다. 아무래도 이들을 찾는 것이 나의 사명(使命)인가 보다. 도통군자들을 찾아 삼공재로 안내하고 혹시 있을지도 모를 개벽에 대비해 바른 길로 갈 수 있도록 돕는 것이 나의 사명으로 보인다. 관음법문이 미친 듯이 요동을 치고 증산상제라는 천리전음과 함께 온몸에 전율이 일어난다.

태을주 도법전수를 받는 동안 무시무시한 접신령과 감당하기 힘든 한기를 내뿜는 접신령과 원령들을 차례대로 천도시켰다. 증산상제의 열풍 같은 기운과 선계의 스승님들, 천지신명들의 도움이 없었다면 무사히 전수받기 힘들었을 것이다. 이분들에게 삼배를 올렸다.

선생님, 여기까지가 태을주 도통 수련일지입니다. 천리전음으로 들은 도법전수는 몇 가지가 더 있으나 아직 확실하지가 않고 중복되는 패턴이 많아 생략하였습니다. 태을주 도법수련이 끝나고 제가 받은 수련이 무엇인지? 저를 가르친 분이 정말 증산상제가 맞는지? 이젠 더 이상 궁금하지가 않습니다.

최근에는 태을주 도통수련을 끝내고 태모님에게 시천주주 도통수련을 받고 있습니다. 좌선중에 자동으로 완벽한 합장이 만들어지고 삼단전에 회오리 같은 기운이 들어옵니다. 태모님에게 '신인합일(神人合一)' 수련이고 삼단전과 마음이 하느님의 마음과 같아지는 수련법이라 들었습니다.

특별한 수련비결은 없는 상태이고 시천주주를 통해 마음 심(心)자를 늘 관하고 있습니다. 태모님이 평상시에 말하시던 "심통이 도통이다"라는 의미가 무엇인지 알 것만 같습니다. 인상적인 것은 태을주 수련 기간 동안에는 접신령이 자주 들어 왔는데 시천주주 수련으로 들어가자 전봉준과 같은 동학운동과 관련된 원령들이 한동안 집중적으로 들어 왔습니다.

아울러 얼마전에 우연히 개벽주라는 증산도 주문수련 내용을 보았는데 정말 깜짝 놀랐습니다. 개벽주 주문 내용이 제가 태을주 도통수련시 신장(神將)들의 이름을 받았던 내용과 너무나 유사했습니다. 앞으로 천리전음으로 들은 주문내용과 신장들의 이름을 하나하나 시험해보고 테스트해볼 예정입니다. 일간 이와 관련하여 삼공재에 방문하도록 하겠습니다.

특이한 건 원래는 태을주 도통수련이 끝나고 곧바로 시천주주를 암송하라는 파장을 강하게 받았습니다. 태모님의 기운을 느끼고 시천주주로 넘어가자 영안으로 태모님의 모습이 보이고 내 본성이 도법을 받을 준비를 하고 있는 상태였습니다. 그런데 뭔가 분위기가 조금 이상했고 태모님이 약간 화가 나신 느낌으로 보였습니다. 내가 무슨 실수를 한 것으로 보이는데 한동안 알 수가 없었습니다.

결국 태을주 도법수련이 끝나고 곧바로 시천주주 도법을 받을 예정이었던 것으로 보이는데 한동안 수련이 중단되었습니다. 꽤 오랜 기간 답보 상태에 있었는데, 아무래도 태모님이 화가 많이 나셨던 것으로 보입니다. 첫번째 시천주주 도법수련이 싱겁게 끝나고 곰곰히 생각해 보니 아무래도 이전에 일공 선배님에게 실수한 것을 괘씸하게 생각하는 것으로 보였습니다.

시천주주 도법을 받아야 할 것만 같았는데 이후에도 한동안 태모님의 무표정한 얼굴로 묵묵부답 상태가 지속되었습니다. 대략 2주 동안이나 결국 그렇게 의미 없이 시천주주만 암송하다가 오전 수련을 마치고 말았습니다. 결국 아무래도 태모님에게는 도법수련을 못 받나보다 하고 포기하려고 했는데, 지난 9월 15일 수련중에 "도통을 준다!"라는 천둥 같은 천리전음을 들었습니다.

이와 함께 기운줄을 연결하여준 일공 신지현 선배님에게 함부로 대한 것을 질책하셨고 "여자에게 함부로 대하지 말라"는 파장을 강하게 받았습니다. 다시 한번 사과를 드리고 몇가지 질문을 파장으로 받고 현재까지 시천주주 도법수련을 받고 있습니다. 시천주주 도법수련 중에 변화가 생기면 다시 회신드리도록 하겠습니다.

선생님 추운 날씨에 항상 강건하시고 늘 평안하시기 바랍니다.

자등명법등명
적림선도(赤林仙道)

【회답】

태을주 도통수련기 잘 읽었습니다. 하늘은 임박한 대개벽과 지축 정립을 앞두고 김우진 씨에게 분명 중요한 사명을 맡기고 있는 것이 틀림없습니다. 도전을 읽고 거기에 실린 태을주를 위시한 여러 주문을 매일 염송하고 있는 내 입장에서는 김우진 씨를 적극 도와야 할 처지에 있습니다. 그런데도 혼자 애 쓰는 김우진 씨에게 별로 도움을 주지 못한 것이 미안할 따름입니다. 부디 창의력을 구사하여 앞으로도 계속 용맹정진하기 바랍니다.

(『선도체험기』 117권에 계속됨)

저자 약력

경기도 개풍 출생
1963년 포병 중위로 예편
1966년 경희대학교 영어영문학과 졸업
    코리아 헤럴드 및 코리아 타임즈 기자생활 23년
1974년 단편 『산놀이』로 《한국문학》 제1회 신인상 당선
1982년 장편 『훈풍』으로 삼성문예상 당선
1985년 장편 『중립지대』로 MBC 6.25문학상 수상

　저서로는 단편집 『살려놓고 봐야죠』(1978년), 대일출판사, 민족미래소설 『다물』(1985년), 정신세계사, 장편 『소설 환단고기』(1987년), 도서출판 유림, 『인민군』 3부작(1989년), 도서출판 유림, 『소설 단군』 5권(1996년), 도서출판 유림, 소설선집 『산놀이』 ①(2004년), 『가면 벗기기』 ②(2006년), 『하계수련』 ③(2006년), 지상사, 『선도체험기』 시리즈 등이 있다.

선도체험기 116권

2017년　12월 15일 초판 인쇄
2017년　12월 22일 초판 발행

지 은 이　　김 태 영
펴 낸 이　　한 신 규
본문디자인　안 혜 숙
표지디자인　이 은 영
펴 낸 곳　　글앤북
주　소　05827 서울특별시 송파구 동남로 11길 19(가락동)
전　화　070 - 7613 - 9110　Fax. 02 - 443 - 0212
등　록　2013년 4월 12일(제25100 - 2013 - 000041호)
E-mail　geul2013@naver.com

ISBN　979 - 11 - 88353 - 04 - 0　03810　정가 15,000원